HEYNE BÜCHER

HAFFMANS KRIMINALROMANE
BEI HEYNE

KARR & WEHNER

Geierfrühling

Ein Gonzo-Krimi

WILHELM HEYNE VERLAG
MÜNCHEN

HAFFMANS KRIMINALROMANE BEI HEYNE
Herausgegeben von Gerd Haffmans und Bernhard Matt
Nr. 05/127. Im März 1996.

Umwelthinweis:
Dieses Buch wurde auf
chlor- und säurefreiem Papier gedruckt.

Einzig berechtigte Taschenbuchausgabe
Wilhelm Heyne Verlag GmbH & Co. KG, München
Printed in Germany 1996
Konzeption und Gestaltung: Urs Jakob
Umschlagillustration: Nikolaus Heidelbach
Umschlaggestaltung: Atelier Ingrid Schütz, München
Gesamtherstellung: Ebner Ulm

ISBN 3-453-09392-5

1

Die Sache mit der Krücke war reiner Bluff. Gonzo beobachtete den Bahnhofspenner nun schon eine ganze Weile, wie er in dem naßkalten Wind an der Umfassung des U-Bahn-Niederganges auf der Bahnhofsplatte hockte. Ging einer vorbei, der nach Geld oder Mitleid aussah, stocherte der Alte mit der Metallstange hilflos über den glatten Granit und kam und kam nicht in die Höhe.

Der Tragegurt mit der schweren Videokamera zerrte an Gonzos Schulter. Ein Trupp tätowierter Glatzen fuhr grölend die Rolltreppe vom Basement des Bahnhofs herauf. Der Krückenpenner fiel in sich zusammen und spielte toter Mann, bis die Rotte im Bahnhof verschwand. Der Himmel über den Plexiglaskuppeln des Vorplatzes schimmerte grau. Der frische Märzwind trieb leere Bierdosen und zerknüllte Zeitungen zwischen den Streunern und Herumtreibern auf den Betonpollern hin und her.

Gonzo lief schon seit Tagen die Nase. Den Schnupfen hatte er sich in der letzten Woche bei dem Dreh für »Es wird Frühling im Revier« eingefangen, bei dem ihn so ein junger Schnösel vom Dortmunder WDR-Studio für ein paar Schnittbilder stundenlang durch die Botanik und über die Friedhöfe gejagt hatte. Aber immerhin hatte ihm der Job die Miete reingebracht.

Danach herrschte erst einmal Flaute mit festen Aufträgen. Tagelang hing Gonzo nur am Funkgerät rum und wartete auf die Einsatzmeldungen von Polizei und Feuerwehr. Er bekam einen mittleren Brand mit Chemiewolke im Stadthafen und ein paar schöne schwere Unfälle auf dem Ruhrschnellweg. Mit dem Discocrash aus der letzten Samstagnacht stieß er sogar bei einer der Privatanstalten bis in die ersten Abendnachrichten vor, Abteilung Blut und Tränen, Headline: Sie tanzten in den Morgen und rasten in den Tod.

Heute früh dann der Anruf von Herbert. Herbert war Redakteur beim Regionalfenster eines Privatsenders. »Ich brauch einen Penner.«

»Frag mal bei der Stadtverwaltung.«

Es ging um irgendeine Statistik. Im Stadtgebiet von Essen lebten fast 5000 nichtseßhafte Personen. »Schieß mir einen davon ab, und bring mir das Band bis zwei«, orderte Herbert. Er bot dreihundert Mark, und Gonzo hatte angenommen, weil er sowieso zum Postgiroamt am Bahnhof mußte, um die Sache mit seinem Dispokredit zu regeln.

Gonzo machte die Suzie drehfertig und pirschte sich an den Penner heran. Prompt schoß ihm die Krücke vor die Füße. Der Typ steckte in einem speckigen alten Mantel, hatte sich seit drei Tagen nicht rasiert und nur noch ein paar Zähne im Mund. Gonzo blieb stehen.

»Ich brauch Hilfe, Chef, sehn Se datt nich?«

Gonzo holte die Flasche Wodka heraus, die er sich vorhin noch schnell in einem Supermarkt besorgt hatte. »Ich hätt einen Job für dich.«

Der Penner stierte auf die Flasche. »He, Chef, wen soll ich kaltmachen?« Mit der Zunge leckte er sich über die Lippen. Dann erst schien er die Suzie zu entdecken. »Oder bist du n Perverser? Die Stricher stehn da vorne, bei den Polennutten.« Er zeigte fahrig zur Bahnhofshalle hinüber, wo eine Frau schon seit zehn Minuten den Fahrplan studierte. Sie trug eine dicke schwarze Lederjacke mit einem babyrosa Halstuch, rote Leggings und einen Minirock aus verwaschenem Jeansstoff. Gonzo hatte schon überlegt, ob er sie nach dem Dreh nicht mitnehmen sollte, damit der Nachmittag nicht zu langweilig wurde.

Der Berber fuhr sich mit den dreckigen Fingern durchs Haar und wischte sich mit dem Handrücken über den Mund. Sein Blick klebte an der Wodkaflasche. Gonzo erklärte ihm, was er haben wollte. Der Penner rappelte sich ganz fix und ganz ohne Krücke hoch. Gonzo setzte die Suzie an und zog die Schärfe nach. »Also, los geht's!«

Der Alte schlurfte durch die Bahnhofshalle, an den Strichern neben dem Fahrkartenautomaten vorbei. Vor dem Supermarkt blieb er stehen und glotzte durchs Schaufenster. Das Bild war ganz brauchbar. Auf dem Rückweg zum Nordausgang machte er an einem Abfallkorb halt. Er kramte einen angebissenen Hamburger heraus und stopfte ihn sich in den Mund. Der Typ war ein Naturtalent. Gonzo schwenkte über die vorbeihastenden Passanten. An der Marmorfassade der Valutabank im Durchgang zum Busbahnhof lehnten ein paar Gestalten mit engen Lederhosen, langen Haaren und zerfallenen Gesichtern. Ein Schäferhund mit einem geblümten Halstuch schlief neben ihnen auf dem Boden zwischen leeren Schnapsflaschen, Zigarettenkippen und Hamburgerverpackungen.

Der Penner tappte mit seiner Krücke am Bahnhofsbuchladen und der Frau am Fahrplan vorbei zu seinem Stammplatz zurück. Gonzo blieb mit der Kamera bei der Frau und zoomte ihr Gesicht heran. Die Augen zwei blaue Glanzsteine, die Backenknochen hochgezogen, die Haut fast weiß. Die blutrot geschminkten Lippen leicht geöffnet über dem babyrosa Halstuch im Jackenausschnitt. Gonzo war sich jetzt sicher, daß er sie mitnehmen würde.

Dann versperrte ein Kerl in schwarzer Lederjacke und mit einem Barett auf dem Kopf die Sicht. Sicherheitsdienst im Auftrag der Bundesbahn. Der Sheriff langte der Frau in die Jackentasche, sie stieß ihn zurück und schrie etwas auf polnisch. Gonzo behielt sie im Ausschnitt. Das Band lief weiter. Der Sheriff versetzte der Frau einen Schlag vor die Schulter, sie taumelte an die Wand und trat nach dem Mann. Der holte mit der rechten Hand aus, aber sie tauchte unter seiner Bewegung weg, so daß er nur ihr Halstuch zu fassen bekam. Die Frau rannte unter die Platte vorm Südausgang davon. Der Uniformierte blieb mit dem Halstuch in der Hand zurück.

»Gorny, die Sau!« knurrte der Penner auf einmal hinter Gonzo. »Der kassiert von jedem hier Standgeld.«

Gonzo setzte die Suzie ab. Der Sheriff stand vorm Fahrplan und redete in sein Walkie-talkie, das rosa Tuch in der anderen Hand. Gonzo zog die Nase hoch und spuckte aus. Dann drückte er dem Berber den Wodka in die Hand. »Starker Auftritt, Alter.«

Der Penner starrte die Flasche ein paar Sekunden glücklich an, dann kramte er einen Bleistiftstummel aus der Manteltasche und malte zwei dicke Striche oben und unten aufs Etikett. »Auffen Millimeter!« nuschelte er. »Son guten Stoff mußte dir einteilen.« Er schraubte die Flasche auf und setzte sie an. Als er sie wieder herunternahm, war der Pegel exakt bis zum ersten Strich gesunken. »Die reicht glatt drei Stunden!«

»Na, dann schönen Tag noch!« sagte Gonzo.

Sie stand drüben an der Bushaltestelle vor den handgemalten Schildern für die Verbindung nach Warschau. Gonzo sah sie, als er die Suzie in den Kombi zu der Reservekamera lud. Er holte die Kassette mit dem Berber heraus, legte ein Leerband ein und schob einen frischen Akku in den Schacht. Allzeit bereit.

»Gonschorek Videoproduktion?«

Sie war herübergekommen und las die Aufschrift auf dem Wagen. Ihr polnischer Akzent klang grauenhaft. Ihre Lederjacke fiel scheinbar zufällig auseinander. Darunter hatte sie nur ein Hemd an. Durch den Stoff zeichneten sich große dunkle Brustwarzen ab. Gonzo schluckte. Sie zeigte mit dem Finger auf die Schrift am Wagen und dann auf Gonzo. »Gonschorek?«

»Und wenn?«

Sie tippte sich an die Brust. »Dana.«

Gonzo zog die Nase hoch. Es war jetzt kurz nach eins, und das Band sollte erst um zwei im Studio sein. Zeit genug, um schon mal einen Teil von Herberts dreihundert Mark auf den Kopf zu hauen. »Wieviel?«

Dana drängte sich an ihn, ihre Hand schob sich zwischen Gonzos Beine. »Starker Mann. Hundert, französisch.«

»Njet.«

»Fünfzig?«

»Zwanzig.«

Sie fing an, auf polnisch zu schimpfen.

»Dreißig«, meinte Gonzo.

Sie hörte auf zu schimpfen.

»Steig ein.«

Im Wagen bediente sie sich sofort von den Zigaretten, die der WDR-Typ auf der Ablage vergessen hatte. Der Rauch stach Gonzo in der Nase. Aus dem Funkgerät quäkten leise die Routinemeldungen der Polizei. Gonzo schaltete den Scanner aus. Er fuhr unter der Bahnhofsbrücke hindurch, bog hinter der ehemaligen CAMERA am Kaiserhof ein paarmal links und rechts ab und erreichte den Verschiebebahnhof. Von hier waren es nicht mal vier Minuten bis zu dem großen Zeitungskomplex, in dessen Innenhof das Studio lag. Gonzo kippte den Sitz nach hinten. Dana warf einen Blick auf die Kameras in ihren Halterungen.

»Video?«

»Video«, bestätigte Gonzo und holte seine Brieftasche heraus. Er drückte ihr einen Zehner und einen Zwanziger in die Hand.

»Dziekuje.«

»Wohl knapp bei Kasse, Mädchen?« Er machte seine Hose auf. Ihr Blick hing immer noch an den Videokameras, während sie ihn mit der Hand massierte. Schließlich sah sie auf Gonzo herunter, ließ ihn los und kramte in ihrer Handtasche. Gonzo schloß die Augen und kämpfte gegen den Niesreiz, der ihm in der Nase kribbelte. Dana ließ mit dem Kondom auf sich warten, und als Gonzo die Augen wieder aufschlug, sah er gerade noch, wie sie die Reizgaspatrone auf sein Gesicht richtete. Gonzo warf sich zur Seite, so daß die Ladung an ihm vorbeiging. Dana hatte sich ein Taschentuch vors Gesicht gepreßt; sie hing über ihm und zerrte hinten den kleinen Camcorder aus der Halterung, den Gonzo immer als Reserve mitnahm. Gonzo schmiß sich gegen die Tür. Verriegelt, sein verdammter Sicherheitstick. Das Reizgas fraß sich in seine Lungen. Dana lag jetzt schon auf ihm; die große Suzie war auf die Schaumgummimatte gefallen, und endlich bekam sie den Camcorder los. Gonzo bäumte sich auf. Sie drehte sich und verpaßte ihm das restliche Gas. Er versuchte auszuweichen und knallte mit dem Kopf gegen den Seitenholm. Sterne tanzten vor seinen Augen. »Luder!« röchelte er und versuchte, sie an ihrer Lederjacke festzuhalten.

Dana riß den Camcorder fluchend an sich. Genau wie Gonzo kriegte sie kaum noch Luft. Dann schaffte sie es, die Tür auf ihrer Seite aufzumachen. Sie fiel fast aus dem Wagen, taumelte, kniete ein paar Sekunden hustend und würgend neben dem Kotflügel und kam schließlich torkelnd auf die Beine.

Gonzo schnappte nach Luft und kroch aus dem Fahrzeug. Dana lief gerade los, den Camcorder vor die Brust gepreßt. Gonzo stolperte über seine Hose, die ihm in den Knien hing.

Er wollte sich am Kotflügel festhalten, hatte dann aber ein paar Koordinationsprobleme und ging zu Boden.

»Dich pack ich noch, du Aas!« Trotz der tränenden Augen bekam er das Bild einigermaßen scharf. Er sah Dana am Ladeschuppen vorbei zur Straßenkreuzung rennen. Ein dunkler BMW konnte ihr gerade noch mit quietschenden Reifen ausweichen.

Gonzo zog sich an der Stoßstange hoch, arbeitete sich über den Kühlergrill zur Motorhaube vor und lehnte sich schließlich benommen gegen den Wagen. Nach einer Weile raffte er seine Hose hoch. Dann schlich er um den Kombi herum, riß Türen und Heckklappe auf und wartete, daß das Gas aus dem Innenraum abzog.

Im Studio roch es nach frischem Kaffee und abgestandenem Rauch. Lautlos flimmerte die Welt über die Monitorwand mit den 27 Kabelprogrammen. Ebenso stumm bewegten sich ein paar Techniker und Redakteure in den mit Nadelfilz ausgelegten Fluren. Herbert sah sich an einem der Nachbearbeitungsplätze ein Band mit aufkeimenden Knospen und Blüten an.

»Unsere Frühlingskassette«, sagte er. »Immer wieder gern gesehen.«

Herbert saß hier schon, als Gonzo vor drei Jahren zum ersten Mal im Studio auftauchte, um ein paar Bilder zu einem Sender zu überspielen. Er war früher angeblich mal einer von den ganz großen Sportreportern gewesen, bis sie ihm die Kungelei mit den Vereinsbossen ans Zeug geflickt hatten. Seitdem verdiente er sein Gnadenbrot unten im Keller als Redakteur für das Regionalfenster.

Gonzo warf Herbert die Kassette mit dem Berber auf den Tisch. »Einmal spitzenmäßiges Elend.«

Herbert schob das Band in einen freien Recorder und

grinste Gonzo freundlich an. »Mach erst mal deine Hose zu!« Die Bilder von dem Bahnhofspenner flitzten über den Schirm. »Gekauft.« Er drückte ein paar Tasten, um die Aufnahme zu kopieren. Danach holte Gonzo die Kassette aus dem Schacht.

»Kann ich mal an euren Videoprinter?«

»Wir sind hier doch nicht bei der Caritas.«

»Nur fünf Minuten.«

»Aber laß dich nicht erwischen.«

Gonzo verdrückte sich nach nebenan und warf das Gerät an. Er steckte das Band in den Abtaster und ließ es bis zu der Stelle vorlaufen, an der die Polin ins Bild kam. Der Ausschnitt war gut, er regelte die Vergrößerung und die Auflösung nach und ließ sich das Bild dreimal ausdrucken. Er steckte alles ein und stakste wieder hinüber zu Herbert. »Die Firma dankt!«

Gonzo war schon an der Tür, als Herbert fragte: »Schon was zu tun in den nächsten Tagen?«

Gonzo kehrte langsam zurück. »Kommt drauf an.«

»Kennst du Schäfer?«

»Flüchtig.« Die Einzelheiten behielt Gonzo lieber für sich.

»Schäfer macht einen Schwerpunkt für uns. Schutzpolizei in Essen.« Herbert sah Gonzo an. »Er sucht noch jemand für die Kamera.«

Gonzo kratzte sich am Kopf. Hinter dem linken Ohr hatte sich ein bohrender Schmerz eingenistet. Seine Zunge war pelzig, und sein Hals kratzte. »Ich kann ihn ja mal anrufen«, meinte er.

Auf der Bahnhofsplatte standen ein Notarztbus und zwei Streifenwagen. Ein Trupp vom Sicherheitsdienst lungerte mit ein paar BGS-Leuten im Eingangsbereich herum. Aus den Polizeiautos quäkte der Sprechfunk. Gonzo lenkte den Kombi auf die Platte und klappte die Sonnenblende mit dem Presseschild herunter. Die Taxifahrer hatten sich am ersten Benz der Schlange versammelt und beratschlagten, wie es mit Deutschland weitergehen sollte. Ein Trupp Senioren kämpfte sich mit seinen Koffern durch die Gaffer, die sich vorm Südausgang drängten. Sämtliche Betonpoller und Sitzplätze bei der Grünanlage waren leer; Flaschen, Dosen und Einwegspritzen lagen herum. Die Szene hatte lieber die Fliege gemacht. Im Rekordtempo holte Gonzo die Suzie heraus und nahm sie auf die Schulter. Hoffentlich hatte die Kamera bei dem Gerangel mit der Polin nichts abbekommen.

Er trabte durch die Halle. Vor dem Zeitschriftenladen packte ein Rentner Illustrierte in einen Ständer. Ein paar Farbige hockten auf den Stufen, die zur Galerie hinaufführten. Vor der Treppe zum Bahnhofsklo trieben sich Polizisten und Sicherheitsleute herum. Ein Arzt im weißen Kittel kam mit seinen beiden Notfallkoffern langsam die Treppe herauf, als Gonzo mit der Suzie auf der Schulter hinunterkletterte. Das Band lief schon, obwohl die Lichtverhältnisse grausam waren. Wahrscheinlich wieder nur ein toter Fixer. Nummer 34 in Gonzos Sammlung.

Eine schwarze Hand legte sich auf das Objektiv der Suzie. »Drehverbot!« Ein Kripomann drückte die Kamera herunter.

»Nur zwei Minuten, und ich bin schon wieder weg!«

Der Beamte musterte Gonzo. »Ihr Kerle seid wie die Schmeißfliegen.«

»Immer da, wo die Kacke am Dampfen ist.« Gonzo stoppte die Suzie und wedelte mit seinem Presseausweis. »Fixer?« fragte er mit Blick auf die Toiletten.

Der Bulle schüttelte den Kopf. »Einer von den Sicherheitsleuten. Erschlagen auf dem Männerklo.«

Ein anderer Kripomann kam aus der Toilette. Er hielt sich das Sprechfunkgerät ans Ohr. Dann fiel sein Blick auf Gonzo. »Was wollen Sie hier?«

Gonzo hob die Suzie an. »Was wohl? Sind Sie der Einsatzleiter?«

»Behrendt!« sagte der Polizeibeamte. »Hauptkommissar.« Er musterte Gonzo. »Sind Sie der Typ, der vorhin hier oben mit einem Nichtseßhaften Aufnahmen gemacht hat?«

»Wer hat Aufnahmen gemacht?« fragte Gonzo. »Ich weiß gar nicht, wovon Sie reden.«

»Die Sicherheitsleute haben auf ihrer Videokontrolle alles genau beobachtet. Sollen wir raufgehen und uns die Aufzeichnung ansehen?«

»Hat der Penner was mit dem Mord zu tun?« wich Gonzo aus.

»Wer sagt denn was von Mord?«

»Dann ist das hier wohl euer Betriebsausflug.«

»Wenn Sie vorhin hier gedreht haben, dann will ich das Band«, sagte Behrendt, Hauptkommissar. »Außerdem Ihre Adresse und Telefonnummer. Morgen kommen Sie vorbei und machen Ihre Aussage.« Er wandte sich an seinen Kollegen. »Schmittke, du kümmerst dich um ihn.« Behrendt hastete die Treppe zur Bahnhofshalle hoch.

»Also dann!« Gonzo drückte Schmittke seine Visitenkarte in die Hand. »Das Band hab ich draußen im Wagen.« Er schulterte die Suzie. »Einen Schritt zur Seite bitte, wenn Sie nicht mit draufwollen.«

»Stopp mal, Behrendt hat gesagt...«

Gonzo schaltete die Kamera ein und nahm das Okular vors Auge. »Behrendt hat gesagt, daß er meine Aussage und das Band will. Er hat nicht gesagt, daß ich nicht da reindarf.«

Gonzo schob sich an ein paar aufgeregten Sicherheitsleuten vorbei in das Männerklo. In den Putzmittelgeruch mischte sich der Gestank von Urin und Erbrochenem. Hier drin war das Licht erstklassig. Gonzo sah im Okular zuerst die verdrehten Beine des Mannes auf dem Boden auftauchen, schwenkte behutsam über seinen Unterkörper nach oben, bis er den Kopf und das Gesicht voll im Bild hatte. Es war der Sicherheitsmann, mit dem sich die Polin gestritten hatte. Gorny oder so. Sein Hinterkopf war eine blutige Masse, überall steckten Glassplitter in der Wunde. Scherben schwammen auch in der Blutlache, die sich rund um den Kopf auf den Kacheln ausgebreitet hatte. Reste einer Flasche, wie man an dem gezackten Halsstück erkennen konnte. Die Spurentechniker hatten schon ihre Nummerntäfelchen aufgestellt, unter anderem auch bei dem babyrosa Halstuch, das halb unter der Leiche lag. Gonzo zoomte den Kopf des toten Gorny heran. Echtes Tatortvideo. Das waren immerhin schon mal achthundert Mark von Herbert. Gonzo beendete die Einstellung auf dem Etikett der Wodkaflasche, mit der der Sicherheitsmann erschlagen worden war. Es hing blutverschmiert halb in der Pinkelrinne, hinten am Papier klebten noch große Glasstücke, und deutlich waren die beiden dicken Bleistiftstriche am oberen und unteren Rand zu sehen. Gonzo setzte die Kamera ab. »Raus!« pfiff ihn einer der Spurentechniker an.

Draußen auf der Treppe palaverten die Kollegen des Toten mit hektischen Gesten herum. »Das war das Polackenluder!« keifte ein dicker Wachmann, dem das Barett halb in den Nacken gerutscht war. »Gorny hat Punkt fünf vor eins über Funk gemeldet, daß sie sich wieder vorne an ihrem Platz rumgetrieben hat, obwohl sie Hausverbot hatte.«

»Dana«, sagte ein anderer. »Dana irgendwas. Rosa Tuch. War ihr Markenzeichen. Die Fahndung läuft schon, hab ich gehört.«

»Die soll sich bloß noch mal hier blicken lassen!« Ein

Schlagstock klatschte in die geöffnete Hand. »Holger und Thilo haben schon die Fixer vom Vorplatz scharfgemacht, daß wir für einen guten Tip ordentlich was springen lassen.«

Oben in der Halle plärrten Zugdurchsagen aus den Lautsprechern. Er machte ein paar Schnittbilder von den Sicherheitsleuten. Zwei Angestellte der Gerichtsmedizin trugen den Toten in einer Blechwanne vorbei. Die Kollegen nahmen die Barette ab, und Gonzo glitt langsam über die unbeweglichen Gesichter.

Er sah sich nach dem Penner mit der Krücke um. Keine Spur. Gonzo drängelte sich mit der Suzie durch die Menschen, die um den mit rot-weißem Flatterband abgesperrten Niedergang standen. Wo die Schutzpolizisten mit ihren knatternden Walkie-talkies die Leute an der einen Seite zurückschoben, wälzten sie sich an der anderen Seite wieder auf die Stufen zu.

Die Fixer vom Nordausgang waren verschwunden, genau wie die Stricher aus der Buspassage und die Mädchen, die normalerweise neben dem Geldautomaten der Valutabank stundenlang in ihren Täschchen nach ihren Scheckkarten kramten.

Gonzo patrouillierte einmal durch die Halle und sah in dem langen Gang bei den Schließfächern nach. Am Ende hockte ein heruntergekommener Typ auf dem Boden; ein halbes Dutzend Tüten im Rücken und ein Pappschild vor sich auf den Fliesen, auf dem etwas stand, was man mit viel Phantasie als HILFE entziffern konnte. Zwei Groschen lagen auf der Pappe. Gonzo kramte eine Mark aus der Tasche.

»Ich such jemand.«

Der Penner blinzelte. Er war noch gar nicht so alt, hatte glatte braune Haut, verfilzte Haare und einigermaßen gesunde Zähne. »Jeder sucht was.«

Gonzo warf die Mark auf die Pappe. »Den Krückenpenner. Irgendeine Ahnung?«

»Der Max?«

»Heißt er so?«

»Was wolln Sie nu von dem?« Der sächsische Tonfall war nicht zu überhören.

»Was bereden.«

Der Typ steckte die Mark ein und wischte den Nasenrotz am Ärmel ab. »Ich hab noch nix gegessen, den ganzen Dach noch nisch.«

Gonzo holte einen Zehnmarkschein heraus. Als der Sachse danach griff, zog er ihn weg. »Also?«

»Manchmal isser vorn an der Südplatte.«

Gonzo steckte den Zehner wieder ein. »Du kommst dir wohl besonders schlau vor, was?«

»Das Leben ist hart.«

Gonzo holte den Schein wieder hervor. »Zweiter Versuch!«

Der Sachse zupfte Gonzo den Zehner aus der Hand und verstaute ihn sorgfältig in einer zerfledderten Brieftasche. »Versuch's mal unten am Viehofer Platz. Kann sein, dasser bei der Anlage da is. Oder bei dem Lokus da.«

Gonzo schleppte die Suzie zum Wagen zurück, nahm das Band heraus und erneuerte den Akku. Er ließ den Kombi unter der Plexiglasabdeckung hervor langsam auf die Straße rollen. Es hatte angefangen zu nieseln. Er klickte den Scheibenwischer an und fädelte sich in den laufenden Verkehr ein. Ein Kribbeln machte sich in seiner Nase breit, dann tränten seine Augen. Das Reizgas steckte noch in den Sitzpolstern. Er fluchte. Zweieinhalbtausend hatte die Reservekamera gekostet, funkelnagelneu mit allen Schikanen und dreißig Prozent Rabatt. Auf dem Polenmarkt würde sie der Polin locker ihre achthundert bringen, wenn nicht mehr. Er drehte die Seitenscheibe herunter und bekam einen Schwall feuchtkalte Luft ins Gesicht. Er mußte niesen.

Zehn Minuten später passierte er wieder unter den wachsamen Augen eines Pförtners, den er bisher hier noch nie gesehen hatte, den Schlagbaum zum Innenhof des Zeitungsverlages. Die Parkplätze waren alle besetzt, nur hinten an der Wand, bei den reservierten Flächen für die Geschäftsleitung, war noch etwas frei. Gonzo stellte den Kombi auf einen der Chefparkplätze und klappte die Sonnenblende auf der Beifahrerseite mit dem ARZT IM EINSATZ-Schild herunter.

Unten im Studio erfuhr er von einer Sekretärin, daß Herbert eine Besprechung hatte und er mit dem Chef vom Dienst vorliebnehmen mußte. Der hockte in seiner Einmannzelle und telefonierte. Nach zehn Minuten war er so gnädig, sich Gonzos Band mit der Toilettenleiche anzusehen. Er bot fünfhundert Mark, Gonzo verlangte tausend, und sie einigten sich auf achthundert. Gonzo füllte drei Zettel aus und gab alles im Büro bei der Wasserstoffblondine hinter ihrem penibel aufgeräumten Schreibtisch ab. Sie rümpfte die Nase. »Ist Ihre Dusche kaputt?«

2

Das Loft lag in der ersten Etage in einem Hinterhof an der Altenessener Straße. Das Vorderhaus stammte aus den dreißiger Jahren und hatte einmal einem Gemüsegroßhändler aus Kleve gehört. Nach seinem Tod war es einem Makler gelungen, den Erben das alte Stück abzuschwatzen. Er verkaufte es umgehend weiter an einen Freak in ausgelatschten Turnschuhen, Jeans und T-Shirt, der es schon kurz nach seinem Abitur mit ein paar selbstgeschriebenen Computerprogrammen zum Halbmillionär gebracht hatte. Im Nebenhaus versperrte ein rostiges Scherengitter den Durchgang zu einem leeren Hinterhofkino. Die FILMBÜHNE war angeblich eines der ältesten Essener Kinos gewesen, und in den siebziger Jahren hatte ein linker Rechtsanwalt mit ein paar Szene-Menschen den Laden gepachtet und versucht, das Banner der Filmkunst hochzuhalten. Im Schaukasten neben der Toreinfahrt klebte noch ein vergilbtes Plakat für Antonionis *Rote Wüste*. Mit dem Programmkino war es dann von Bilanz zu Bilanz abwärts gegangen.

Gonzo rangierte den Kombi in den Hof und lud die Suzie und die Akkus aus. Er schleppte die Kamera die beiden Treppen hinauf. GONSCHOREK VIDEOPRODUKTION stand auf einem Plastikschild, für das Gonzo bei seinem Einzug 27,80 Mark investiert hatte. Schon nach zwei Tagen waren rund um den Schriftzug mysteriöse bis obszöne Edding-Schmierereien aufgetaucht. Gonzo hatte einen der Halbwüchsigen aus dem Vorderhaus in Verdacht, die in großen Rudeln bei dem Computertypen rumhingen.

Das Loft war fast 150 Quadratmeter groß, langgestreckt, mit einem nachträglich eingebauten Bad an der Stirnseite. Früher war hier eine Druckerei gewesen. Gonzo hatte sich bei seinem Einzug nicht einmal die Mühe gemacht, die Löcher im Boden zu verschmieren, in denen die Offsetmaschinen verankert gewesen waren.

Wie immer, wenn es draußen kalt war, zog ein frischer Lufthauch durch den Raum. Gonzo packte die Kamera an ihren Platz bei der Schnitteinheit und dem Bildmischer, die er an der kahlen Längswand aufgebaut hatte. Auf den Arbeitstischen herrschte penible Ordnung. Die Leerkassetten lagen im rechten Winkel zur Tischkante, die Regler des Mischpultes waren in einer Reihe auf Null gezogen. Den alten Tresor hinten an der Wand hatte Gonzo mit der Wohnung übernommen, da bisher wohl jeder Vormieter daran gescheitert war, den Eisenklotz wegzuschaffen. Was er enthielt, wußte keiner, weil niemand einen Schlüssel besaß.

Gonzo checkte die Kamera kurz durch, steckte die Akkus ins Ladegerät und packte die Kassetten mit dem Penner und der Bahnhofsleiche in seinen Stahlschrank, in dem er alle Bilder aufhob, die er bisher gemacht hatte. In den drei Jahren, die er das Geschäft jetzt schon als Freier betrieb, war eine Menge zusammengekommen. Sieben Reihen mit Tapes voller Unfälle, Trümmern, Feuerkatastrophen. Bänder mit vor Verzweiflung schreienden Menschen, die gerade erfuhren, daß ihre Familie verbrannt war, und anderen, die mit größter Beherrschung bei Autowracks standen, aus denen die Feuerwehr ihre Angehörigen herausschweißte. Gonzo hatte kein Problem damit, daß er der Mann für das Grobe war. Wenn er im Polizeifunk oder bei der Feuerwehr etwas hörte, fuhr er hin und machte die Bilder. In den Nachrichtenredaktionen der Sender warteten sie nur darauf, daß er etwas anbot. Blut war gut für die Quote, und je näher es vor der eigenen Haustür floß, desto besser. Ein überfahrenes Kind auf dem Ruhrschnellweg war mehr wert als drei Minuten Massenerschießungen aus Sarajevo.

Der Anrufbeantworter auf dem großen Glastisch in der Mitte des Raumes blinkte. Gonzo hatte die alte Panzerglastür einer Bank auf zwei stabile Böcke gelegt und sein Büro darauf eingerichtet: ein kleiner Apple-Rechner mit Drukker, Telefon und Fax, Anrufbeantworter, Rolodex und eine alte Schublade voller Krimskrams. Dazu ein goldfarbener Plastik-Oscar; das Geschenk einer Frau, die dachte, sie würde ihm damit eine Freude bereiten. Während er sich auszog, hörte er den Automaten ab.

»Nachrichtenredaktion, Chef vom Dienst, haben Sie zufällig was von dem Massenunfall auf der A 40 gestern?«

»Gonzo, wir wollten uns doch mal zusammensetzen wegen des Drehs nächste Woche, du weißt schon...«

»Kegelklub Gut Holz hier. Über unser 25jähriges Vereinsjubiläum möchten wir gerne einen Videofilm ... würden Sie so etwas übernehmen?«

»Teleservice Herrschenreuther, Herr Gonschorek, da ist noch eine Reparaturrechnung von achtzehnhundert Mark offen ...«

Und so weiter. Zuletzt eine Frauenstimme. »Guten Tag ... ich studiere hier an der Universität ... Literaturvermittlung und Medienpraxis ... ich suche einen Praktikumsplatz ... können Sie mich vielleicht zurückrufen?«

Gonzo ging ins Bad und stellte sich unter die Dusche. Es tat gut, sich von dem heißen Wasser den Dreck der letzten Stunden herunterspülen zu lassen. Den Unfall auf der A40 hatte er verpaßt, und der Teleservice konnte noch ein bißchen auf seine Überweisung warten. Den Kegelklub würde er Hassenkamp überlassen. Der Hauptkommissar von der Dokumentationseinheit der Kripo besserte mit solchen Filmchen seine Haushaltskasse auf. Für die Vermittlung revanchierte er sich gelegentlich mit ein paar Tips über Polizeieinsätze, die Gonzo dann exklusiv hatte.

Nach zehn Minuten kapitulierte der kleine Lüfter vor dem Wasserdampf, und das enge Bad nebelte langsam ein. Gonzo trocknete sich ab und suchte sich ein paar frische Sachen aus seiner Wäschekiste. Während er sich anzog, überlegte er, wie er den Krückenpenner aufgabeln konnte. Ganz klar, daß er dem Sicherheitsmann die Flasche über den Kopf gezogen hatte. Gonzo sah die Geschichte schon vor sich. Geständnis vor der Kamera, Kripo hilflos, Journalisten für Recht und Gerechtigkeit. Eins der Kriminalmagazine bei den Privaten würde schon anbeißen, denn die Bilder zu der Geschichte waren absolut in Ordnung. Nicht eine Sekunde getürkt, da konnte er mit mindestens vier- bis fünftausend Mark rechnen.

Gonzo ließ sich in den alten Bürosessel fallen und starrte

aufs Telefon. Wenn einer genug Connections besaß, um die Story aufzureißen und abzusetzen, dann war das Schäfer. Schäfer hatte sein Domizil auch in einem Hinterhof, aber der lag an der Rüttenscheider Straße und beherbergte außer Schäfers Pressebüro noch eine Werbeagentur, einen kleinen Verlag für Essener Heimatliteratur und einen Typen, der laut Firmenschild »media consulting« anbot. Die ganze Anlage nannte sich »Kreativ-Center an der Rü« und befand sich direkt neben dem alten UNIVERSUM, in dem jetzt ein Supermarkt steckte, wo Gonzo gelegentlich einkaufte.

Er klappte am Rolodex Schäfers Karte auf, angelte nach dem Telefon und drückte die Nummer. Er atmete tief durch. Schäfer nuschelte seinen Namen in die Muschel, als lutsche er gerade eine ganze Rolle Drops.

»Herbert sagt, du suchst einen Kameramann für deine Polizeigeschichte.«

»Kannst du wieder mal die Miete nicht bezahlen?«

»Ich hab da außerdem noch eine Story.«

»Ah ja?«

»Könnte eine schöne Sache werden.«

»Schon verkauft?«

»Die geht ohne weiteres weg. Garantiert.«

»Kannst du sonst noch was erzählen außer heißer Luft?«

»Ein toter Sicherheitsmann auf dem Bahnhofsklo. Heute nachmittag. Die Kripo sucht eine Polennutte. Schwerer Tatverdacht.«

»Und wo ist die Story?«

»Sie war's nicht.«

»Wer dann?«

»Sind wir im Geschäft?«

»Ich überleg's mir.«

»Viel Zeit hast du nicht.« Gonzo wippte mit dem Sessel.

Schäfer schnaufte. »Meinetwegen. Reden wir drüber.«

»Und über den Kamerajob.«

»Du bist ein Geier, Gonzo, weißt du das? Wenn man dich erst mal am Hals hat...«

»Samstagmittag, im Bahnhofsrestaurant«, schlug Gonzo vor.

Schäfer grunzte etwas, was man durchaus als Zustimmung auffassen konnte. Gonzo unterbrach die Verbindung und kippte den Bürosessel noch weiter zurück, bis er fast in der Horizontalen schwebte. Wenn alles klappte, dann scheffelte er mit Schäfers Kamerajob und der Pennergeschichte soviel Geld, daß er nachts ein paar Wochen würde zu Hause bleiben können. Die Gondelei durchs Ruhrgebiet, immer mit einem Ohr am Polizeifunk, zerrte auf die Dauer an den Nerven. Stundenlang tote Hose. Zwischen eins und zwei die Säufercrashs auf den Ausfallstraßen, Familienstreitereien und Kneipenschlägereien. Nichts von Belang. Aber dann meistens zwei, drei Sachen auf einmal. Schwere Unfälle, Messerstechereien, Feuer in Ausländerwohnheimen; als hätten alle nur darauf gewartet durchzudrehen. Meist fuhr er dahin, wo sie die meisten Krankenwagen anforderten.

Gonzo schlurfte hinüber zu dem Rack mit den Funkscannern und schaltete den Polizeifunk ein. Routinemeldungen. Er holte einen Videoprint von der Polin aus der Jacke und setzte sich wieder an den Schreibtisch. Dana. Sie hatte wohl verdammt dringend Geld gebraucht, wenn sie schon Kunden beklaute. Gonzo fragte sich, wozu. Sogar die Junkiebräute gingen ihren Freiern nur im äußersten Notfall an die Wäsche. Vielleicht wollte sie zurück nach Polen, und es fehlten noch ein paar Mark für die Fahrkarte? Aber wieso hatte sie ihm dann nicht die Brieftasche, sondern die kleine Kamera geklaut? Er legte den Videoprint in die Ablage und warf den Computer an, um die Tageseinnahmen in die elektronische Buchführung einzutragen. Zwar blieb die Zahl unterm Strich negativ, aber wenigstens war sie nicht mehr vierstellig.

Gegen neun wurde Gonzo unruhig. Seine normale Zeit, um auf die Jagd zu gehen. In der letzten Stunde hatte der Polizeifunk kaum etwas hergegeben, jetzt fingen die ersten Familienstreitereien an. In Anbetracht des Aktes, den er heute auf dem Postgiroamt wegen einer lausigen Überziehung hatte hinlegen müssen, war es wohl ganz ratsam, etwas für ein ausgeglichenes Konto zu tun.

Er stopfte die Akkus in die Taschen seiner Rangerweste, stülpte den Wetterschutz über die Suzie und steckte ein paar leere Bänder ein. Draußen war es trocken, aber im Wetterbericht hatten sie Schneeregen angekündigt. Vom Fenster aus sah Gonzo im Hinterhof zwei Katzen um den Müllcontainer schleichen. Der Mond hing schon über dem Dachfirst. Eine klägliche Lampe beleuchtete die Toreinfahrt.

Ein heller Audi rollte in den Hof und stellte sich vor Gonzos Kombi. Hauptkommissar Behrendt und Schmittke stiegen aus. Zwei Minuten später ging Gonzos Türklingel. Er öffnete.

»Ich hab zu tun.«

»Erst reden wir mal ein paar Takte!« Behrendt schob sich an Gonzo vorbei in das Loft. Schmittke machte die Tür zu und lehnte sich dagegen.

»Staatsgewalt, ja?« fragte Gonzo.

»Wir können auch anders«, meinte Behrendt. »Mit Schlauköpfen wie dir werden wir allemal fertig.«

»Also?«

»Du solltest Schmittke vorhin doch die Kassette geben. Schon vergessen?« Behrendts Blick streifte Gonzos Schreibtisch und blieb an dem offenen Stahlschrank hängen.

»Die hätte ich schon noch vorbeigebracht.« Gonzo angelte nach dem Band und schob es in den Recorder. Der Krückenpenner erschien auf dem Monitor. Gonzo schaltete auf Kopieren und warf den zweiten Recorder an. Nur für alle Fälle.

Schmittke kam von der Tür herüber und stellte sich neben seinen Chef. Zu dritt sahen sie sich die Sequenz an. Als Dana ins Bild kam, schoß Behrendts Kopf nach vorn. Nachdem die Szene durchgelaufen war, spulte Gonzo zurück und fuhr sie noch einmal mit halber Geschwindigkeit ab.

»Das Band nehmen wir mit.« Behrendt fummelte an dem Recorder herum.

Gonzo drückte die Auswurftaste. »Wenn es Ihnen hilft.«

Behrendt reichte die Kassette an Schmittke weiter, der ließ sie in der Manteltasche verschwinden. »Was meinst du, warum unser Schlaukopf uns das Band nicht geben wollte?«

Schmittke musterte Gonzo nachdenklich. »Vielleicht ist er vergeßlich.«

»Meinst du?«

»Kann auch sein, daß er Angst hat.«

»Hast du Angst, Schlaukopf?« fragte Behrendt.

»Moment mal«, sagte Gonzo.

Behrendt sah Schmittke an. »Wovor soll unser Schlaukopf denn Angst haben?«

»Vielleicht davor, daß wir rauskriegen könnten, daß er die Polin gekannt hat.«

»Ach?« Behrendt wandte sich erstaunt an Gonzo. »Kann das sein, Gonschorek?«

»Mit der Nummer solltet ihr zum Fernsehen gehen«, sagte Gonzo. »Ich hab die Polin nicht gekannt.«

»Und wie kommt es dann, daß ein Zeuge gesehen hat, wie du nach deinem Dreh hier mit ihr geredet hast? Auf dem Parkplatz hinterm Bahnhof, erinnerst du dich nicht?«

Gonzo spürte, daß sich sein Magen zusammenzog und die Nackenmuskeln sich versteiften. »Sie hat gefragt, ob ich sie ein Stück mitnehmen kann.«

»Wohin denn?«

Gonzo zuckte mit den Schultern. »Keine Ahnung. Ich hab keine Zeit gehabt.«

»Glaubst du ihm das, Schmittke?«

»Ich glaube nicht.«

»Ha-ha«, machte Gonzo.

»Hat sie noch irgend etwas über Gorny gesagt?« fragte Behrendt.

»Über wen?«

»Den Wachmann, mit dem sie aneinandergeraten ist.«

»Kein Wort.«

»Sonst etwas Ungewöhnliches?«

»Nichts.«

»Nebbich«, sagte Behrendt. Er holte eine abgegriffene Karteikarte mit einem Polaroid von Dana und den Vermerken über ihr Hausverbot im Bahnhof heraus. »Kannst du mir sagen, warum sie trotzdem da unten gestanden hat?«

»Ich frag sie, wenn ich sie treffe.« Gonzo schnappte sich seine Kamera. »War's das? Ich muß arbeiten.«

Behrendt steckte die Karte wieder ein und nickte Schmittke zu. Die beiden traten den Rückzug an. »Wehe, wenn du uns nicht alles gesagt hast, Schlaukopf!«

Gonzo wartete ein paar Minuten, bis sie ihren Wagen aus dem Hinterhof gefahren hatten. Die Magenschmerzen ließen nach, aber die Muskeln in seinem Nacken blieben weiter hart.

Draußen war es arschkalt. Inzwischen fiel dünner Eisregen. Gonzo schleppte die Suzie zum Kombi und manövrierte das Auto durch die Toreinfahrt. Auf der Altenessener Straße herrschte kaum noch Verkehr. Die halbgefrorenen Tropfen tanzten im Scheinwerferlicht. Im Wagen hinterließ sein Atem Nebelschwaden. Die Heizung wollte nicht so richtig, und so setzte Gonzo sich auf seine klammen Hände, wenn er an den Ampeln warten mußte.

Er fuhr am Viehofer Platz zwischen den tristen Bürohäusern herum, machte einen Abstecher zur Universität und warf einen kurzen Blick in eine Seitenstraße, wo er vor einem halben Jahr die Männer vom Wirtschaftsdezernat bei der Durchsuchung eines dubiosen Verlagsbüros gefilmt hatte. Überall tote Hose.

Wieder am Viehofer Platz, sah er ein paar Gestalten, die sich bei dem geschlossenen Toilettenhaus neben der Kirche herumdrückten. Die Gegend wirkte völlig verlassen, obwohl hier die Fußgängerzone aus der Innenstadt endete. Zwischen der Bank und dem polnischen An- und Verkauf lag die düstere Fassade des alten ROXY. Berühmt für seine Pferdeopern. *Südwest nach Sonora*. Als die Cowboys aus der Mode kamen, versuchten sie es noch ein Jahr mit Softpornos, aber dann hatten sich die Regenmantelmänner alle einen Videorecorder gekauft und sich die Schweinereien zu Hause reingezogen. Die Studentenkneipe an der Ecke war geschlossen, nur in den Räumen des Verlages darüber brannte noch Licht.

Gonzo fuhr den Kombi auf den Fußweg bis zur Betonumfassung des verkommenen Grünstreifens rund um die Kirche. Die Gestalten entpuppten sich als drei Männer in dicken Mänteln und verfilzten Haaren. Sie kauerten im Windschatten des Pissoirs und hatten sich in einem alten Abfalleimer ein Feuer angezündet. Eine Einkaufskarre mit Bierdosen stand neben ihnen. Sie schienen Gonzo überhaupt nicht zu bemerken, bis er seine Hand nach dem Einkaufswagen ausstreckte, um ihn beiseite zu schieben.

»Pfoten weg, du Penner!« Der Berber mußte um die fünfzig sein, soweit Gonzo das seinem Gesicht unter dem verstrubbelten Bart ansehen konnte. Seine beiden Kollegen waren viel jünger und viel betrunkener. Sie starrten Gonzo träge und sprachlos an.

»Ich suche den Max«, sagte Gonzo. »Den mit der Krücke.«

»Und warum?«

»Privatsache.«

»Scheiß drauf.«

Gonzo holte einen Zehnmarkschein heraus. »Also?«

»Der Max is am Bahnhof.« Der Penner langte nach dem Schein, aber Gonzo war schneller.

»Ist er nicht.« Gonzo steckte den Zehner wieder ein.

»He, Moment mal.« Einer der drei stand auf und verstellte ihm den Weg. Gonzo sah in wäßrige Augen. »Gib die Kohle.«

»Nicht für so einen lahmen Vortrag.«

»Kann sein, daß mir noch was einfällt.«

Gonzo holte den Zehner wieder heraus. Der Typ steckte ihn blitzschnell ein. »Guck mal im Stadtgarten nach. Hinterm Opernhaus oben. Da macht die Krücke Platte.«

Gonzo sah zu, daß er zum Kombi zurückkam. Eine halbvolle Bierdose flog an ihm vorbei und knallte vor dem Wagen aufs Pflaster. Was die Stadtratten ihm noch hinterherschrieen, verstand er nicht.

Gonzo wendete und fuhr in Richtung Innenstadt. Er nahm die Schützenbahn und hätte an der Haltestelle unterm Rathaus beinahe einen Crash mit einem Bus gehabt, der aus der Bucht herausschwenkte.

Am Stadtgarten zwischen dem weißen Klotz des Opernhauses und dem Saalbau lag alles im Dunkeln. Die wenigen Laternen im Park stanzten nur kleine verwaschene Flecken aus der Schwärze. Gonzo parkte vor dem Schaukasten und holte den Handscheinwerfer heraus. Das gefrorene Gras knirschte unter seinen Schritten, als er den Musentempel umrundete und alles ableuchtete. Aus der breiten Rampe an der Rückfront drangen dumpfe Schläge und lautes Stöhnen. Gonzo wedelte mit dem Licht und rief etwas, ehe er hinunterlief.

Zwei Gestalten in olivgrünen Jacken und mit Baseballschlägern tauchten im Scheinwerferkegel auf. Gonzo sah Kahlköpfe und aufgerissene Augen. Die beiden waren fast noch Kinder. Aufgescheucht von Gonzos Licht, rannten sie die Betonpiste hinauf und verschwanden in den Büschen.

Gonzo leuchtete in die Zufahrt. Neben der großen Stahltür ragten dicke Heizungsrohre aus der Mauer und bliesen warme Luft in die Nacht. Auf dem Boden lag eine zusammengekrümmte Gestalt. Der Krückenpenner. Er sah ziemlich übel aus. Sie hatten ihm die Kleider vom Leib gerissen, ehe sie ihn verprügelten. Gonzo leuchtete über aufgeplatzte Haut, Schürf- und Platzwunden und fand endlich das Gesicht. Der Berber war bewußtlos und röchelte, als wollte er gleich den Löffel abgeben. Sein linkes Auge war blutunterlaufen, auf der Stirn war die Haut aufgeplatzt, und das Blut lief aus der Wunde übers Gesicht. Neben ihm lagen seine zerfledderten Plastiktüten, verstreute alte Kleider, seine Krücke und ein vollkommen verdreckter Schlafsack.

»Scheiße auch!« Gonzo trabte zur Telefonzelle an der Kreuzung zurück. Er drückte den Notfallhebel herunter und meldete: »Überfall, schwerverletzte Person, Opernhaus. Krankenwagen.«

Die zehn Minuten, die sie brauchten, um herauszukommen, verbrachte er damit, die Suzie zu holen und ein paar Bilder von dem Penner zu machen, wie er langsam wieder zu Bewußtsein kam und verstört ins Licht des Scheinwerfers blinzelte, den Gonzo auf die Kamera geklemmt hatte. Dann flackerten auch schon Blaulichter die Straße herauf. Gonzo ging ihnen entgegen. Außer dem Notarzt tauchte auch noch ein Streifenwagen auf. Zwei Uniformierte stiegen aus. »Haben Sie am Notruf rumgespielt?«

Gonzo erklärte ihnen, daß da hinten einer böse zusammengeschlagen worden war, und sie machten sich gemeinsam auf den Weg zur Rückseite des Opernhauses. Der Notarztwagen holperte hinter ihnen her über den gefrorenen Rasen.

Das Stöhnen des Alten klang nur noch leise aus der Einfahrt. Der Penner hatte sich den Schlafsack über den Oberkörper gezogen. Die Sanitäter gingen zu ihm hinunter. Die Polizisten besahen sich flüchtig die Umgebung und ließen sich von Gonzo erzählen, was passiert war.

»So was kommt jetzt immer öfter vor!« meinte der eine Wachtmeister. »Pennerticken nennen die Kids das.« Dann suchten sie die Klamotten des Alten zusammen und stopften sie in seinen Schlafsack. Gonzo machte das Licht auf der Suzie an und setzte das Okular vors Auge. Die Beamten fuhren herum. »Was gibt das denn?«

»Für die Tagesschau!« grunzte Gonzo, ohne die Suzie von der Schulter zu nehmen.

Die Sanitäter legten den Penner auf ihre Bahre, deckten ihn zu und brachten ihn zu ihrem Wagen. Gonzo blieb mit der Kamera noch eine Weile dran, um ein paar Abschlußbilder zu kriegen. Der Fahrer klappte die Hintertür zu.

»Wo kommt der hin?« fragte Gonzo.

»Notaufnahme Klinikum«, knurrte der Mann und verschwand um den Wagen.

Gonzo sah dem Transporter nach, wie er über die Wiese zur Straße schlidderte. Das Blaulicht flammte auf, und gleich darauf machten sie auch noch die Sirene an. Den Krückenmax hatte er erst mal im Sack; bei den Verletzungen war ihm mindestens eine Woche Krankenhaus sicher. Zeit genug für Schäfer, um die Geschichte unter Dach und Fach zu bringen.

Zufrieden packte Gonzo die Suzie wieder ein. Die Polizisten notierten sich noch seinen Namen und seine Anschrift und schoben ab. Gonzo ging zurück zu seinem Kombi, wechselte die Akkus und die Kassette und setzte sich ans

Steuer. Der Wagen war inzwischen wieder vollkommen ausgekühlt. Er drehte die Heizung voll auf und fuhr eine Runde hinauf nach Rüttenscheid und Bredeney und dann wieder hinunter in die City. Im Polizeifunk liefen die Bestellungen der Revierwachen an die Streifenwagen für das zweite Abendessen.

3

Gonzo haßte Freitage. Die Oma hatte nichts Besseres zu tun, als sich von der Verkäuferin nun schon zum dritten Mal den Unterschied von normaler Wurst und Diätwurst erklären zu lassen. Gonzo trat vor der Metzgertheke von einem Fuß auf den anderen. In seiner Karre stapelten sich eine Palette Joghurt, eine frische Flasche Wodka, ein paar Tiefkühlpizzas und ein großes Stück Käse. In dem Supermarkt an der Breslauer Brücke schoben sich die Muttis und Omis durch die Gänge und deckten sich für das Wochenende ein.

Der Raum war zu hoch für seine Länge, trotz der abgehängten Decke. Als hier noch die KURBEL als typisches Vorstadtkino die großen Filme aus den Innenstadthäusern nachspielte, saß Gonzo am liebsten oben auf der geschwungenen Empore, wo jetzt der Filialleiter aus seiner Glaskanzel alles im Blick hatte. Sie war ungefähr an der Stelle, an der Gonzo meist mit Heike gesessen hatte. Die kleine Brünette aus der Parallelklasse fand ihn so unheimlich toll, weil er ein eigenes Fotolabor im Keller besaß. Denn da unten konnte man sich einschließen, auch wenn man nicht unbedingt Filme entwickeln wollte.

Gonzo rammte der Omi seinen Wagen in die Kniekehlen. »Ich hab nicht den ganzen Tag Zeit, gnädige Frau!« In der

Schlange hinter ihm wurde Zustimmung laut. Als er endlich an die Reihe kam, bedachte ihn die Verkäuferin mit einem frostigen Blick.

Gonzo ließ sich ein halbes Pfund Dauerwurst geben und karrte seine Einkäufe zur Kasse. Die Schlange bewegte sich nur langsam. Die Kassiererinnen rätselten an den neuen Preisen für die Sonderangebote herum. Eine Karre traf Gonzo in die Kniekehle. »Vorwärts, Sie Rüpel!« Hinter ihm stand die Omi.

Heike behielt mit müden Augen die Ware auf dem Kassenband im Auge und tippte automatisch die Zahlen ein. Erst als ihr Blick auf Gonzos Wodkaflasche fiel, sah sie auf. »Na, auch mal wieder da?«

Gonzo lächelte. »Wie geht's?«

Sie lächelte zurück. »Mein Kleiner wird nächste Woche zehn.«

»Tja«, meinte Gonzo. »Die Zeit vergeht.«

Sie war nicht mehr so hübsch wie früher, aber Gonzo fand, daß ihre Grübchen an den Wangen immer noch ungeheuer sexy wirkten. Leider war sie verheiratet mit einem Speditionsfahrer und nahm ihre Ehe katholisch ernst.

»Und sonst?« Sie riß den Kassenbon ab. »Vierundachtzig siebzig.«

Gonzo gab ihr einen Hunderter. »Geht so«, sagte er. »Muß ja.« Er packte seine Ware in den Karren und nahm das Wechselgeld.

»Laß dich mal wieder sehen«, meinte sie zum Abschied. »Mittwoch ist besser, da ist nicht soviel los.«

Er nickte ihr zu und machte den Platz für die Omi frei.

Im Radio meldeten sie das übliche Wochenendchaos von Duisburg bis Dortmund, und im Polizeifunk liefen die ersten Bestellungen für die Krankenwagen. Gonzo kümmerte sich nicht um die Meldungen über die Auffahrunfälle. Zwecklos, sich in dem ganzen Gewühle auf den Weg zu machen. Bis er sich durch die Blechlawine gekämpft hatte, hatten sie am Unfallort schon längst alle Opfer weggebracht und das Blut auf der Straße abgestreut.

Gonzo hatte den Vormittag damit verbracht, sich nach Ersatz für die gestohlene Suzie umzusehen. Aber selbst eine vernünftige Gebrauchte war nicht unter tausend Mark zu bekommen. Er rief Hassenkamp im Polizeipräsidium an, gab ihm die Nummer von dem Kegelverein und wollte wissen, ob für das Wochenende irgendwelche Razzien geplant waren. Negativ, sagte Hassenkamp und fragte Gonzo, ob er Lust hätte, am Sonntag mit zu den Karl-May-Festspielen zu fahren, *Der Schatz im Silbersee*. Hassenkamp stand auf Western. Gonzo meinte, lieber würde er den Rest seines Lebens mit Maria Hellwig auf einer einsamen Insel verbringen, als sich das ganze Theater anzutun, und legte auf.

Gonzo genehmigte sich beim Thaigrill gegenüber vom früheren LUX AM STERN zwei Frühlingsrollen, nahm die noch halbgefüllte Coladose mit in den Wagen und drehte ein paar Runden um die Innenstadt. Zwischendurch fuhr er immer mal wieder am Omnisbusplatz hinter dem Bahnhof vorbei und hielt nach der Polin Ausschau. Keine Spur von Dana.

Es wurde langsam Abend. Die ersten Kinobesucher, Bummler und Kneipengänger strebten in die City. Gonzo sah sie auf der Gegenfahrbahn stadteinwärts rollen. Helle Gesichter hinter nassen Autoscheiben. Im Funk ging es um ein paar Unfälle, aber sie bestellten keine Krankenwagen. Gonzo blieb ruhig. So richtig ging es erst später am Abend los, wenn die Landeier vom Niederrhein einfielen und sich nicht daran gewöhnen konnten, daß die Straßen hier schon vierspurig waren.

Die Wärme aus der Heizung hatte die Luft im Kombi

trocken und stickig gemacht. Danas Reizgas war immer noch nicht ganz verflogen. Er kurbelte das Seitenfenster einen Spalt weit herunter und fuhr vom Moltkeplatz wieder nach Norden. An der Kreuzung wartete er unter dem Starenkasten der Verkehrspolizei geduldig auf Grün. Gonzo studierte die Ziegelfassade des Kommunalverbandes und erinnerte sich an die RUHRLAND-LICHTSPIELE auf dem Hinterhof. Neben ihm hupte es, und der Beifahrer eines LKW zeigte auf die Abbiegerampel. Gonzo preschte los, unter der Autobahnbrücke durch, und drehte dann vor dem Tunnel nach links ab.

Rechter Hand lag die Bahnhofstankstelle mit dem 24-Stunden-Service und das große Parkhaus. Davor der Platz mit der Taxispur, auf der die elfenbeinfarbenen Wagen in Zweierreihe standen. Unter den Plexiglaskuppeln am Bahnhofsausgang lümmelten ein paar dunkelhäutige junge Männer in Windjacken und Jeans herum. Die Penner bevölkerten die Betonpoller an der Blumenrabatte. Aus dem U-Bahn-Niedergang strömten Fahrgäste nach oben.

Gonzo stellte den Kombi ab und machte sich ohne die Suzie auf den Weg. Die Rolltreppen nach unten waren wegen Reparaturarbeiten mal wieder abgestellt; er stieg die breite Treppe hinab. Im Zeitschriftenladen drängelten sich die Leute, am Hähnchengrill wartete eine Schlange junger Mädchen. Zwei Wachmänner der Straßenbahngesellschaft kontrollierten die Fahrkartenautomaten vor den Rolltreppen, die noch eine Etage tiefer zu den Straßenbahnsteigen führten. Rechts öffnete sich die Betonpasserelle, die unter dem Bahnhofsgebäude hindurch bis zum Kaufhaus und den Ausgängen zur Post und zum Kettwiger Tor verlief. Eine Putzkolonne in Blaumännern versuchte die Graffiti von den Wänden zu schrubben.

Die Läden in der Passerelle hatten ihre Ständer mit den Sonderangeboten rausgestellt. Vor der Croissant-Bäckerei türmte sich ein Stapel leerer Pappkartons. In dem An- und Verkaufsladen an der Ecke zur Nordhalle zierten asiatische Waffen die Auslage. Ein bunter Zettel warb für eine mysteriöse Sportart, bei der man dem Gegner mit den Füßen das Nasenbein und die Kinnlade brechen konnte. Gonzo befand sich jetzt direkt unter dem Nordausgang des Bahnhofs.

Zwei Aufgänge mit Doppelrolltreppen führten nach oben zur Innenstadt. Weiter hinten gab es noch eine Ausfahrtrampe mit umklappbaren Sicherheitspfählen. Hier hinten herrschte etwas weniger Betrieb. Die Spielhalle schien leer zu sein, der Opa an der Wechselkasse informierte sich gelangweilt in einer Illustrierten über die Vorteile von oralem Sex.

Gegenüber standen ein paar Polen in abgetragenen dunklen Anzügen an den Stehtischen des Schnellimbisses und hielten sich an ihren Bierflaschen fest. Ein Junkie lehnte an der gekachelten Wand neben der öffentlichen Toilette und rieb sich die Arme am Oberkörper. Die Videothek neben der Spielhalle war geöffnet, der Perlenvorhang in der Tür bewegte sich in der Zugluft. Im Fenster hingen die Plakate von Filmen, die inzwischen schon im Nachtprogramm des Fernsehens liefen, darüber flimmerte eine bunte Lichterkette. Türkische Popmusik drang aus dem Laden.

Gonzo holte den Videoprint mit Danas Bild aus der Tasche. Beim Imbiß ließ er sich eine Currywurst mit Pommes frites machen und stellte sich zu den Polen an den Tisch. Sie waren zu fünft und beäugten Gonzo mißtrauisch. Gonzo stocherte in seinem Pappschälchen herum. Die Wurstscheiben waren zu kalt, die Pommes zu heiß. Er legte das Bild auf den Tisch. »Schon mal gesehen?«

Die Polen tauschten ein paar stumme Blicke.

»Nein«, sagte schließlich einer. »Warum?«

»Ich hab ihr was versprochen«, sagte Gonzo.

Einer griff nach dem Bild, betrachtete es kurz und reichte

es an den nächsten weiter. Es dauerte eine Weile, bis sie es alle einmal in die Hand genommen hatten.

Gonzo würgte. In den Plastikclown für die Imbißabfälle hatte jemand eine bekackte Babywindel gestopft. Er schob die Currywurst hinterher. Ein junger Typ mit Schnauzbart kam die Rampe von der Teichstraße herunter. Seine Turnschuhe quietschten auf den Fliesen. Er lief bis zum Videoshop, blieb einen Moment in der offenen Tür stehn und rief etwas in den Laden. Dann drehte er sich um und kehrte zurück. Gonzo blickte ihm nach.

»Nix gesehen.« Das Bild landete wieder vor Gonzo auf dem Tisch. Für die Polen war die Sache damit erledigt. Sie drehten Gonzo den Rücken zu. Die Detektivspielerei ging ihm langsam auf die Nerven. Gonzo machte sich auf den Weg nach oben zur Schalterhalle. Auf der Rolltreppe wendete er sich noch einmal um. Die Polen starrten ihm nach. Der Typ mit dem Schnauzbart kam in Begleitung eines älteren Mannes erneut die Rampe von der Teichstraße herunter. Zwischen sich trugen sie einen Aktenkoffer. Gonzo sah, wie sie an der Spielhölle vorbei zum Videoladen gingen, dann verschwanden sie aus seinem Blickfeld.

Unter der Überdachung drückten sich ein paar Sicherheitsmänner vom Bahnhofswachdienst herum. Zwei Meter von ihnen entfernt froren die Junkies im Wind. Die Sheriffs sicherten ihr Terrain auf der Nordplatte, das mit der Dachkante endete. Gonzo stellte sich neben die Telefonzellen bei der Taxischlange und blickte sich um. Oben an den schwarzgekachelten Säulen des Dachs hing in jeder Ecke eine kleine Videokamera. Gonzo schätzte die Aufnahmewinkel und kam zu dem Schluß, daß da irgendwo jemand auf seinen Monitoren den ganzen Eingangsbereich im Blick hatte. Ein paar Reisende eilten die Treppe von der Bahnhofsgalerie herunter und verteilten sich auf die ersten Taxen. Die Wagen fuhren los, die Schlange rückte nach.

Gonzo machte sich mit dem Videoprint in der Hand auf den Weg durch den Bahnhof. Die Sheriffs sahen ihm gelangweilt nach, wie er im Gang zwischen den Schließfächern verschwand. Einer murmelte etwas in sein Walkietalkie.

Der Penner, mit dem Gonzo gestern gesprochen hatte, lag nicht mehr zwischen den Schließfächern; der Boden glänzte feucht und frisch gereinigt. Gonzo stöberte weiter. An der Treppe zum Bahnhofsklo neben dem Reisezentrum hingen zwei Stricher am Geländer. Obwohl Gonzo nicht erwartete, daß sie ihm viel sagen konnten, zeigte er ihnen das Bild und fragte nach Dana.

»Verpiß dich, Alter«, zischte das Milchgesicht in dem Lederhemd.

Bei den Farbigen, die auf der Treppe zur Galerie saßen und sich in einer Sprache unterhielten, von der Gonzo noch nicht einmal andeutungsweise etwas verstand, versuchte er es erst gar nicht. Die Bäckerei mit dem Stehcafé erhielt gerade eine neue Lieferung Brötchen, die Verkäuferinnen in ihren beigefarbenen Kitteln luden die Körbe aus.

»Hast du mal ne Zigarette?«

Gonzo drehte sich um. Sie war nicht älter als sechzehn, ihre Augen lagen tief in den Höhlen. Im linken Nasenflügel steckte ein nachgemachter Diamant. Sie stand vornübergebeugt und schien zu frieren.

»Nichtraucher.« Gonzo winkte ab und hielt ihr das Bild hin. »Schon mal gesehen?«

Sie zog die Nase hoch und schien sich noch mehr zusammenzukrümmen. »Bist du n Bulle?«

»Seh ich so aus?«

Ein kurzer Blick, dann schüttelte sie den Kopf. »Zu klein. Bullen müssen über eins siebzig sein.«

Gonzo wedelte mit dem Bild. »Also?«

»Das ist die Polin, oder?«

»Stimmt soweit.«

»Guck mal vorne beim Fahrplan. Da ist ihr Platz.«

»Ich denk, sie hat Hausverbot?«

»Wer hat das nicht! Wenn sie nicht an ihrem Platz ist, dann weiß ich auch nicht, wo sie steckt. Beim Verschiebebahnhof vielleicht.« Sie zog die Nase erneut hoch. »Haste wenigstens ne Mark?«

Gonzo gab ihr eine Mark und sah ihr nach, wie sie davonging. Eine Streife aus zwei Sicherheitsmännern und einer Frau hielt sie an. Die Frau fing an, mit dem Mädchen zu reden, die Männer kamen zu Gonzo herüber.

»Ihre Fahrkarte bitte.«

»Meine was?«

»Das hier ist der Bahnhof und nicht der Strich.«

Die Sicherheitsfrau zog mit dem Mädchen in Richtung Nordausgang ab, eine Hand lag auf ihrem Arm. Bestimmt nicht, um sie zu stützen.

»Was ist jetzt mit der Fahrkarte?«

»Also hört mal, Freunde...«

»Ausweis? Führerschein?«

»Ihr spinnt ja wohl!«

»Wollen Sie Widerstand leisten?« Er klopfte Gonzo unternehmungslustig mit seiner langen schwarzen Taschenlampe an die Brust.

Gonzo holte seinen Ausweis heraus. Der Sicherheitsmann betrachtete die Karte kurz, dann gab er sie zurück und nahm Gonzo das Bild von Dana aus der Hand. Er warf einen Blick darauf und reichte es an seinen Kollegen weiter. Der aktivierte sein Walkie-talkie, trat zwei Schritte zur Seite und fing irgendwelchen Funkverkehr mit der Zentrale an. Der andere Sicherheitsmann wartete. Gonzo leistete ihm Gesellschaft.

Der Posten entfernte schließlich das Sprechfunkgerät von seinem Ohr. »Kommen Sie mal mit hoch.«

»Was gibt das?« fragte Gonzo.

»Reine Routine.«

»Da bin ich aber beruhigt.«

Die beiden nahmen ihn in die Mitte und brachten ihn die Treppe hinauf. Die Reisenden, die ihnen entgegenströmten, starrten Gonzo an. Oben ging es noch einmal eine Treppe hoch, einen Gang mit vielen Türen entlang, durch eine Sicherheitstür ins Treppenhaus und mit dem Fahrstuhl zwei Etagen in die Höhe. Der Flur oben sah genauso aus wie der unten. Hinter einer weiteren Stahltür mit dem Schild »Sicherheitszentrale« lag ein schäbiger Aufenthaltsraum. Welliges Linoleum auf dem Boden, die Wände im Einheitsgrün aller Verwaltungsgebäude gestrichen. Darauf ein paar Pin-ups, Tafeln mit Schichtplänen und Polaroids der Leute, die Hausverbot hatten. Den Terroristen auf dem Fahndungsplakat hatten sie Schnurrbärte und Brillen verpaßt. Ein halbes Dutzend Sicherheitsmänner hockte an den Stahlrohrtischen, las, spielte Karten oder verdarb sich mit dem Minifernseher die Augen. Die Uhr an der Wand schnarrte, als der Zeiger auf 17.15 Uhr sprang.

»Tag auch«, meinte Gonzo.

Keiner antwortete. Seine beiden Begleiter brachten ihn durch einen kurzen Gang in den Leitstand. Der Raum war abgedunkelt. Im grauen Licht der Doppelreihe Videomonitore erschienen die beiden Männer an dem großen Kontrollpult wie ihre eigenen Zombies.

»Hier ist er.«

Der Mann am Leitstand schwenkte auf seinem Drehstuhl herum. Er war Anfang vierzig, nicht groß, hatte ein rundes Gesicht, dünnes blondes Haar und einen Seehundschnauzbart. Seine Mundwinkel wanderten kurz in die Höhe. Gonzos Begleiter legte ihm den Videoprint hin, dann zog er sich mit seinem Kollegen zurück.

»Soso«, sagte der Mann.

»Tja«, meinte Gonzo.

Der Schnauzbart schnippte mit den Fingern. Sein Kollege schoß auf seinem Stuhl herum. »Besorg uns mal ein bißchen Kaffee.« Und zu Gonzo: »Nehmen Sie doch Platz!«

Gonzo karrte sich einen der Drehstühle heran und setzte sich. Auf dem Namensschild an der Brust des Blonden stand SCHREITER. Sie warteten, bis der zweite Mann die Tür hinter sich zugeklappt hatte.

»Sie haben keine Fahrkarte?«

»Ich weiß noch nicht, wohin ich will«, sagte Gonzo. Auf den Videoschirmen erhielt man einen kompletten Überblick der Bahnhofshalle. Gonzo machte auch zwei Racks mit Recordern aus, deren Aufnahmeleuchten blinkten. Schreiter drückte ein paar Knöpfe an seinem Schaltpult. Auf einem Monitor, auf dem die Videothek in der unteren Etage des Bahnhofs zu erkennen gewesen war, fiel das Bild zusammen.

»Gonschorek, richtig?« meinte er. »Sie haben da unten gedreht, als der Kollege mit der Polackin zu tun hatte.«

»Schöne Anlage.« Gonzo nickte zu den Monitoren. »Nur das Programm ist Scheiße.«

Schreiters Mundwinkel zuckte. In der schummrigen Beleuchtung wirkte sein Gesicht fast weiß. Wahrscheinlich kam er zuwenig an die Sonne.

»Also?« fragte Gonzo. »Wie geht's weiter?«

»Was hältst du von einem Hausverbot, Gonschorek?«

»Nichts.«

»Dachte ich mir. Wir können dich auch anzeigen. Hausfriedensbruch. Du hast gestern mittag ohne Erlaubnis gefilmt.«

»Sonst noch Wünsche?«

»Du hast die Kleine eben belästigt. Unsittlich. Was wollen wir wetten?«

Gonzo sagte nichts. Bei Leuten wie Schreiter sagte er grundsätzlich nichts. Schreiter faltete den Videoprint von Dana auseinander und betrachtete ihn nachdenklich. »Kann es sein, daß du weißt, wo die Polackin im Moment ist?«

»Würde ich dann mit dem Bild von ihr rumrennen?«

Schreiter faltete das Papier zusammen und zerriß es. Die Schnipsel segelten zu Boden. »Das ist unsere Sache, klar?«

»Hoffentlich weiß das auch die Kripo schon.«

»Du mußt nicht glauben, daß wir hier rumsitzen und zugucken, wie so eine Polennutte einen Kameraden umbringt. Wo sind wir denn?«

Gonzo machte eine Kopfbewegung zu der Monitorwand. »Habt ihr eigentlich kein Band von der fraglichen Zeit?«

»Und wenn?«

»Wäre gut für eine Fernsehgeschichte über den Mord. Alles authentisch, verstehst du? Von Anfang bis Ende. Wie bei den Killerkindern aus England. Die Kamera für die Toilettentreppe müßte das doch aufgenommen haben, wie die Polin mit Gorny runtergegangen ist.« Er räusperte sich. Wenn es das Band gab, mußte der Krückenpenner darauf zu sehen sein. »Ich meine, wenn sie's wirklich gewesen ist.«

»Natürlich ist sie's gewesen. Gorny hat gemeldet, daß sie sich nicht ans Hausverbot gehalten hat. Dafür gibt's normalerweise eine Anzeige. Danach Abschiebehaft wegen gewerbsmäßiger Unzucht und dann Verschub nach Polen. Deswegen hat sie's mit der Angst gekriegt und ihn kaltgemacht.«

»Von eurem Spielzeug hier soll sie nichts gewußt haben? Oder wieso hat sie sich da unten einfach hingestellt?«

»Die Polacken sind doch zu blöd, um einen Eimer Wasser umzukippen. Unterentwickelt, alle miteinander. Das einzige, was die an Video interessiert, sind die Pornos, die man drauf gucken kann.« Schreiter beugte sich vor. »Also, damit wir uns richtig verstehen, Gonschorek: Du überläßt die Nutte uns, sonst kriegst du echte Schwierigkeiten. Alles verstanden?«

»Ich bin nicht schwerhörig.«

Schreiters Kollege kam mit zwei Plastikbechern herein. »Der Kaffee.«

Gonzo erhob sich. »Nächstes Mal vielleicht.« Er wandte sich zur Tür. Keiner hielt ihn auf, als er durch das Wachzimmer ging. Draußen auf dem Gang atmete er erst einmal tief durch. Dann verlief er sich in dem Labyrinth der Gänge und brauchte eine Viertelstunde, bis er wieder unten in der Halle stand.

4

Gonzo hatte den Wecker auf halb elf gestellt, als er gegen drei Uhr in der Nacht ins Loft zurückgekehrt war. Die Ausbeute der letzten Nacht war mehr als dürftig. Außer einem Wohnungsbrand in der Mörikestraße hatte er nur noch zwei mickrige Unfälle erwischt. Die Bänder lagen schon in der Redaktion vom Regionalfenster. Wenn Herbert gutgelaunt war, würde er etwas davon über die Antenne jagen, damit Gonzo wenigstens den Sprit und die Unkosten wieder hereinbekam.

Er wurde gegen halb neun von der Türklingel geweckt. Für die Post war es zu früh, für die Kripo zu spät. Gonzo drehte sich auf seinem Feldbett auf die andere Seite und versuchte wieder einzuschlafen. Es läutete wieder. Nicht besonders fordernd, aber ärgerlich penetrant.

Gonzo kroch aus dem Bett. Graues Morgenlicht fiel

durch die schräggestellten Jalousieblätter. Er schlurfte zur Tür und schloß auf. »Was ist?«

Sie war Mitte zwanzig, trug verblichene Jeans und eine dunkle Stoffjacke. »Ich bin... ich meine, ich hab schon mal angerufen wegen des Praktikums.«

»Kein Interesse!« Gonzo machte die Tür zu.

Sie schellte noch einmal. Gonzo machte die Tür wieder auf. »Bist du schwerhörig?«

»Bitte, wir brauchen so ein Praktikum in unserem Studiengang. Ich hab schon alle abgeklappert, die in Frage kommen, aber überall sitzt schon jemand. Sie sind meine letzte Rettung.«

»Nein!« Gonzo knallte die Tür wieder zu und stellte die Klingel ab.

Er wurde erst wieder wach, als der Wecker zirpte. Der Kaffee war fertig; die Maschine hing an einer Zeitschaltuhr. Gonzo holte sich die Zeitung und die Post von draußen herein. Am Türpfosten hing ein gelber Notizzettel: ENTSCHULDIGUNG, DASS ICH SIE GEWECKT HABE. BITTE RUFEN SIE MICH AN, WENN SIE ES SICH ANDERS ÜBERLEGT HABEN. Darunter hatte sie ihre Telefonnummer notiert.

Der tote Sicherheitsmann hatte es im Lokalteil endlich zu einem Zweispalter mit Foto gebracht. Gonzo erfuhr, daß Klaus G. 34 Jahre alt gewesen war, seit einem Jahr bei dem Sicherheitsdienst gearbeitet hatte, der den Bahnhof bewachte, und zuletzt mit einer polnischen Staatsbürgerin gesehen worden war, über deren Aufenthalt die Polizei sachdienliche Hinweise erbat. Die angegebene Telefonnummer gehörte zum Präsidium und paßte wahrscheinlich zu Behrendts Büroanschluß.

Gonzo sortierte die Post. Ein paar Umschläge, die ihm interessant erschienen, riß er auf und förderte so außer einer gebührenpflichtigen Verwarnung vom Ordnungsamt zwei Honorargutschriften von einem privaten Sender zutage, mit denen er schon gar nicht mehr gerechnet hatte. Er buchte die Zahlungen in den Computer ein. Die Lage unterm Strich stabilisierte sich zusehends, wenn man die Sache mit dem Camcorder unberücksichtigt ließ.

Kurz vor zwölf setzte er sich in den Kombi und fuhr stadteinwärts. Der Verkehr floß ruhig, und er fand am Bahnhof auch sofort einen Parkplatz.

Die Junkies am Nordausgang trieben sich an der nachgemachten Bauernhütte mit dem Reibekuchenstand herum. Zusammengesunkene Gestalten, die trotz ihrer dicken Pullover im kalten Märzwind schlotterten. Ein paar lungerten unter der Bahnhofsüberdachung an der Wand und wärmten sich an ihren Schäferhunden.

»Haste mal ne Zigarette?« Ihr Gesicht wirkte im Mittagslicht noch grauer als gestern nachmittag. Sie zitterte und rieb die Arme am Körper. Sie erkannte Gonzo. »Sorry. Du rauchst ja nicht.«

Er drückte ihr eine Mark in die Hand. In der Halle patrouillierten die Sicherheitsmänner in Doppelstreifen zwischen den Reisenden, die zwischen zwei Anschlußzügen auf einen Sprung im Supermarkt einkaufen gingen, im Stehen ein Brötchen im Café aßen oder sich auf die Schnelle eine Hure oder einen Strichjungen genehmigten.

Schäfer saß im Restaurant am Fenster und hob die Hand, als Gonzo hereinkam. Gonzo holte sich an der Theke einen Salat und setzte sich zu ihm. Schäfers Alter war schwer zu schätzen, lag aber eindeutig über vierzig. Groß und hager, tiefe Falten im Gesicht und dunkle Augen. Von seinen Haaren war außer einem dünnen Kranz nichts mehr übriggeblieben, und auch den rasierte er sich gelegentlich weg. Sein zerknitterter Anzug hatte aber sicher mehr gekostet, als Gonzo in der letzten Woche verdient hatte.

»Okay, Gonzo!« Schäfer ließ ein paar Süßstofftabletten aus seinem vergoldeten Spender in seinen Kaffee fallen. Aus drei verschiedenen Packungen suchte er ein halbes Dutzend Pillen und Kapseln zusammen und sortierte sie neben seiner Tasse. »Was hast du anzubieten?«

Gonzo widmete sich erst einmal seinem Salat. »Nur keine Eile. Was ist mit dem Kamerajob?«

»Zwei Tage, normaler Tagessatz.«

»Wann?«

»Ab Montag.«

»Okay. Worum geht es?«

Schäfer zog Gonzo den Salat weg. »Hör auf zu fressen.«

Gonzo zerrte den Teller zurück. »Hör zu, Schäfer, damit das klar ist: Ich arbeite nicht mit dir, weil ich dich so liebe. Ich denke, daß wir zusammen eine Chance für eine gute Story haben, das ist alles.«

»So wie letztes Mal, ja?«

Das letzte Mal, das war die Sache mit den drei Jungs gewesen, die für eine halbe Million frische Briefmarken aus der Hauptpost geklaut hatten. Schäfer hatte sich mit seinen Connections dahintergeklemmt und zwei von ihnen in einem Ferienhaus in Holland aufgestöbert. Weil er auf die Schnelle keinen anderen Kameramann auftreiben konnte, hatte er Gonzo gebucht und war mit ihm losgefahren. In der Ferienhaussiedlung wollte er dann unbedingt den Helden spielen und die Briefmarkengangster stellen. Dabei hatte er die beiden unterschätzt – sie hatten ihn als Geisel genommen und zwei Tage lang festgehalten. Die holländischen Bullen hatten die ganze Anti-Terror-Nummer abgezogen. Gonzos Bilder, wie sie Schäfer freischossen, hatten es bis ins *heute-journal* geschafft. Für Schäfer war außer einer Reportage für die ›Super-Illu‹ und zwei Auftritten in drittklassigen Talkshows nichts übriggeblieben.

»Schutzpolizei in Essen«, sagte Schäfer und schluckte zwei grüne Pillen. »Du fährst zwei Tage mit den Bullen vom 14. Revier auf Streife mit. Action-Bilder, verstehst du? Die ganzen Einsätze. Interview mit dem Revierleiter in den Zwischenschnitten. Zwei oder drei Statements von den Frontschweinen, das hab ich schon alles klargemacht. Ich krieg jeden Meter Band von dir, den du aufnimmst, damit wir uns richtig verstehen.«

»Mhh«, machte Gonzo mit der letzten Gabel Salat im Mund. Schäfer hatte einen guten Ruf als Reporter für Polizeistories. Er war frei und schrieb seine Halbweltgeschichten für eine seriöse und ein halbes Dutzend dubioser Illustrierten. Als die privaten Fernsehsender auf den Markt gekommen waren, hatte er die Zeichen der Zeit schnell genug erkannt, um bei den großen Geschichten immer einen Kameramann mitzunehmen. Schäfers Spezialität war es, die Leute, mit denen er sprechen wollte, morgens um sechs aus dem Schlaf zu holen. Das gab immer verwackelte, düstere Bilder und kitzelte genau die richtigen Nerven bei den Kartoffelchipfressern mit ihrer Fernbedienung.

»Und jetzt komm mit deiner Sensationsgeschichte rüber«, verlangte Schäfer. »Was ist mit dem toten Sicherheitsmann?«

Gonzo erzählte, und Schäfer hörte zu. Seine Augenlider sanken langsam herunter, mit den Fingerspitzen sortierte er die Tabletten neu.

»Der Krückenmax ist im Klinikum«, sagte Gonzo. »Kümmer dich drum, daß du an ihn rankommst, und nimm ihn dir wegen der Geschichte mit dem Sicherheitsmann zur Brust. Der gesteht dir alles, so kaputt, wie er ist.«

»Danke für die Nachhilfestunde. Ich weiß schon, wie ich meinen Job machen muß.« Schäfer packte sein abgeschabtes Filofax auf den Tisch und schrieb sich etwas auf. »Ein Reißer ist die Geschichte ja nun nicht.« Er betrachtete seinen Pillenberg und spülte zwei längliche Vitaminkapseln herunter. »Vitamin E«, sagte er. »Konzentration und Kraft.«

Gonzo ließ sich nicht beirren. »Wir machen einen Dreh, wenn er gesteht, und einen, wenn wir ihn bei den Bullen abliefern, okay? Zu seiner eigenen Sicherheit. Damit die Bahnhofssheriffs ihn nicht in die Finger kriegen.«

»Wenn Behrendt nach der Polin sucht, wird er schon wissen, warum.« Schäfer klappte das Filofax wieder zu und schob den dünnen Kugelschreiber in die Lederschlaufe. »Er ist zwar ein Arschloch, aber längst nicht so blöd, wie du denkst.«

»Dann hab ich das mit dem Berber wohl alles nur geträumt? Ich hab doch die Bilder von dem Toten und den Glassplittern von der Flasche mit den Strichen auf dem Etikett. Was willst du denn noch?«

»Was ist, wenn der Penner den Stoff mit einem Kollegen geteilt hat? Der andere reißt sich die Pulle unter den Nagel und macht damit den Sicherheitsmann platt? Das ist eine Scheißgeschichte, Gonzo. Nicht nur, weil du absolut nichts weißt, sondern weil du auch noch selber bis Oberkante Unterlippe mit drinhängst. Die Sache mit den Bleistiftstrichen auf dem Flaschenetikett hast nur du allein gesehen. Du hast Behrendt verarscht, als du ihm nicht gesagt hast, daß du die Polin mitgenommen hast und sie bei dir war, als der Mord passiert ist. Wenn du ihm jetzt damit kommst, sagt er glatt, daß du dir das alles ausgedacht hast, um das Mädel zu schützen. Oder er denkt, du hängst ganz tief mit drin, und dann kriegst du wirklich Probleme, mein Freund.«

Gonzo sagte eine Weile nichts und schrieb in Gedanken die Tausender ab, die er sich von der Sache versprochen hatte. Es würde ihm wohl doch nichts anderes übrigbleiben, als weiter nach der Polin zu suchen, um wenigstens den Camcorder wiederzubekommen.

»Okay, ich hör mich im Krankenhaus um«, murmelte Schäfer schließlich. »Aber ich glaub nicht, daß viel dabei herausspringt.«

»Du versuchst nicht etwa, mich über den Tisch zu ziehen?« erkundigte sich Gonzo. »Wehe, wenn ich auch nur eine Zeile von dir über den Krückenpenner sehe, von der ich vorher nichts erfahren habe.«

»Ausgerechnet du mußt so was sagen!« Schäfer vertilgte den Rest seiner Pillen. »Was ist mit der Polin? Warum hat die sich verkrochen, wenn sie doch unschuldig ist?«

»Angst, würde ich sagen.«

Schäfer schüttelte den Kopf. »Nein, Gonzo, keine Chance.« Er steckte den goldenen Süßstoffspender ein. »Und für so einen halbgaren Scheiß geb ich den Kameraauftrag weg.« Er blätterte in seinem Büchlein. »Du checkst jetzt erst mal unten das Revier und machst dich ein bißchen mit den Jungs von der A-Schicht warm. Hoffmeister ist der, an den du dich halten mußt. Sag ihm, daß du von mir kommst, dann weiß er Bescheid. Dreherlaubnis und Pipapo liegt alles vor. Ab Montag fährst du bei denen im Streifenwagen mit. Alles klar?«

Gonzo sagte nichts.

»Keine Böcke mehr?« Schäfer grinste. »Auch Spielberg hat mal klein angefangen.«

»Schon okay«, meinte Gonzo.

Auf dem Rückweg sah Gonzo, wie die Sicherheitsmänner in Dreiergruppen die Junkies aus dem Schutz des Vordachs in den dünnen Schneeregen drängten, der inzwischen eingesetzt hatte. Aus dem Reibekuchenstand zogen dünne Dampfschwaden in den Himmel. Es roch nach Bratfett. Auf der Umrandung des Niederganges zur U-Bahn-Passerelle standen Bierdosen, Fruchtsaftpacks und eine leere Schnapsflasche. Kippen lagen überall herum, dazwischen ein angekohlter Löffel, leere Tablettenstreifen und Streichholzschachteln.

Vom Fahrkartenautomaten aus verfolgte ein Rentner die Aktion. »Alle vergasen!« sagte er immer wieder, wenn jemand auf Hörweite vorbeikam.

Gonzo beobachtete die Sache eine Weile, dann ging er zu seinem Wagen. Sie kauerte neben dem Hinterrad, ihr Haar war naß und verklebt. Ihr Kopf zuckte hoch, als Gonzo um den Wagen herumkam. Erst jetzt sah er, daß die Haut rund um den falschen Diamanten in ihrem Nasenflügel entzündet war. »Du schon wieder!« sagte sie.

Gonzo machte die Wagentür auf. »Hau ab.«

Sie drückte sich am Wagen hoch. Sie zitterte immer noch, vielleicht waren es auch Krämpfe. »Wegen der Polin...«

»Ja?«

»Was willst du von der?«

»Das geht dich nichts an.«

Sie zog den Rotz in der Nase hoch. »Ich mach's dir bestimmt genauso gut. Zwanzig Mark, okay?«

Gonzo sah sie an. Sie hielt die Arme an den Körper gepreßt, damit sie nicht so stark zitterten. Ihre Nase lief. »Kein Bedarf.«

»Ich weiß vielleicht, wer sie versteckt.«

Gonzo war schon halb in den Wagen gestiegen, jetzt kletterte er wieder heraus. »Das klingt schon besser.«

»Fünfzig Mark.«

Gonzo schüttelte den Kopf. »Damit du mir irgendeinen Scheiß erzählst?«

»Keinen Scheiß. Echte, solide Information.«

»Ach!«

Sie schob sich heran. »Wenn's nicht stimmt, kannste wiederkommen. Dann mach ich's dir umsonst.«

»Zwanzig«, sagte Gonzo.

»Vierzig.«

»Dreißig und Ende der Fahnenstange.«

»Okay.«

Er holte drei Scheine aus der Tasche und hielt sie ihr hin.

»Im Zeitungsladen hinten im Bahnhof, da arbeitet so n Opa. Mit dem fährt sie öfter weg.«

Gonzo wollte die Scheine wieder einstecken. Sie griff nach seiner Hand und hielt sie fest. »Kein Scheiß. Der Opa ist so ein großer, mit Brille, Goldrand. Lederjacke und Turnschuhe.«

»Und?«

»Was und?«

»Wo wohnt der Opa?«

»Keine Ahnung. Er hat so einen alten Opel. Uralt, verstehst du. Admiral, glaub ich. Steht immer auf dem Privatparkplatz bei den Taxen. Ehrlich. Die Polin ist immer mitgefahren, wenn der Laden abends zumacht.«

Gonzo war sich nicht sicher, ob er ihr glauben sollte. Sie zerrte an den Scheinen in seiner Hand.

Er gab ihr das Geld. »Kauf dir was Schönes.«

5

Gonzo rutschte seit dem frühen Morgen in der Wache auf einem Plastikstuhl in der Ecke herum und sah sich die Polizisten an. Hoffmeister war ein kräftiger Bursche mit kurzen schwarzen Haaren und braunen Augen. Er saß am Funktisch und dirigierte die Streifenwagen. Die beiden, die an ihren Schreibtischen hockten, hießen Endrulat und Bongard, beide Mitte dreißig, schlank und mit Bewegungen, die verrieten, daß sie gut im Training waren. Vorn am Tresen thronte Bantzok, ein etwas schwabbeliger Obermeister, dem das senfgelbe Hemd über dem Bauch spannte. Den obersten Knopf hatte er geöffnet, die Krawatte hing auf halbmast. »Alles Penner«, sagte er und meinte damit den abgerissenen Typen, der eben gemeldet hatte, daß sein Wagen aufgebrochen worden war.

Das Telefon auf Hoffmeisters Tisch summte, eine Signallampe blinkte. »Vierzehnte Wache, Hoffmeister.« Er hörte eine Weile zu. »Und ist da Blut?« wollte er dann wissen. Endrulat und Bongard tippten an irgendwelchen Berichten. Die Kaffeemaschine auf dem Aktenbock blubberte. Polizeiidylle.

»Nein«, sagte Hoffmeister. »Die schlafen manchmal in den Containern ... Ja, das wissen wir. Wenn der besoffen ist, dann können wir sowieso nichts machen. Rufen Sie doch n Krankenwagen, die schaffen den dann schon weg.« Er hörte noch eine Weile zu, dann legte er auf. »An der Uni haben sie einen besoffenen Willi im Müllcontainer gefunden«, sagte er zu niemand Bestimmtes.

»Scheiße!« Endrulat starrte auf das Blatt in der Maschine. »Schon wieder falsches Datum.«

Bongard suchte in einer Akte nach Unterlagen. »Warum machst du überhaupt so einen Aufriß wegen ner popeligen Ruhestörung?«

Endrulat war schon dabei, die Datumszeile auszuixen. »Weil das ein Arsch ist.«

Bongard legte den Schnellhefter zur Seite und griff nach dem Zettel neben Endrulats Schreibmaschine. »Doktor Frank Hillmann. Immer fix mit dem Anwalt dabei, oder was?«

»Der ist Anwalt!« knurrte Endrulat und kontrollierte, ob das Datum auch auf den beiden Durchschlägen ausgeixt war. »Zeigt jeden Scheiß an. Der hat schon nen eigenen Ordner hier.«

Hoffmeister widmete sich an seinem Funktisch der ›Runner's World‹. Gonzo gähnte. Der Empfang vorhin war kühl, aber nicht unfreundlich gewesen. Schäfer hatte wohl gute Vorarbeit geleistet. Niemand hatte genörgelt, keiner hatte auf die Presse geschimpft. Sie hatten Gonzo gesagt, wo er sitzen konnte, ohne im Weg zu sein, und weiter ihren Job erledigt. Nach einer Viertelstunde hatte Hoffmeister Gonzo sogar zu einem Inspektionsgang durch die anderen Räume mitgenommen, ihm die Büros, die Duschen und die Zellen gezeigt. »Wenn ich dich hier hinten mit der Kamera erwische, ist dein Job zu Ende, alles klar?«

Gonzo überflog ein paar Artikel in den Bodybuilder-Zeitschriften auf dem Tisch. Hoffmeister schlug die ›Runner's World‹ zu und verstaute sie sorgfältig in einer Schublade.

»Läufst du?« fragte Gonzo.

»Marathon.« Zum ersten Mal schien Hoffmeister Gonzo wirklich wahrzunehmen.

»Er war sogar schon mal in New York dabei«, sagte Bongard.

»Ein Bulle auf dem Broadway.« Endrulat grinste. Er hatte seine Anzeige endlich fertig und heftete sie ab. »So. Schluß für heute. Blinder Eifer schadet nur.«

Der Sprechfunk knatterte. Eine Streife meldete einen Unfall. Man brauchte einen Krankentransporter. Hoffmeister telefonierte. Ein Wagen kam von der Tour zurück. Die beiden Polizisten unterhielten sich kurz mit Endrulat und verzogen sich dann nach hinten.

Gegen Mittag gab Gonzo sich zwei Stunden frei, um die Suzie und seinen Kram aus dem Loft zu holen, damit er am Nachmittag alles zusammenhatte, wenn sie auf Streife fuhren. Er rollte mit dem Kombi über die Schützenbahn zur Gladbecker Straße. Der Mittagsverkehr staute sich an den Ampeln; die Leute saßen mürrisch in ihren Wagen, bohrten in der Nase, trommelten aufs Lenkrad oder machten mit ihrem Autotelefon am Ohr klar, wie wichtig sie waren. Als

Gonzo den Kombi schließlich in den Hof fuhr, war es halb eins. Auf seinem Parkplatz stand eine Vespa mit glänzenden Schutzblechen und pieksauberen Weißwandreifen.

Im Treppenhaus brannte Licht. Gonzo stieg vorsichtig hinauf. Sie stand oben vor seiner Tür und hatte den Daumen auf dem Klingelknopf.

»Ich bin nicht da!«

Sie fuhr herum. »Oh! Herr Gonschorek...«

Eine dunkle Erinnerung regte sich in Gonzos Gehirn. »Du schon wieder! Ich will nichts mit Praktikanten zu tun haben. Stehen überall nur rum, stellen blöde Fragen und halten einen bei der Arbeit auf.«

»Aber Sie haben mir doch noch nicht mal eine Chance gegeben.« Sie blies sich eine Haarsträhne aus der Stirn. »Ich hab schon beim Theater Requisite gemacht, ich hab im Fotolabor gejobbt, und ich schreibe Plattenkritiken für...«

Gonzo schloß die Tür auf und ging ins Loft. Sie blieb auf der Schwelle stehen und sah sich um. »Ach so, Sie sind hier gerade erst eingezogen.«

Gonzo packte die Suzie auf den Tisch, steckte die Akkus in das Ladegerät und holte sich aus dem Kühlschrank aufder anderen Seite eine Dose Cola. Er setzte sich auf die alte Couch, die er mit dem Lederpuff und den beiden Cocktailsesseln mal vom Sperrmüll geholt hatte. Er nahm einen Schluck aus der Dose. »Willst du jetzt da stehenbleiben, bis du den Job hast?«

Sie kam langsam näher. Sie war schlank und trug dieselben Klamotten wie beim letzten Mal. Nur an ihrem linken Ohrläppchen baumelte ein Glitzerklunker, der durchaus echt sein konnte. »Ich gehe Ihnen auf die Nerven, ja?«

Gonzo nickte zum Kühlschrank. »Nimm dir eine Cola, wenn du willst.«

Sie zögerte einen Moment. Dann holte sie sich eine

Büchse aus dem Kühlschrank und zog den Verschluß ab. Sie trank. »Ich will auch kein Geld, ich will nur den Job.«

»Wenn's dir hilft, dann schreib ich dir einen Zettel, daß du drei Wochen bei mir gearbeitet hast.«

Sie setzte sich auf den Lederpuff und nahm einen Schluck. »Sicher. Damit wären Sie mich los.«

»Genau.«

»Die meisten bei uns machen das so.«

Gonzo trank sein Bier aus und zerdrückte die Dose. »Was bringen sie euch denn in dem komischen Studiengang bei?«

Sie hob die Schultern. »Medienpraxis halt.«

»Medienpraxis!« Er schüttelte den Kopf. »Ich faß es nicht.«

Sie stellte ihre Coladose neben den Puff und holte ihre Zigaretten heraus. »Irgendwo haben Sie das alles ja wohl auch gelernt, oder?«

»Hier wird nicht geraucht.«

Sie steckte die Schachtel wieder ein.

»Die drei Jahre an der Filmhochschule hätte ich mir auch sparen können«, sagte Gonzo.

»Wo waren Sie denn?«

»München.«

»Da wollte ich eigentlich auch hin.«

»Und?«

»Durchgefallen. Beim zweiten Test.«

»Sei froh.«

»Also habe ich Germanistik studiert, und Theaterwissenschaften. In Bochum. Nebenbei immer gejobbt, mal in der Kneipe, mal im Theater.«

»Und jetzt?«

»Tja«, sie nagte an ihrer Unterlippe. »Ich denke, ich sollte langsam mal was Richtiges machen, oder?«

Gonzo sah sie an. »Man wird nicht jünger.«

»Was ich brauche, ist eine Chance. Wie sind Sie denn in den Job reingekommen? Nach der Filmhochschule?«

Gonzo zuckte mit den Schultern. Wenn sie ihn ansah, hob sie das Kinn ein bißchen. Ihr Blick war abwartend.

»Ich hab die nächsten Tage einen Dreh, bei dem kann ich wirklich niemand mitnehmen.« Gonzo erklärte ihr die Sache mit den Polizisten.

»Ich kann ja den Bürokram machen.«

Gonzo starrte auf den Schreibtisch. »Da steigst du nicht durch.«

»Ich kann's ja versuchen. Ich hab auch schon mal im Büro gearbeitet. Bitte.«

Gonzo mußte grinsen. »Du gibst wohl nie auf, was?«

»Heißt das ja?«

»Meinetwegen.«

Sie strahlte. »Ich fange gleich an, okay?«

Ehe Gonzo etwas einfiel, hatte sie sich auch schon hinter seinen Schreibtisch gesetzt und fummelte an seinem Computer herum.

»Finger weg!« Gonzo sprang auf. »Telefondienst reicht fürs erste, klar?«

»Klar«, sagte sie.

»Wie heißt du eigentlich?«

»Elisabeth Brockmann.«

Gonzo verzog das Gesicht.

»Sie können Betty sagen«, meinte sie.

Endrulat hatte sich einen Döner bestellt, Bantzok einen Gyros Pita. Gonzo eine Bottroper Schlachtplatte: Currywurst mit Pommes.

»Die ganze Stadt ist doch voll von dem Pack«, sagte Endrulat. Die Knoblauchsoße lief ihm aus dem Mundwinkel. »Glückssucher, Ganoven, Spinner, Psychos, Alkis, Durchgeknallte, Müll, Schrott, Abfall. Und seit der Osten offen ist, werden's immer mehr. Das Zigeunerpack aus Rumänien, Polennutten, Russenmafia, was weiß ich.«

»Kein Wunder, daß die Leute sich aufregen.« Bantzok stocherte im Gyros herum. Der Schnauzbart hinter der Kühltheke schabte mit einem Riesenmesser sorgfältig frisches Fleisch vom Spieß.

»Und an wem bleibt das alles wieder hängen?« Endrulat wischte sich die Hände an der Uniformhose ab. »An uns. Los, Abmarsch!«

Gonzo ließ die Hälfte der Currywurst stehen. Draußen stiegen sie wieder in den Streifenwagen. Endrulat fuhr los. Der Sprechfunk knatterte.

»14/4 für 14, verdammt noch mal.«

Bantzok griff nach dem Funkgerät und wandte sich nach hinten zu Gonzo: »Hast du dein Videozeug fertig, Hitchcock?«

Im Fond wuchtete Gonzo die Suzie hoch und linste durchs Okular. Das Licht war jämmerlich, aber er drehte trotzdem. Schutzpolizei im Einsatz. Seit zwei Uhr war er jetzt schon mit der 14/4 unterwegs und hatte bis jetzt nichts außer zwei Unfällen und einer verwirrten Oma auf Band, die im Nachthemd im Supermarkt am Wasserturm aufgetaucht war und eine Eintrittskarte fürs OLYMPIA haben wollte. Vorparkett, bitte, damit sie die Söderbaum verstehen könnte.

»Einsatz Erlengrund«, plärrte es aus dem Lautsprecher. »Brand in Schrebergartenanlage, Feuerwehr ist schon unterwegs.«

»Scheiße«, sagte Bantzok. »Da hab ich meine Laube. Fahr zu!«

Endrulat linste in den Rückspiegel und legte auf der Frohnhauser Straße eine Wende hin, daß die Reifen quietschten. Die Fliehkraft drückte Gonzo in die Polster, aber er hielt die Suzie am Auge und bekam ein paar schöne Bilder von verdutzten Passanten am Straßenrand.

»Blaulicht und Sirene gefällig?« fragte Endrulat.

»Aber immer!« Gonzo drehte zwischen den Schultern der beiden durch die Windschutzscheibe. Die Sirene heulte los, die Wagen drehten nach rechts ab, und die Straße war frei.

Die Gärten lagen zwischen einem Abwasserkanal und einer Straße, an der noch ein paar Wohnblocks und eine alte Schule standen. An der Ecke war eine Kneipe, alles noch aus der Weimarer Zeit. Vom Kanal aus stieg das Gelände leicht an, zur Fahrbahn hin war eine steile Böschung, die die Schrebergärtner je nach Gesinnung entweder mit Taxus verrammelt oder mit schlichtem Rasen begrünt hatten.

Die Laube am Ende der Anlage brannte lichterloh. Gonzo schwang sich aus dem Streifenwagen, noch ehe Endrulat den Motor abgestellt hatte, und drängte sich mit der Suzie auf der Schulter durch die gaffenden Schrebergärtner.

Er bekam gute Bilder von den Flammen, die in den Himmel loderten. Die Hütte brannte wie Zunder. Die Feuerwehrleute wuselten an ihrem Gerätewagen herum und rollten ihre Schläuche aus. Gonzo schwenkte von den Qualmwolken über den Fahnenmast mit der Deutschlandflagge die Böschung hinauf zu den Schaulustigen. Viele ältere Männer in Lederjacken oder festen Blousons, und alle aufgeregt bis zum Anschlag. Schließlich hatte man nicht jeden Tag einen Brand auf der eigenen Scholle. Im Hintergrund trieben sich ein paar Halbwüchsige mit Stoppelglatzen und dunklen Kapuzenshirts herum. Gonzo drehte ein paar Gesichter.

»Brandstiftung.«

»Das mußte ja so kommen.«

»Mit uns können sie's ja machen.«

Gonzo schwenkte über die Straße zu dem alten Schulhaus. Hinter dem Schulhofzaun drängten sich schwarzhaarige Männer mit abgetragenen Jacken über großkarierten Flanellhemden. Frauen mit Kopftuch und Kittelschürze hielten sich im Hintergrund. Mindestens ein Dutzend Kinder lief aufgeregt hin und her. Ein paar der Männer lachten herüber.

»Zigeunerpack!« Einige Schrebergärtner drohten mit verkniffenen Gesichtern und geballten Fäusten. Ein Stein flog.

Gonzo nahm die Suzie herunter und kontrollierte die Akkus und die Kassette. Für eine halbe Stunde reichte das Band noch.

»Das sind alles Verbrecher, hab ich schon immer gesagt.« Ein älterer Kleingärtner in Kniebundhosen und Daunenjacke fuchtelte mit einer Gaspistole vor Bantzoks Gesicht herum. »Die stehlen wie die Raben und scheißen alles voll. Das sind doch alles Kriminelle.«

»Jetzt mal Ruhe«, blaffte Bantzok und langte nach der Waffe.

»Dem Rudi haben sie letzte Woche die ganzen Frühbeete zertreten und die Tulpenzwiebeln kaputtgemacht!« Die Ader an der Stirn des Alten pochte bedrohlich. »Beim Budgereit haben sie eingebrochen und den Fernseher rausgeholt, und jetzt haben sie dem Rottmeister seine Laube angesteckt, und ihr guckt euch das einfach nur an. Schlappschwänze seid ihr, damit du's weißt, Bantzok.«

Bantzok steckte die Gaspistole ein. »Mach jetzt hier keinen Aufstand, Erwin.«

Ein hagerer Mann zog den aufgebrachten Schreber zurück und trat Bantzok entgegen. »Ich regele das schon.«

»Rottmeister«, sagte Bantzok. »Sie haben mir grade noch gefehlt.«

Der Hagere war Ende vierzig, hatte ein von Aknenarben zerfurchtes Gesicht, tiefliegende dunkle Augen und kurzes, schwarzes Haar. »Was muß denn noch passieren, bis ihr endlich mal aufwacht?« fragte er Bantzok. »Darf das Gesindel da drüben jetzt schon ungestraft unser Eigentum anzünden? Wenn nicht bald was passiert, müssen wir die Sache mit unserem eigenen Sicherheitsdienst in die Hand nehmen.«

»Das wirst du schön bleibenlassen, Rottmeister«, sagte Bantzok. »Beschwer dich bei der Stadt! Ich hab das Wohnheim hier nicht hingestellt.«

»Feine Polizei!« Der Rest der Gruppe hatte sich um Rottmeister und Bantzok zusammengerottet. »Die Kanaken auch noch in Schutz nehmen! Die werden schon noch sehen, wie es ist, wenn man ihnen das Haus anbrennt. Woanders hat das auch geholfen.«

Endrulat schob sich zwischen die Schrebergärtner und baute sich neben Bantzok auf. Gonzo ging ein paar Schritte zurück, um die Gruppe in der Totalen zu nehmen.

Viel gab es nicht mehr zu löschen, als die Feuerwehr endlich ihre Schläuche ausgerollt hatte und der Trupp zwischen Schneeglöckchen und Johannisbeersträuchern den ersten Angriff startete. Ein Feuerwehrmann filmte die Aktion mit einem Camcorder.

»Privatvideo?« fragte Gonzo.

»Beweissicherung.« Der Feuerwehrmann setzte die Kamera ab. »Für die Kollegen von der Brandermittlung.«

»Brandstiftung?«

Der Mann zuckte mit den Schultern. »Auf alle Fälle erkenne ich ein Feuer mit Benzin auf den ersten Blick.« Er setzte die Kamera wieder an.

Gonzo griff sich die Suzie, klinkte die Tür zum Garten neben der Brandparzelle auf und kletterte über die Böschung hinunter zur Laube. An die Holzwand gelehnt, nahm er die Suzie hoch und zog die Schärfe nach. Der Wasserschirm aus dem C-Rohr senkte sich auf die heruntergebrannte Hütte. Der Wind trieb einen kühlen Tropfenschleier herüber.

»Fernsehen, watt?«

Gonzo ließ sich von der Stimme neben sich nicht beirren. Er schwenkte erst wieder auf den Löschtrupp zurück, ehe er die Suzie absetzte. Der junge Glatzkopf lehnte neben ihm an der Laube. Sechzehn, schätzte Gonzo, höchstens. Zwei von seinen Kumpels schleppten weiter hinten ein paar Kanister, eine Fahne und ein paar Baseballschläger aus dem Nachbargarten herüber und packten alles unter die Stachelbeersträucher neben der Hollywoodschaukel.

»Das waren die Asis aus dem Wohnheim!« keifte der Skin. »Das mußte dir mal angucken, wie die da oben hausen. Sowatt haste noch nich gesehen.«

»Ich hab hier zu tun!« Gonzo wollte die Suzie wieder ansetzen. Der Skin drückte sie ihm herunter. Kraft hatte er jedenfalls. Unterm Stoff der Jacke schwoll der Bizeps.

»So nich, ja? Das hier ist Privatbesitz.«

»Fürn Arsch!« Gonzo starrte in große, helle Augen. »Und jetzt Finger weg!«

»Was in die Schnauze, ja?« Der Skin pendelte vom Standbein aufs Spielbein. »Dirk, Kappo, kommt mal her!«

Seine Kumpel schoben sich näher heran. Zu ihren dunklen Jacken trugen sie Springerstiefel und olivgrüne Bundeswehrhosen. Der eine hatte ein Kampfmesser am Gürtel. »Macht er Ärger, Neili?«

»Er ist grad dabei.«

Gonzo schaltete die Suzie ab. »Ist das hier euer Acker oder was?«

»Klar.« Neili stemmte die Hände in die Hüften. »Gehört meinem Alten, die Parzelle.«

»Dann kümmer dich um die Radieschen und laß mich

machen«, sagte Gonzo. »Das Feuer kommt ins Fernsehen. Kann euch doch nur recht sein.«

»Die wollten uns killen!« Die beiden anderen Skins hatten sich vor Gonzo postiert. Die ausgestreckten Arme zeigten in Richtung alte Schule. »Weil wir hier Wache schieben. Die Laube war unser Stützpunkt.«

»Sicherheitsdienst!« korrigierte Neili. »Damit die Kanaken da oben kapieren, daß sie sich hier nicht alles rausnehmen können.«

»Sicherheitsdienst, ja?« fragte Gonzo und zeigte auf die heruntergebrannte Laube. »Da hat wohl einer nicht richtig aufgepaßt, oder wie sehe ich das?«

Dirk baute sich vor Gonzo auf und stemmte die Fäuste in die Hüften. »Schon mal was auf die Mappe gekriegt, du Penner?«

Oben erschien Bantzok am Zaun. »Andreas? Bist du das?«

Neili verzog das Gesicht. »Was ist denn?«

»Komm mal sofort rauf!«

Dirk und Kappo grinsten, während Neili die Böschung hinaufkletterte. Gonzo sah das rote Akkulicht an der Suzie aufleuchten. Drüben qualmten nur noch verkohlte Bretter und Balken auf dem Fundament der Laube. Der Brandmeister stapfte durch den angekokelten Schutt und kratzte mit einem Stahlhaken in den Trümmern herum. Die anderen Feuerwehrleute packten ihr Gerät zusammen. Gonzo nahm die Suzie unter den Arm und wollte sich ebenfalls auf den Weg machen, als Kappo ihn am Ärmel festhielt. »Ej, Moment mal.«

»Was ist denn noch?«

»Is datt heute in der *Tagesschau*?«

»Da muß schon ein bißchen was mehr brennen«, meinte Gonzo. »So eine Laube schafft's noch nicht mal ins Regionalprogramm.« Er holte eine von seinen Visitenkarten aus der Jacke und drückte sie Kappo in die Hand. »Für alle Fälle.«

Die Gärtner hatten sich vor ihrer Kneipe an der Ecke zusammengerottet. Bantzok stand mit Neili am Streifenwagen, und Endrulat scheuchte die Ausländer in das alte Schulhaus zurück. Als Gonzo sich dem Streifenwagen näherte, zog Bantzok seinen Sohn ein paar Meter weiter weg. Gonzo bekam mit, wie er Neili nach seiner Mutter fragte. Neili zuckte mit den Schultern. Bantzok fing an zu schimpfen.

Gonzo kletterte auf die Rückbank des Polizeiautos und schob den letzten frischen Akku, den er mithatte, in die Suzie. Er checkte kurz die Lage. Nichts, was noch den Saft wert gewesen wäre. Er lehnte sich zurück und wartete.

6

Es war schon dunkel, als er den Kombi in den Hinterhof lenkte. Die Scheinwerfer scheuchten eine Katze von dem offenen Müllcontainer neben der Einfahrt herunter. Die Vespa stand immer noch auf seinem Parkplatz. Oben im Loft brannte Licht.

Gonzo parkte neben dem Container und schleppte die Suzie und seine große Tasche nach oben. Betty saß an seinem Schreibtisch und studierte den Katalog einer Videofirma, den Gonzo schon vor Wochen in den Papierkorb geschmissen hatte.

»Hallo«, sagte sie.

»Übertreibst du's nicht ein bißchen?« Er verstaute die Suzie und schob die Akkus in das Ladegerät.

»Ich versteh nicht?«

»Jede Angestellte macht um halb fünf Feierabend.«

»Ich dachte, ich warte lieber, bis Sie kommen.«

Gonzo gähnte. Er brauchte jetzt eine Dusche, etwas zu essen und dann einen doppelten Wodka gegen die Kälte, die ihm draußen in der Schrebergartenanlage in die Knochen gezogen war.

»Da waren zehn Anrufe«, sagte sie. »Viermal der Videoservice Herrschenreuther wegen der Reparaturrechnung für Ihre Kamera, zweimal ein Herbert vom Regionalmagazin, einmal Herr Schäfer und einmal ein Herr Hassenkamp.«

»Das sind nur acht.«

»Einmal hat sich jemand verwählt, und vorhin hat jemand sofort aufgelegt.« Sie schob ihm einen Zettel über den Schreibtisch. »Ich habe alles aufgeschrieben.«

»Wunderbar.« Gonzo knüllte den Zettel zusammen und warf ihn in den Papierkorb. »Feierabend für heute. Du kannst gehen.«

Sie blieb sitzen.

»Was ist?«

»Ich kann schon ein bißchen mehr als nur Telefondienst.«

»Ich hab aber nicht mehr zu tun für dich.« Gonzo wollte in die Dusche. »Also morgen, um neun. Ich muß wieder mit den Polizisten raus.«

»Ich dachte, ich könnte Ihre Videobänder archivieren«, meinte sie.

»Kein Bedarf.«

»Sie haben sicher schon eine Menge Bilder gemacht, nehme ich mal an.«

Gonzo hockte sich auf den Lederpuff neben seinem Bett und starrte sie an. »Und?«

»Ich kann ein Datenbankprogramm für den Computer besorgen und jedes Band nach den einzelnen Motiven verschlüsseln, dann...«

»Und stell morgen gefälligst deinen Roller nicht auf meinen Parkplatz!«

Sie stand auf. »Okay. Schon kapiert.« Sie zog ihre Windjacke an und nahm ihren kleinen Lederrucksack. »Sie mögen mich nicht, was?«

Gonzo sah sie an, wie sie neben der Tür stand, mit durchgedrückten Knien, den Rucksack auf der Schulter, mit einer Hand an der Klinke. »Sorry«, sagte er. »Bis morgen, okay?«

Gonzo blieb fast eine Viertelstunde unter der Dusche, dann trocknete er sich ab, zog seinen alten Bademantel an und setzte sich vor den Schreibtisch. Zuerst rief er Schäfer an und erstattete Bericht.

»Spitze«, sagte Schäfer, als Gonzo von dem Laubenbrand und den Skinheads erzählte.

»Wie sieht's denn mit einem Bonus aus?«

»Bonus?«

»Kältezuschlag, Feuerprämie, Blutgeld.«

»Du spinnst wohl!«

»Bist du mit dem Krückenmax weitergekommen?«

»Ich war im Krankenhaus. Maximilian Offergeld, 54 Jahre, geboren in Schwerin. Gelernter Maurer, verheiratet, zwei Kinder, '86 aus der DDR rübergemacht, Freikauf oder so was, genau hab ich das nicht rausgekriegt. Hier bei uns dann geradewegs ab in die Gosse.«

»Hört sich doch gut an«, meinte Gonzo. »Wie geht's ihm?«

»Beschissen. Der Kram stand in seiner Akte, die hatten sie vom Sozialamt schon rübergeschickt, und ich hab mich mit der Schwester auf seiner Station angefreundet. Notaufnahme, Stirnwunde mit 32 Stichen genäht, zwei Zähne verloren, Ödeme und Hämatome am ganzen Körper, schwere Unterkühlung, Gehirnerschütterung. So weit, so gut. Für die nächsten drei Wochen läßt er sich da erst mal den Arsch abwischen.«

»Bist du wenigstens schon an ihn rangekommen?«

»Noch nicht.«

»Dann klemm dich gefälligst dahinter.«

»Ich mach meinen Job schon länger.«

Gonzo sagte ihm, was er ihn könne, und sie vereinbarten, wann sie sich am nächsten Tag auf der Wache treffen wollten. Gonzo unterbrach die Verbindung und drückte eine Kurzwahl.

»Hassenkamp.« Im Hintergrund heulten Indianer und Schüsse peitschten. Der Kommissar kämpfte wieder die letzte Schlacht am Little Big Horn.

»Ich bin's«, sagte Gonzo. »Was gibt's?«

Vor ein paar Jahren war Hassenkamp ihm auf der Flucht vor einer Horde johlender Fußballhooligans vor die Suzie gelaufen, die es auf seinen Skalp oder wenigstens die schwere Polizeivideokamera des Hauptkommissars abgesehen hatten. Hassenkamp hatte gefilmt, wie sie einen Imbißwagen vor dem Stadion abfackelten. Dabei war ihm der Kontakt zu den anderen Bullen seines Dokumentationstrupps verlorengegangen.

Gonzo bekam erstklassige Bilder, als die Radaubrüder Hassenkamp den Weg abschnitten und ihn in die Mangel nahmen. Seine Kamera ging zu Bruch, und als sie mit ihren Fahnenstangen auf ihn einschlugen, hatte Gonzo ein paar Uniformierte aus ihrem Bulli auf dem Parkplatz geholt und noch ein paar schöne Einstellungen mitgenommen, wie sie Hassenkamp mit ihren Gummiknüppeln herausgehauen hatten. Ein paar Tage später hatte er dann Hassenkamp im Krankenhaus besucht und ihm die Kassette mit dem Sportschau-Beitrag geschenkt, die er aus den Aufnahmen gemacht hatte. So hatten sie sich kennengelernt.

»Ich wollte dich sowieso anrufen«, sagte Gonzo, nachdem Hassenkamp sein Video gestoppt hatte. »Kennst du Behrendt? Vorname Hauptkommissar?«

»Mordkommission.«

»Ja.«

»Er hat mir heute dein Band in die Videoverarbeitung gebracht.«

»Das vom Bahnhof?«

»Ja. Hat sich alles viermal in der Einzelbildschaltung angeguckt und dann eine Menge Videoprints verlangt.«

»Von der Frau, die da zu sehen ist?«

»Ja. Hast du was damit zu tun?«

»Hat er irgendwas gesagt?«

»Er wollte nur wissen, ob ich was von dir weiß.«

»Und? Was hast du gesagt?«

»Daß du einer von diesen Videogeiern bist, die dauernd den Polizeifunk abhören und in jedem Dreck rumwühlen.« Bei Hassenkamp raschelte Papier. »Da wir gerade davon reden. Ich hätte da was für dich. Versammlung von irgendwelchen Rechten. Verein für deutsches Kulturgut. Ehrenfeier für unseren Führer Adolf Hitler. Interesse?«

»Rechte gibt's an jeder Straßenecke.«

»Dieser Rottmeister hat seine Jungs aber ganz gut im Griff. Wehrsport und so weiter, sagen die Jungs vom 14. Kommissariat. Deswegen sind wir auch da. Dokumentation im Vorfeld. Gegendemonstranten werden erwartet. Also?«

»Mal sehen«, sagte Gonzo. »Wo soll das sein?«

»In der Kneipe, dem alten Bunker im Segeroth, Samstag, 19 Uhr. Für den Tip hab ich was gut bei dir, klar?«

»Aber sicher«, sagte Gonzo. »Das nächste Hochzeitsvideo geht an dich. Was ist mit den Kegelbrüdern geworden?«

Hassenkamp lachte. »Von wegen Brüder. Das waren Schwestern. Und frag nicht, was für welche.«

Später am Abend schaltete Gonzo den Polizeifunk auf seiner Anlage ein. Er machte sich eine Tiefkühlpizza warm und genehmigte sich als Dessert einen Joghurt. Während er den Becher auslöffelte, hörte er mit halbem Ohr auf die Meldungen. Noch war kaum etwas los. Ein paar Unfälle, alle ohne Krankenwagen. Ein Überfall unter der Rathausbrücke an der Porschekanzel und die üblichen Nachbarschaftsstreitereien.

Gonzo sah aufgekratzt hinüber zu seinem Feldbett. Als er in das Loft gezogen war, hatte er nur die Videotechnik aus der Firma mitgebracht, die er mit Wahnfried in Dortmund besessen hatte. BLACKBOX-PRODUCTIONS. Ein großes Büro und ein Studio mit der feinsten Technik, die man sich damals auf Kredit kaufen konnte. Wahnfried hieß eigentlich Frank und war Redakteur beim Regionalfenster West des WDR gewesen, als Gonzo dort als Kamerasklave mit festen Dienstzeiten von morgens neun bis nachmittags um fünf die abstrusen Ideen von neurotischen Nachwuchsjournalisten umsetzen mußte. Wahnfried litt wie alle anderen Festangestellten an der fixen Idee, daß man als freier Produzent irre viel Geld scheffeln konnte, wenn man die Sache nur richtig aufzog. Gonzo hatte sich breitschlagen lassen, mit ihm die BLACKBOX zu gründen, mit der sie ins große Geschäft einsteigen wollten. Allerdings hatten sich Wahnfrieds »tolle Connections« als reine Flops herausgestellt. Genauso wie die Autoren, die er im ganzen Ruhrgebiet durch Zeitungsanzeigen angeheuert hatte und die ihm das deutsche *Dallas* schreiben sollten.

Nach einem Jahr war der Gerichtsvollzieher der einzige feste Kunde der Firma. Ehe der Laden völlig den Bach hinuntergegangen war, hatte Gonzo sich in einer Nacht-und-Nebel-Aktion ausgeklinkt, sich einen Viertonner geliehen und alles an Ausrüstung, was er greifen konnte, in das Loft nach Essen gebracht.

Nach ein paar unerfreulichen Terminen bei Wahnfrieds Anwalt hatte er schließlich ein paar Zettel unterschrieben und dieses Kapitel seines Lebens abgeschlossen. Wahnfried war, wie er später erfahren hatte, um Haaresbreite an einem Konkurs vorbeigeschrammt, hatte dann in Gelsenkirchen doch noch einen passablen Autor gefunden, der ihm das Buch für einen Fußballfilm schrieb, mit dem Wahnfried dann nicht nur ins Abendprogramm vom ZDF gelandet war, sondern auch noch eine ehrende Erwähnung der Grimme-Preis-Jury abgestaubt hatte. Womit seiner weiteren Karriere als Auftragsproduzent nichts mehr im Wege stand. Mittlerweile war die BLACKBOX bei den meisten Sendern als Produktion gelistet und machte an die zehn Millionen Umsatz im Jahr.

Gonzo hörte mit halbem Ohr die Unfallmeldung von der A 40 und gleich danach die Bitte um zwei Krankenwagen. Er sah auf die Uhr. Halb zehn. Mit etwas Glück kam er gut durch und konnte noch ein paar Bilder mitnehmen. Er schlüpfte in seine Klamotten, schnappte sich die Suzie und war fünf Minuten später unterwegs.

Er fuhr die Gladbecker runter, bog hinter der Uni nach rechts ab, passierte den Berliner Platz und nahm die Frohnhauser hinaus nach Essen-West. Als er an der Hobeisenbrücke ankam, sah er schon das Flackern der Blaulichter in der tief abgesenkten Rinne der alten B 1. Die Fahrspur Richtung Innenstadt war gesperrt, und der Verkehr staute sich wahrscheinlich schon weit bis zur Stadtgrenze Mülheim. Unten rannten Feuerwehrleute und Notärzte herum, um die Verletzten aus den beiden PKWs zu versorgen, die wohl beim Überholen aneinandergeraten waren. Einer hatte sich überschlagen und lag ausgebrannt auf dem Dach. Weißer Löschschaum bedeckte das Wrack.

Gonzo nahm die Suzie und lief an der Polizeiabsperrung die Auffahrt hinunter und machte sich an die Arbeit. Nach einer halben Stunde waren sie alle fertig. Die Abschlepper zerrten die Schrotthaufen auf ihre Haken, die Feuerwehr packte ihre Geräte zusammen, und die Polizisten fegten die Fahrbahn. Der Schwerverletzte war auf dem Weg ins Klinikum, der Fahrer des anderen Wagens war gestorben, ehe die Feuerwehrleute ihn mit ihren Seitenschneidern aus seinem Wrack hatten herausholen können. Zwei Leichenträger packten ihn in eine Metallwanne und schoben sie zu ihrem Wagen. Ein Feuerwehrmann brachte ihnen noch einen Plastikbeutel mit Habseligkeiten, dann rollten sie davon.

Gonzo fuhr zum Studio im Zeitungsverlag und kletterte hinunter in die Katakomben des Regionalmagazins. Herbert hatte Nachtdienst. Er kaufte den Unfall, ohne sich die Bilder ganz anzusehen. Gonzo füllte seine Zettel aus und stand nach zehn Minuten wieder draußen.

Auf dem Rückweg kam er über die Kruppstraße am Bahnhof vorbei. Feuchtgelbes Licht fiel aus der Halle auf den Platz am Südeingang. Gonzo kurvte durch den Kreisverkehr, bog auf den Parkplatz an der Tag-und-Nacht-Tankstelle ein und rollte an den abgestellten PKWs vorbei. In der zweiten Reihe sah er den alten Opel Admiral, dunkelblau, mit viel Chrom an den Seiten und den amerikanisch hochgezogenen Heckflossen. Er quetschte sich in die freie Bucht neben dem Wagen, stellte den Motor ab und sah sich um. Die Taxischlange war nicht besonders lang, die meisten Fahrer hockten in ihren Kutschen, lasen Zeitung oder hörten Radio. Es war gleich elf, Reisende waren kaum noch unterwegs. Ein paar Jungen standen an den Säulen unter den Plexiglaskuppeln. Ab und zu kamen ältere Männer vorbei und fragten nach irgendwas, und dann gingen die Jungen entweder mit, um ihnen was zu zeigen, oder sie blieben stehen.

Gonzo stieg aus. Der Zeitungsladen befand sich direkt hinter dem Südeingang der Bahnhofshalle. Der ganze Bereich lag im Aufnahmewinkel einer Videokamera unter der Decke. Auf einem Podest saß eine Frau hinter der Kasse. Gonzo blieb am Zeitungsständer im Eingang stehen und sah sich um. Ein paar Jugendliche drängten sich in der Ecke mit den Comics. Ein Rentner von Ende sechzig in Lederjacke und Turnschuhen trieb sich zwischen den wenigen Kunden herum. ERST KAUFEN, DANN LESEN stand auf einem Schild über der Kasse.

Gonzo schob sich an dem Taschenbuchtisch mit den Neuerscheinungen vorbei zu dem Mann. Die Augen hinter den Gläsern der Kassenbrille musterten ihn mißtrauisch.

»Ich hab mal ne Frage!«

Der Rentner wandte seine Aufmerksamkeit wieder den Jugendlichen am Comicständer zu.

»Der Wagen da draußen«, sagte Gonzo. »Der Admiral. Ich hab gehört, das ist Ihrer.«

»Und?«

»Kann man den kaufen?«

»Nein!« sagte der Rentner, ohne den Blick von dem Comicständer zu lassen.

Gonzo kam ins Schwimmen. »Vielleicht überlegen Sie es sich noch mal. Sie können mir ja mal Ihre Telefonnummer geben, ich ruf Sie dann an.«

Endlich riß sich der Mann von den Jugendlichen am Comicständer los. »Hier ist ein Zeitungsladen und kein Automarkt.«

»Ich dachte ja nur«, meinte Gonzo.

»Ich hab mich doch klar ausgedrückt, oder?«

Ausnahmsweise mußte Gonzo ihm einmal recht geben. Er trat den Rückzug an und sah aus den Augenwinkeln noch drei Comicalben unter den Collegejacken der Jugendlichen verschwinden. Also war er wenigstens nicht ganz umsonst hiergewesen.

7

Der Revierdienst war langweilig. Gonzo hockte seit vier Stunden in der Wache, und es war nichts passiert, was auch nur einen Meter Videoband wert gewesen wäre. Mittag war schon vorbei. Am Funktisch klingelte das Telefon, und Endrulat nahm ab. Hoffmeister machte sich an dem Computerterminal in der Ecke zu schaffen. An seinem Schreibtisch hämmerte Bantzok mit zwei Fingern einen Bericht in die Schreibmaschine. Gonzo griff sich die Suzie und fing ein paar Bilder mit Impressionen vom Polizeialltag ein. Hinten saß Schäfer mit dem Revierleiter im Büro und sprach die Fragen für das Interview ab, das sie nachher aufnehmen wollten.

»Langeweile, Hitchcock?« Bantzok zerrte das Formular aus der Walze und packte es in die Schreibtischschublade. »So, fertig. Das war der Laubenbrand.«

»Brandstiftung?« fragte Gonzo.

Bantzok zuckte mit den Schultern. »Keine Ahnung. Das macht die Kripo weiter.«

Endrulat legte am Funktisch den Hörer wieder auf und notierte etwas im Wachbuch. Er gähnte.

»Die Schrebergärtner gestern waren ganz schön wild«, meinte Gonzo.

»So sind die nun mal. Kleingärtner von 1918 e. V. Heute abend um sechs ist Sondersitzung. Wegen der Bedrohung durch das Wohnheim. So ein Tinnef.«

»Sie haben auch eine Parzelle da?«

Bantzok nickte. »Zum Ausgleich.«

»Was ist mit den Glatzköpfen, die da rumgelungert haben?«

»Was soll mit denen sein?«

»Sind die auch Kleingärtner von 1918?«

»Die haben in der Laube von Rottmeister ihren Verein aufgezogen«, sagte Bantzok. »Nationales Kulturgut, eingetragener Verein oder so was. Die spinnen ganz schön rum mit ihrem Streifendienst und den Nachtwachen und dem ganzen Scheiß. Kann man nichts dagegen tun.«

»Wirklich nicht?«

Bantzok zuckte mit den Schultern. »Wir haben uns früher nen Entenschwanz ins Haar gemacht und Buddy Holly gehört. So ist das eben mit der Jugend.«

Endrulat winkte einen Kollegen heran und sagte ihm, daß er den Funk und das Telefon übernehmen sollte.

»Was ist dieser Rottmeister für einer?« fragte Gonzo.

»Auch ein Spinner.«

»Und was spinnt er so?«

»Vor einem Jahr ist er über Beziehungen an die Parzelle gekommen. Seitdem versucht er, was in unserem Vereinsvorstand zu werden.«

»Warum?«

Bantzok zuckte mit den Schultern. »Keine Ahnung. Vielleicht wegen der Beschwerden, die dauernd kommen. Am Wochenende wimmeln bei ihm haufenweise diese Glatzköpfe rum. Mein Grundstück liegt direkt nebenan. Ich krieg das immer alles mit, wenn die sich vollaufen lassen und dann übern Zaun kotzen.«

Endrulat reckte sich und ging zur Tür. »Ich seh mal nach dem Wagen!« Er ging hinaus.

Gonzo schaute aus dem Fenster. »Die Glatzen haben gestern nach dem Feuer Benzinkanister und Baseballschläger aus Rottmeisters Parzelle in den Nachbargarten rübergeschleppt.«

»Nachbargarten?« fragte Bantzok.

Gonzo nickte. »Das war doch Ihr Sohn, dieser Neili da, oder?«

»Quatsch«, sagte Bantzok. »Der heißt Andreas!«

Gonzo gähnte. Die Schultermuskeln schmerzten. Er brauchte unbedingt einen Kaffee und frische Luft. »Ich bin mal kurz drüben im Tchibo«, sagte er. »Kann ich die Kamera hierlassen?«

Bantzok nickte und holte das Formular wieder aus dem Schreibtisch, das er vorhin weggelegt hatte.

Draußen auf dem Parkplatz lehnte Endrulat in der offenen Tür eines Streifenwagens und trug etwas in einen Plan ein. Er sah Gonzo nach, wie er die Straße überquerte und drüben in dem Stehcafé verschwand.

Gonzo hatte sich gerade mit seinem Espresso an einen Tisch gestellt, als Endrulat eintrat, sich einen Milchkaffee holte und zu Gonzo kam.

»Was bringt der Fernsehkram eigentlich so?«

»Knapp die Hälfte.« Gonzo grinste. »Du mußt halt eine gute Story haben. Action-Bilder, verstehst du? Die sind was wert.«

Endrulat taxierte Gonzo. »Und die Infos für ein paar Action-Bilder? Was sind die wert?«

»Kommt drauf an.«

»Hat der Bantzok schon was gesagt?«

»Wegen der Brandstiftung?«

»Dreihundert?«

»Hundert. Und nur wenn der Tip was taugt.«

»Dann guck heute abend mal bei den Schrebern im Erlengrund vorbei.«

»Das Ding ist doch abgefeiert.«

»Da geht was ab, wegen der Asis. Der Hausmeister vom Wohnheim hat heute schon ein paarmal bei uns angerufen. Lungern Glatzköpfe rum, werden immer mehr. Spucken die Kinder von den Zigeunern an. Er sagt, er will Polizeischutz.«

»Und kriegt er welchen?« Gonzos Schultermuskeln verhärteten sich.

Endrulat schüttelte den Kopf. »Zu wenig Leute.« Er rieb Daumen und Zeigefinger aneinander. »Also?«

»Bißchen wenig für hundert Mark.« Gonzo holte ein paar Scheine aus der Tasche und hielt Endrulat einen Fünfziger hin.

Endrulat steckte den Schein weg. »Wegen der Brandstiftung...«

»Ja?«

»Da sind die von der Kripo im Anmarsch.«

»Weiß ich.«

»Nicht, was du denkst. Ich hab den Bericht von der Feuerwehr gesehen. Da hat jemand in der Hütte mit Benzin rumgemacht. Nichts mit Brandstiftung.«

»Du meinst, da hat nur jemand mit Streichhölzern gespielt?«

Endrulat hob die Schultern. »Jedenfalls, wenn du den Neili da draußen siehst, dann sag ihm, daß er sich schon mal überlegen soll, was er der Kripo erzählt, wenn sie ihn und seine Kumpel kriegen.«

»Ich werd's ihm ausrichten.« Gonzo hielt Endrulat noch einen Fünfziger hin. »Euer Computer hängt doch am Straßenverkehrsamt, oder?«

»Kann schon sein.«

Gonzo kramte den Zettel mit der Nummer des Opel Admiral heraus. »Ich müßte mal wissen, wer der Halter ist und wo er wohnt.«

Endrulat steckte den Zettel mit dem Fünfziger ein. »Schon mal was von Datenschutz gehört?«

»Nee«, sagte Gonzo. »Du vielleicht?«

Endrulat grinste. Gonzo blieb noch eine Weile in dem Stehcafé, nachdem der Polizist gegangen war. Dann schlenderte er über die Straße und betrat wieder das Revier. Schäfer stand an der Barriere und sprach mit Hoffmeister.

»Ich bezahl dich nicht, daß du hier rumhängst«, blaffte er Gonzo an.

»Sag mir nicht, wie ich meinen Job machen soll.«

»Könnten wir jetzt vielleicht mal das Interview aufnehmen?«

»Aber immer!« Gonzo schnappte sich die Suzie und steckte den Zettel mit der Adresse ein, den Endrulat daruntergeschoben hatte.

Es war kurz nach sechs, als Gonzo im Erlengrund ankam. Die Sonne stand schon tief, und wenn die Randale nicht bald losging, würde das Licht nicht mehr reichen. Gonzo stellte den Kombi an der Ecke ab, holte die Suzie aus der Halterung, stopfte sich ein paar Reserveakkus und ein frisches Band in die Taschen seiner Rangerweste und machte sich auf den Weg. Die Fenster der Eckkneipe standen offen. Über das Männergemurmel schwang sich eine Stimme.

»Wenn die Polizei nicht mehr in der Lage ist, uns vor den Übergriffen von diesem Gesindel zu schützen, bleibt uns nichts anderes übrig, als selbst zu handeln.« Beifall.

Auf der Straße vor dem Schulhaus lungerten gut zwei Dutzend Jungen um einen alten VW-Kübelwagen herum. Zwischen den Sitzen steckte eine Reichskriegsflagge. Ein paar ältere Burschen in dunklen Windjacken redeten auf die Skins ein.

Im Schulhof hatte sich eine Gruppe jüngerer Zigeuner versammelt und behielt die Lage im Auge. Ein paar Halbwüchsige in Collegejacken grüßten mit hochgerecktem Mittelfinger zu dem Nazi-Nachwuchs hinüber.

Auf der anderen Seite schossen Arme in die Höhe. »Sieg Heil!« Steine flogen. Glas klirrte. Die Männer aus dem Wohnheim zogen sich zur Tür zurück. Gonzo machte eine Totale von der alten Schule und schwenkte zu den Jugendlichen.

Unter den Glatzköpfen, die sich um den Kübel scharten,

erkannte er Rottmeister. Er stand an der Kühlerhaube und gab Anweisungen. Die drei Skins von seinem »Sicherheitsdienst« waren bei ihm. Dirk, Kappo und Neili. Gonzo zoomte auf das Gesicht von Neili und schwenkte weiter zu ein paar Männern neben ihm. Ihr Haarschnitt war relativ zivil, und einer trug sogar einen Pferdeschwanz. Für einen Moment erwischte Gonzo das Gesicht eines Kerls mit einem Seehundschnauzbart. Er kannte ihn, aber es dauerte etwas, bis ihm der Name einfiel: Schreiter. Der Schichtleiter vom Bahnhofswachdienst.

»Was is, Alter?« Ein wuchtiger Glatzkopf baute sich vor ihm auf und langte nach der Kamera.

»Ich such den Neili«, sagte Gonzo.

»Neili!«

Der junge Glatzkopf kam herüber. »Verzieh dich!« sagte er, als er Gonzo erkannte.

»Ausländer raus!« skandierte die Meute am Kübelwagen in Richtung Schule. »Deutschland den Deutschen!« Ein Kanonenschlag krachte. Die Skins rückten in einer wilden Formation gegen das Schulhaus vor.

»Was habt ihr vor?« fragte Gonzo.

»Wart's ab.« Neili schielte auf die Kamera. »Die Asis brauchen einen Denkzettel wegen der Laube gestern.«

»Ihr habt die Laube doch selber abgefackelt!« sagte Gonzo. »Ich laß mich nicht für blöd verkaufen. Ihr habt da wahrscheinlich versucht, Mollis zu bauen, und dabei ist euch einer um die Ohren geflogen.«

»Du reißt das Maul verdammt weit auf, Alter!« Neili hob den Baseballschläger. »Was meinst du, was dein Kopf so aushält?«

Gonzo sah über Neilis Schulter Rottmeister herankommen. Er trug eine Armbinde mit zwei schwarzen Runen auf weißem Grund und hatte die Daumen neben dem Koppelschloß seines Gürtels eingehakt.

»Rottmeister mein Name«, sagte er. »Was ist hier los? Für wen arbeiten Sie?«

»Für mich.« Gonzo gab ihm eine von seinen Geschäftskarten. »Was soll das hier darstellen? Kameradschaftstreffen oder Randale?«

Rottmeister sah sich Gonzos Karte an. »Gonschorek. Sie sind das also. Sie waren gestern schon mal hier! Was wollen Sie noch?«

Gonzo nickte zu den Skins hinüber. »Mir Ihre Freunde ein bißchen ansehen. Oder haben Sie was zu verbergen?«

Rottmeister kniff die Lippen zusammen. Neili zog ihn zur Seite und redete kurz auf ihn ein. Rottmeister kam zu Gonzo zurück.

»Sie sind auf eigene Gefahr hier!« sagte er nur.

»Dachte ich mir schon!« sagte Gonzo. »Ich soll Neili was ausrichten.«

Im gleichen Moment sausten ein paar Steine über den Schulhofzaun. Die Skins stürmten über die Straße. Gonzo riß die Suzie hoch und lief die paar Meter zum Wohnheim, um die Meute von vorn nehmen zu können. Hinter sich hörte er Männerstimmen, und dann liefen ihm ein paar von den Zigeunern mitten ins Bild, als sie durchs Schultor auf die Skins zusteuerten.

Die Glatzen johlten und schwangen ihre Baseballschläger. Mehr Steine flogen. Erst als Gonzo zurückschwenkte, sah er, daß die Ausländer Latten und Metallrohre in den Händen hielten.

Die Bomberjacken hatten hinter Rottmeisters Wagen das Kleinpflaster des Bürgersteigs aufgerissen. Die Steine, groß wie eine Kinderfaust, wanderten von Hand zu Hand. Dann schwirrte eine ganze Salve über den Zaun. Die Brocken prasselten gegen die Schultür, Glas ging zu Bruch.

»Ausländer raus!« skandierten die Skins.

Gonzo setzte die Suzie ab. Die Schrebergärtner quollen

aus der Wirtschaft und beklatschten den Steinhagel, der in den Schulhof flog. Der Skin, der nach vorn gelaufen war, um die Attacke zu führen, kam nicht schnell genug ins Glied zurück. Zwei Zigeuner griffen ihn sich und zerrten ihn zu ihren Leuten.

Gonzo setzte die Suzie wieder an und nahm die Szene voll ins Bild. Der Skin lag am Boden, und als Gonzo heranzoomte, wie er sich unter den Schlägen der Latten und Rohre wand, mit denen die Männer auf ihn eindroschen, glaubte er, kurz Neilis Gesicht zu erkennen. Gonzo konnte gerade noch rechtzeitig aufziehen, um die Glatzen ins Bild zu kriegen, die heranstürmten, um ihrem Kumpel zu Hilfe zu kommen. Aus dem drohenden Gemurmel hinter sich schloß Gonzo, daß auch die Zigeuner aus der alten Schule Unterstützung erhielten.

In das Gebrüll der Straßenschlacht schnitt die Polizeisirene. Ein Streifenwagen schoß um die Ecke und kam mit einer Vollbremsung bei den Schrebergärtnern an der Kneipe zum Stehen.

Gonzo sah das rote Warnlicht für die Akkus aufleuchten und fluchte. Während er die Akkus austauschte, sprangen Endrulat und Bantzok aus dem Streifenwagen. Als er die Kamera wieder ansetzte und aufs Schlachtfeld hielt, hatten die Ausländer inzwischen gut zehn Meter an Boden gewonnen. Sie belagerten Rottmeisters Kübelwagen, während die meisten Skins sich über die Hecke auf die Gartenböschung geflüchtet hatten. Die Zigeuner rissen die Fahne herunter und trampelten darauf herum. Rottmeister stand steif und blaß am Gartenzaun, während seine Truppe sich hinter ihm in gebrüllten Strategiediskussionen erging. Von dem Schnauzbart und den Windjacken war nichts mehr zu sehen.

Als Gonzo wieder zu dem Streifenwagen zurückschwenkte, erwischte er Endrulat, der hinterm Steuer aufgeregt ins Funkgerät sprach. Bantzok kniete neben dem reglosen Neili. Gonzo setzte die Suzie ab. Eine Rotte Glatzen raste an ihm vorbei und hinter ein paar Kindern her, die sich gerade noch rechtzeitig hinter dem Schulhofzaun in Sicherheit bringen konnten. Rottmeister kümmerte sich darum, seine Fahne wieder im Wagen aufzustellen. Eine zweite Truppe von Skins jagte die restlichen Zigeuner über die Straße und versuchte, sie von der Schule abzudrängen. Eine Salve Steine, die aus dem Schulhof herüberflog, zwang sie zum Rückzug. Die Ausländer erreichten ihr Gelände ohne Verluste.

Sirenen heulten heran. Drei weitere Streifenwagen bogen in die Straße ein, dahinter zwei Transporter. Bremsen kreischten, Autotüren sprangen auf, und Beamte in olivgrünem Kampfanzug mit Plastikschilden und Schutzhelmen quollen heraus. Der Einsatzleiter gab über Megaphon Anweisungen. Die Polizeitruppe formierte sich.

Gonzo zerrte einen frischen Akku aus der Tasche seiner Rangerweste und schob ihn in die Suzie. Die Skins hatten sich um Rottmeisters Kübelwagen zusammengerottet. Er ließ die Suzie ein paar Minuten laufen, damit er später genügend Schnittbilder besaß, und wartete darauf, daß die Party richtig losging. Der Einsatzleiter ließ seine Männer vorrücken und verlangte übers Megaphon von Rottmeisters Leuten, daß sie sich verziehen sollten. Auf dem Schulhof sammelten sich die Ausländer.

Und dann war die Fete zu Ende, ehe sie noch richtig angefangen hatte. Rottmeister löste sich von seinen Glatzen und kam zum Einsatzleiter herüber. Gonzo war nicht nah genug dran, um zu hören, was die beiden beredeten, aber am Ende zogen die Polizisten eine lange Kette über die Straße zwischen den beiden Lagern. Rottmeister schwang sich in seinen Kübelwagen und rollte an der Spitze seiner Krieger davon.

8

Herbert hatte dienstfrei, und sein Kollege fand die Bilder von der Randale im Erlengrund überhaupt nicht spannend. Gonzo fiel ihm eine Viertelstunde auf die Nerven, bis er ihm endlich drei Minuten abkaufte. Er füllte seine Zettel aus und gab sie bei der Blondine im Büro ab. Sie schob die Papiere sofort in eine Klarsichthülle, als hätte sie Angst, sich anzustecken.

Gonzo setzte sich auf die Ecke ihres Schreibtisches.

»Ist noch was?«

»Ich könnte auch mal wieder eine Überweisung gebrauchen. Geld, verstehen Sie?«

»Das macht die Buchhaltung.«

»Und was machen Sie?«

»Redaktionssekretariat.«

»Und wenn Sie Feierabend haben?«

»Raus!«

Gonzo trabte durch die langen Gänge zum Lift und rumpelte nach oben. Draußen empfing ihn die feuchtkalte Nachtluft. Er setzte sich in den Kombi und kramte den Zettel mit der Autonummer des Opas aus der Jackentasche. Josef Helmschütz, hatte Endrulat daruntergekritzelt. Waldlehne 7.

Margarethenhöhe also. Gonzo studierte den Stadtplan und machte sich auf den Weg. Auf der Rüttenscheider Straße passierte er das FILM-STUDIO, in dem neuerdings wieder ein richtig gutes Programm lief. Außerdem hatten sie den Saal komplett renoviert und die alte Bar im Foyer wieder aufgemacht. Er fuhr über den Stern weiter bis zur Martinstraße, wo an der Ecke neben dem Hotel das UNIVERSUM gelegen hatte, eine Flohbude mit billiger Action, zuerst aus Hollywood, dann aus Italien und zuletzt aus Hongkong. *Der letzte Kampf der Todeskralle.*

Gonzo bog nach rechts ab, unter der Stahlbrücke durch zur Zweigertstraße, am Polizeipräsidium und Amtsgericht vorbei bis zur Holsterhauser und hielt sich an der Sommerburg wieder links.

Einfamilienhäuser säumten die Straße, kleine Vorgärten, liebevoll gepflegte Fassaden, alles von Grund auf deutsch und solide. Gonzo sah im Vorbeirollen nur ein paar Leute mit ihren Hunden. Kein Graffiti an den Wänden, kein Dreck auf der Straße. Deutschland konnte so sauber sein, wenn es nur wollte. Die Waldlehne war eine Häuserzeile, deren Rückseite ans Mühlbachtal grenzte. Nummer sieben unterschied sich in nichts von Nummer fünf und Nummer neun.

Gonzo brauchte geschlagene zwanzig Minuten, bis er einen Parkplatz fand. Er verzichtete darauf, die Suzie mitzunehmen, und pirschte noch einmal die Waldlehne hinunter. Gelegentlich bewegte sich eine Gardine. Ein Mann stand mit seinem Hund an einer Laterne. Sein Blick war mißtrauisch, während sein Köter freundlich an Gonzos Hosenbeinen schnüffelte.

Gonzo durchquerte den Vorgarten von Nummer sieben und preßte den Finger auf die Klingel. Drinnen schepperte es los, daß davon Tote wach geworden wären. Sonst geschah nichts. Gonzo lugte durchs Küchenfenster. Außer dem Tisch, auf dem zwei Gedecke fürs Frühstück auflagen, war nichts zu sehen. Er strolchte über den plattierten Weg zur Mülltonne und riskierte einen Blick. Gemüsereste, alte Blumen, massenweise Zigarettenkippen und ein paar Kosmetikflaschen. Blonde Haartönung.

Er klingelte noch einmal und legte sein Ohr an die Tür. Drinnen schien sich jemand zu bewegen. Gonzo marschierte zurück, ehe der nachbarschaftliche Bürgersinn erwachte und ihm die Polizei auf den Hals hetzte. Hundert Meter weiter entdeckte er eine Lücke in der Häuserreihe und einen Weg, der in den Wald führte. Schotter und Granulat knirschten unter seinen Füßen. Es wurde noch dunkler, es ging bergab. Aus dem Tal strich kalte Luft. Er fand einen Pfad, der nach links abbog, an einem breiten Streifen mit Büschen und Unterholz entlang, hinter dem die Häuser standen. Gonzo peilte durch das Gestrüpp, bis er die Rückfront von Nummer sieben gefunden hatte. Es brannte Licht. Hinter dem großen Fenster sah er eine Frau stehen. Aus der Entfernung konnte er nicht genau erkennen, ob es Dana war. Gonzo drückte die Zweige zur Seite und arbeitete sich bis zu einem Maschendrahtzaun vor. Der Draht hing locker zwischen den Pfosten und war ein Stück oberhalb so weit heruntergetreten, daß Gonzo ohne Mühe darübersteigen konnte. Er sah, wie die Frau im Haus aufgeregt am Fenster hin und her lief. Hinter dem Zaun erstreckte sich ein Streifen Unkraut, dann kam schon die Wiese mit kahlen Blumenbeeten rechts und links.

Oben ging die Tür zur Terrasse auf. Die Frau trat heraus. »Du stehenbleiben. Ich schießen.« Der polnische Akzent war eindeutig.

Gonzo hob die Hände und ging langsam näher. Es war tatsächlich Dana. In einem hellen Morgenmantel, unter dem sie nicht viel anzuhaben schien, stand sie frierend in der Tür und hielt einen Revolver in Gonzos Richtung. Sie hatte sich die Haare wasserstoffblond gefärbt, die Mähne leuchtete im Licht, das aus dem Haus fiel.

»Da wären wir also«, sagte Gonzo zufrieden, als er die Terrasse erreichte.

»Weggehen!« Der Colt zitterte in ihrer Hand. Ein großes, silbernes Ding, wie aus dem Kino. Gonzo wollte sich nicht direkt festlegen, ob es eine Schreckschußwaffe war.

»Ich kann auch die Bullen holen«, meinte er. »Die sind ganz scharf auf dich.«

Sie zitterte jetzt so stark, daß sie die zweite Hand zu Hilfe nehmen mußte, um die Waffe einigermaßen gerade zu halten.

»Du hast die Wahl!«

Einen Moment dachte er, sie würde wirklich abdrücken. Aber dann ließ sie die Hand mit dem Revolver fallen, drehte sich um und ging ins Haus.

Drinnen war es warm. Der Fernseher in der altdeutschen Eichenschrankwand flimmerte ohne Ton vor sich hin. An der Wand gegenüber hing Zinnteller an Zinnteller. Dana machte die Terrassentür zu. Ihr Morgenmantel fiel auseinander. Gonzo nahm ihr den Colt aus der Hand und legte ihn ins Bücherfach der Schrankwand. »Wann kommt der Opa wieder?«

»Nicht verstehen.«

Gonzo ließ sich in einen der Sessel fallen. »Der Opa. Helmschütz. Wann kommt er wieder?«

»Spät.«

»Setz dich.«

Zögernd ließ sie sich schließlich auf der Couch nieder. Auf dem flachen Tisch stand eine Flasche Wodka und ein Glas. Im Aschenbecher türmten sich die Kippen. Dana schniefte. Nervös fuhr sie sich mit der Hand übers Gesicht. »Keine Polizei, ja? Ich dir geben Video wieder.«

»Okay.« Gonzo nickte. »Und dann erzählst du mir noch, was da im Bahnhof mit dem Sheriff abgegangen ist.«

»Sheriff?«

»Gorny.«

»Böser Mann.«

»Wieso?«

»Schlagen Männer, die sitzen herum. Verjagen immer wieder, wenn nicht bezahlen.«

»Er hat die Penner abkassiert?«

Sie nickte.

»Und die anderen?«

»Ja.«

»Dich auch?«

Sie nickte. »Fünfzig Mark, wenn ich wollte bei ihm stehen. Ich Josef nichts davon sagen, haben Angst, er mich auch schlagen.«

»Josef?« Gonzo sah sich um. »Du meinst den Opa?«

Sie nickte.

»Hat der dich auf den Strich geschickt?«

Sie brauchte eine Weile, bis sie verstand, was Gonzo meinte. Dann erzählte sie in ihrem holprigen Deutsch, daß sie in Polen als Verkäuferin in einem Laden gearbeitet hatte und an den Wochenenden immer mit ihrem Bruder und dessen Frau nach dem Westen gefahren war. »Sachen verkaufen, Polenmarkt, du verstehen? Kristall, Werkzeug, Musikkassetten.« Das meiste, was ihr Bruder in seinen Polski-Fiat gestapelt hatte, stammte von seinen Kollegen bei der Miliz, und wo die es herhatten, wußte Dana angeblich nicht. Mit der Deutschmark, die sie auf dem Polenmarkt am Güterbahnhof dafür kassierten, kamen sie einigermaßen über die Runden. »Aber Leben teuer in Polen. Brauchen viel Geld.«

»Wem sagst du das«, meinte Gonzo.

Dana steckte sich eine Zigarette an. Sie wirkte jetzt ruhig. Mit der Hand fuhr sie sich durch das blonde Haar, das so gar nicht zu ihren blauen Augen passen wollte. Nach den ersten Monaten hatte sie sich angewöhnt, beim Flohmarkt nicht den ganzen Tag am Stand zu bleiben. Sie war durch die Stadt gestrolcht, hatte sich ansprechen lassen. Die Männer luden sie ein, und mit ein paar schnellen Nummern im Auto bekam sie an einem Wochenende mehr zusammen als ihr Bruder an seinem Stand. Und dann war Helmschütz ins Spiel eingestiegen. Der nette Opa von nebenan.

»Er sagen, ich können wohnen bei ihm. Nicht mehr zurückgehen nach Polen, bleiben einfach als Touristin.« Dana machte eine Pause. »Er sagen, ich ihm nur machen Haushalt, putzen, kochen. Seine Frau tot, schon viele Jahre.« Sie sah sich um und zuckte mit den Schultern. »Er nimmt meinen

Paß weg. Ich nicht kann mehr zurück ohne Papiere. Er sagt, ich nicht brauchen Paß...«

»Kann ich mir denken«, murmelte Gonzo. »Und dann hat er dich auf den Strich geschickt?«

»Nicht gleich. Erst mal nur er mit mir schlafen. Dann er meint, ich müssen verdienen Geld für hier wohnen. Er mir sagen, ich soll mich da hinstellen, an Bahnhof, vorn bei Fahrplan, wo er mich kann sehen aus dem Zeitungsladen, und er dann auf mich aufpassen, wenn Männer mich ansprechen. Zuerst auch alles gut, aber dann auf einmal Gorny kommen...«

»Und verlangt Geld!«

»Nicht sofort, sagt erst Hausverbot. Kann alles sehen, was passiert in Bahnhof, weil überall Video, verstehen?«

»Verstehe«, sagte Gonzo.

»Aber er sagen, für fünfzig Mark ich kann weiter stehen und er mich nicht sehen... auf Video und so.« Dana traute sich nicht, dem Opa von Gorny zu erzählen, weil sie Angst hatte, daß er sie dann wieder zurückschicken würde, denn so schlecht war das Leben bei ihm ja nicht. Also machte sie jeden Tag einen Kunden extra, um Gorny zu bezahlen.

»Haben die anderen Sicherheitsleute auch kassiert?« wollte Gonzo wissen.

Sie zuckte mit den Schultern. »Immer nur Gorny nehmen Geld. Er sagt, daß er mit andere Männer redet, damit die wissen Bescheid.«

»Und das hat funktioniert?«

Sie drückte die Zigarette aus. »Manchmal gab Streit mit alte Männer, Säufer, die immer liegen bei U-Bahn. Auch Mann mit Krücke immer Streit mit Gorny.«

»Wegen was?«

»Keine Ahnung. Mann mit Krücke sagt, er schlafen unten in Tunnel, bei Imbiß, wo immer polnische Arbeiter stehen, und Gorny ihn dort verjagt. Mann mit Krücke sehr wütend, weil er sagt, daß Gorny da unten in Tunnel hat überhaupt nichs zu sagen.«

Gonzo kratzte sich am Kopf. Wenn Gorny noch am Leben gewesen wäre, hätte er mit Schäfer aus der ganzen Kiste vielleicht eine nette kleine Geschichte machen können. Schutzgeld am Bahnhof. Korrupter Wachdienst beutet harmlose Nutten aus, irgend so eine kleine Aufregergeschichte. Aber Gorny war tot, der Krückenpenner lag im Krankenhaus, und an Dana würde er auch nicht mehr herankommen, wenn Helmschütz erst einmal wußte, daß Gonzo mit ihr gesprochen hatte.

»Was für einen Streit hast du an dem Tag eigentlich mit Gorny gehabt?« fragte er.

Sie zog sich zurück, und ihr Blick verschleierte sich. »Er will mehr Geld. Sagt hundert Mark, sonst ich darf nicht mehr da stehen. Sagt, alle müssen mehr bezahlen.«

»Alle?«

»Alle.«

»Der mit Krücke auch?«

Sie nickte. »Aber schlechter Tag. Ich nicht genug Kunden. Keine hundert Mark. Ich sag Gorny, daß ich nicht habe Geld. Daß ich gehe zu Polizei und alles sage, mit Video, was er gemacht hat. Gorny sagt, mir doch keiner glauben; ich sag, daß Mann mit Krücke wird bestimmt alles bezeugen, bei Polizei. Da Gorny wird wütend, sagt, ich bin Schlampe und will sorgen dafür, daß Polizei mich wieder schickt zurück nach Polen. Ich laufe weg. Ich gedacht, weil du auch Video, gehören zu Gorny. Deswegen ich dich mit Gas überfallen. Nehmen dir Video weg, du mich mit gefilmt.« Sie schluckte. »Tut mir leid...«

»Verstehe«, sagte Gonzo. Wie es aussah, war er einfach nur im falschen Moment am falschen Ort gewesen. »Und als Gorny dann auf einmal tot war, hat der Opa sich nicht mehr getraut, dich an den Bahnhof zu schicken.«

Sie nickte wieder. »Er viel böse, weil alle sagen, ich Gorny totgeschlagen. Er sagen, ich soll hierbleiben, bis Polizei nicht mehr sucht, dann er mir geben Paß wieder, damit ich kann zurück nach Polen.«

Gonzo gähnte. Die warme Luft in dem vollgestellten Wohnzimmer machte ihn schläfrig. Danas Morgenmantel fiel auseinander. Darunter trug sie nur einen Büstenhalter und einen Slip mit einer aufgedruckten Mickymaus. Sie schob den Mantel noch ein Stück weiter auseinander. »Du willst Video oder...«

»Gib dir keine Mühe«, sagte er. Es gab schönere Dinge, die er sich vorstellen konnte, als mit ihr hier auf der Couch des Opas den Überfall abzuarbeiten. Sie stand langsam auf und ging hinaus. Gonzo kam nicht schnell genug aus dem Sessel hoch, um ihr sofort zu folgen. Sie war schon im Flur und halb auf der Treppe nach oben, als er ihr endlich hinterherkam.

»Vorsicht«, hörte er sie sagen und konnte gerade noch rechtzeitig unter dem Balken wegtauchen, der fast in Augenhöhe verlief.

»Keine Tricks!«

»Nein«, sagte sie. »Keine Tricks.«

Oben waren ein Bad und ein Schlafzimmer. Gonzo blieb in der Tür stehen. Das Bettzeug lag ordentlich auf dem wuchtigen Ehebett, auf den Kopfkissen links ein Schlafanzug und rechts ein rosafarbenes Negligé. An der Wand hingen ein altes Hochzeitsbild und ein sepiafarbenes Frauenporträt aus einer Zeit, als es noch Blusen mit Spitzenkragen gegeben hatte.

Dana zerrte eine Reisetasche unterm Bett hervor und kramte in ihren Sachen herum. Schließlich fand sie eine Plastiktüte und zog die Videokamera heraus. Sie hielt Gonzo den Camcorder hin. Er kontrollierte kurz, ob alles noch in Ordnung war.

»Keine Polizei?« fragte sie.

Gonzo brummte etwas, weil er sich nicht festlegen wollte. Als er die Treppe wieder hinunterkletterte, sagte Dana hinter ihm: »Vorsicht!«, aber da knallte er auch schon mit dem Kopf gegen den Balken. Sterne tanzten vor seinen Augen, und der Schmerz breitete sich wellenartig in seinem Schädel aus. Gonzo fluchte noch, als er schon vorm Haus stand und sich orientierte, wo er den Kombi abgestellt hatte. Benommen wankte er die Straße entlang. Manchmal merkte man es viel zu spät, daß man einen beschissenen Tag erwischt hatte.

Im Wagen blieb er erst einmal ein paar Minuten ganz ruhig sitzen. Der Schmerz ließ langsam nach und wurde schließlich zu einem dumpfen Pochen. Gonzo tastete vorsichtig seine Stirn ab, bis er die empfindliche Stelle entdeckte, an der sich gerade eine Beule der Extraklasse entwickelte. »Scheiße aber auch!«

Er ließ den Motor an, schlug die Richtung nach Norden ein. Es war dunkel. Die Straßenlaternen beleuchteten die feuchten Fahrbahnen, und wer jetzt noch unterwegs war, ließ sich träge vom Verkehr treiben. Er kam gut durch bis Altenessen. Als er den Kombi durch die Toreinfahrt in den Hinterhof lenkte, sah er bei sich im Loft noch Licht. Diese Betty nahm ihr Praktikum so verdammt ernst, daß Gonzo es schon wieder bereute, sich darauf eingelassen zu haben. Wenigstens hatte sie diesmal ihren Roller neben dem Müllcontainer abgestellt.

Betty saß hinter seinem Schreibtisch. Davor hatte sich Schäfer in Gonzos Cocktailsessel gefläzt. Er balancierte ein Glas auf dem Knie, in dem sich eine Flüssigkeit befand, die Gonzo als seinen Wodka identifizierte. Die dazugehörige Flasche stand auf dem Schreibtisch. Betty hatte sich auch einen genehmigt.

»Ihr spinnt ja wohl alle beide!« Er stellte die Kamera ab

und schob die Akkus in das Ladegerät. Betty sah ihn schuldbewußt an. Schäfer grinste.

»Schon mal was von Gastfreundschaft gehört?«

»Herr Schäfer wollte auf Sie warten«, sagte Betty.

»Wir haben uns nett unterhalten«, meinte Schäfer. »Sie hat mir gesagt, daß du sie nicht magst!«

»Was ist los?« Gonzo kam herüber und blieb vor Schäfer stehen.

»Erst mal reden wir über die Bilder, die du heute da unten im Erlengrund von der Nazi-Randale gemacht hast, und dann erzähl ich dir, was ich von dem Krückenmax im Krankenhaus rausgekriegt habe.«

»Was für Bilder?«

»Spinn nicht rum. Hoffmeister hat mich angerufen und gesagt, daß du da mit draußen warst. Mit der Geschichte machen wir das Bullenfeature schön rund.«

Gonzo wischte sich mit der Hand übers Gesicht. Als er die Beule berührte, zuckte ihm ein stechender Schmerz durch die Stirn. Er fühlte sich klebrig. Was er brauchte, war eine Dusche. »Verpiß dich!« sagte er. »Der Job für dich war nach dem Interview zu Ende. Mit den Bildern von der Randale mach ich, was ich will.« Betty war aufgestanden und räumte die Gläser und die Flasche zusammen. »Und du läßt in Zukunft hier nicht jeden rein.«

»Hehe«, sagte Schäfer.

»Schnauze!«

»Er hat schlechte Laune«, sagte Schäfer zu Betty. »Deswegen interessiert es ihn auch gar nicht, was ich aus dem Penner rausgekriegt habe.«

»Also was?«

Betty stellte die Sachen auf Gonzos Spüle und kam wieder zum Schreibtisch. Sie setzte sich. »Herr Schäfer hat mir die ganze Geschichte erzählt. Ich meine, ich habe ja keine Ahnung gehabt, daß ...«

»Schon gut.« Gonzo sah Schäfer an. »Also?«

»Das mit den Bildern geht klar?«

Gonzo verfluchte sich, daß er sich überhaupt mit Schäfer eingelassen hatte. »Meinetwegen.«

»Also«, sagte Schäfer und blätterte in seinem Filofax. »Offergeld, Maximilian. Fühlt sich noch beschissen, konnte aber einigermaßen geradeaus denken, als ich ihn besucht habe. Er behauptet, dieser Gorny habe Schutzgelder genommen dafür, daß die Stadtstreicher und die Nutten im Bahnhof stehen durften. Von den Pennern einen Zehner am Tag. Hat denen allen gestunken.« Schäfer hatte glänzende Augen bekommen. Jagdfieber.

»Gibt er zu, daß er Gorny plattgemacht hat?«

»Mit dem Gorny ist ihm eine ganz komische Sache passiert«, fuhr Schäfer fort. »Er sagt, er hat da unten im Durchgangstunnel zwischen Straßenbahn und Kettwiger Tor was für die Nacht gehabt. Neben dem Schnellimbiß, schräg gegenüber von dem Videoladen. So eine Kammer mit einem Einstieg zu einem Versorgungsschacht. Davor ist eine Stahltür, die kriegt man mit einem Vierkantschlüssel auf. So weit, so gut. Unser Max hat da unten also ein feines Plätzchen zum Pennen, bis Gorny ihn erwischt und achtkantig rausschmeißt. Er hat einen Kollegen dabeigehabt, so einen kräftigen Kerl mit Seehundschnauzbart, der hat dem Max kräftig ein paar aufs Maul gegeben.«

Gonzo dachte an Schreiter. Was er nicht verstand, war, was Schäfer daran so toll fand. »Ja und?«

»Da unten in der Passage ist eine ganz andere Wachgesellschaft zuständig«, sagte Schäfer, als würde er einem Kind das Einmaleins erklären. »Die sind von den Einzelhändlern angeheuert. Gorny und Konsorten haben nur oben im Bahnhof was zu suchen. Der Max sagt, die beiden hätten Werkzeug mitgehabt und da unten ne glatte halbe Stunde rumgemacht. Nachher war das Schloß an der Tür ausgetauscht, und er ist nicht mehr in seine Bude reingekommen.«

»Und hat er denn nun gesungen, daß er dem Gorny eins mit der Flasche verpaßt hat oder nicht?«

»Manchen Leuten muß man Zeit lassen.« Schäfer hob den Zeigefinger. »Nicht sofort mit der Tür ins Haus, klar? Der gibt das schon noch zu. Verlaß dich drauf.«

»Und bis dahin stehen wir da und haben keine Geschichte«, schnaufte Gonzo. »Toll! Ganz toll, du Super-Reporter!«

Schäfer stand auf. »Sag mir nicht, wie ich meinen Job zu machen habe, du Penner.«

»Arschloch.«

Schäfer streckte die Hand aus. »Das Band von der Randale.«

Gonzo war zu müde, um sich noch weiter mit Schäfer zu fetzen. Er holte die Kassette aus der Tasche vom Tisch und schob sie zum Kopieren in den Recorder.

»Mach mal den Monitor an«, verlangte Schäfer.

Gonzo schaltete das Gerät an. Betty stellte sich neben ihn, und zu dritt sahen sie sich die Aufnahmen an.

»Popcorn gefällig?« fragte Gonzo nach fünf Minuten.

»Wer ist der Krawallbruder mit dem Kübelwagen?« wollte Schäfer wissen.

»Rottmeister. Verein für nationales Kulturgut.«

»Der hat übrigens angerufen«, sagte Betty plötzlich.

Gonzo blickte sie schläfrig an.

»Sie sollen zurückrufen. Ich habe die Nummer aufgeschrieben.«

Gonzo sah sich die Glatzen auf dem Bildschirm an und entdeckte den Schnauzbart, der mit Rottmeister diskutierte. »Das ist einer von den Bahnhofssheriffs. Schreiter. Schichtführer.« Jetzt wußte er auch, warum ihm die dunklen Jacken der beiden älteren Burschen so bekannt vorgekommen waren, die mit den Skins herumlungerten. Solche Jacken trugen die Sicherheitsleute am Bahnhof.

»Der Max ist von Skins zusammengehauen worden, im Stadtgarten«, meinte Schäfer. »Ob da irgend etwas zusammenhängt?«

»Skins gibt's an jeder Ecke.« Trotzdem hatte Gonzo das Gefühl, daß die Sache angefangen hatte, ganz erheblich zu stinken. Endlich schnappte das Band aus dem Schacht. Gonzo reichte es Schäfer. »Und jetzt raus – alle beide!«

9

Behrendt kam um drei. Nachts. Gonzo träumte gerade davon, daß Dana unter ihrem Morgenmantel weder BH noch Slip trug. Gerade als sie sich auf ihn setzte, drängte sich das Schrillen der Klingel in sein Bewußtsein. Zuerst dachte er, daß der Opa unversehens zurückgekommen sei, und wollte sich verdünnisieren. Zu allem Unglück konnte er sich nicht bewegen und machte sich darauf gefaßt, daß der Opa ihm gleich eins mit einer Wodkaflasche über den Kopf geben würde. Es schellte Sturm.

Ächzend kam Gonzo von seinem Feldbett hoch. Es war kühl im Loft. Dünner gelber Mondschein sorgte für Zwielicht. Gonzo tapste barfuß über den kalten Beton zur Tür und linste durch den Spion. Sein Schädel brummte. Er lehnte sich gegen die Wand. Dann öffnete er.

»Wurde aber auch Zeit«, sagte Behrendt. Schmittke war bei ihm. Ihre Gesichter wirkten milchig weiß im Licht der Glühbirne im Flur. Sie hatten dunkle Ränder unter den Augen und kamen ganz offensichtlich nicht zu einem Freundschaftsbesuch.

»Ich denke, ihr sorgt dafür, daß der Bürger ruhig schlafen kann?« sagte Gonzo.

Behrendt knipste die Leuchtstoffröhren an, Schmittke sah sich in dem Loft um. Er fand Gonzos Sachen und warf sie ihm zu. »Anziehen!«

»Was wird das? Die Böse-Bullen-Nummer?«

»Wirst du noch sehen.«

Gonzo schnappte sich Hemd und Hose. »Bin gleich wieder da.« Er wollte ins Bad.

»Du bleibst hier.«

»Ich muß pissen.«

»Mußt du nicht.« Schmittke paßte auf Gonzo auf, während der sich anzog. Behrendt musterte den Schreibtisch, wühlte in der Ablage, schaute in den Papierkorb. Die Wodkaflasche auf der Spüle beäugte er sehr lange und sehr kritisch.

»Bedienen Sie sich ruhig«, sagte Gonzo, aber niemand verzog eine Miene. Er schlüpfte in die Schuhe.

Dann nahmen sie ihn in die Mitte, brachten ihn zu ihrem Wagen und verfrachteten ihn hinten auf den Rücksitz. Schmittke fuhr. Die Straßen waren leer, die Fenster der Häuser dunkel. Gonzo fror. »Was ist eigentlich los?«

»Abwarten.« Mehr war aus Behrendt nicht herauszukriegen. Als Schmittke am Bahnhof vorbeikam und im Kreisverkehr vor dem RWE-Hochhaus auf die Huyssenallee einbog, dachte Gonzo zuerst, daß sie ihn ins Präsidium bringen wollten. Aber dann passierten sie das alte Gebäude und fuhren weiter, Richtung Margarethenhöhe. In Gonzos Magen bildete sich ein dicker Eisklumpen.

Vor dem Haus in der Waldlehne parkten der Opel Admiral und in der zweiten Reihe ein neutraler Transporter und ein Krankenwagen, dazu zwei Streifenwagen. Blaulichter zuckten. Die Männer von der Spurensicherung trieben sich mit den Sanitätern vor der Tür herum und rauchten. Zigarettenqualm und Atemnebel standen vor ihren Gesichtern. Sie sprachen leise miteinander, als wollten sie die Nachbarn nicht aufwecken.

»Rein da!« Schmittke schob Gonzo ins Haus. Durch die offene Wohnzimmertür sah Gonzo zwei Uniformierte mit dem Opa aus dem Zeitungsladen im Wohnzimmer sitzen. Der Opa war blaß und starrte blind auf seine Zinnteller.

Gonzo mußte die Treppe hinaufklettern. Dana lag im Schlafzimmer auf dem zerwühlten Bett, der Morgenmantel war auseinandergefallen. Von ihrem Kopf war kaum noch etwas übrig. Eine Kugel hatte ihr die Hälfte des Gesichtes weggerissen. Das Bettzeug rund um ihren Schädel schwamm im Blut. An der Wand waren bis fast unter der Decke dicke, klebrige Spritzer, in denen noch Knochenteile und Gehirnmasse steckten. Der Tatortfotograf hatte zwei kleine Scheinwerfer aufgestellt. Im grellen Licht wirkte die Haut weiß und wächsern, der aufgerissene Mund wie eine obszöne Wunde. Gonzo blieb in der Tür stehen und stemmte sich gegen Schmittkes Faust in seinem Rücken, mit der der Bulle ihn ins Zimmer schieben wollte.

»Also?« fragte Behrendt.

»Keine Ahnung, was Sie wollen.« Gonzo wunderte sich, daß er überhaupt etwas sagte. Er konnte keine Waffe sehen, tippte aber angesichts der großen Wunde auf den Colt, mit dem Dana ihn bedroht hatte. Der Mörder mußte ihn mitgenommen haben.

»Was hast du vorhin von ihr gewollt?« fragte Behrendt.

Gonzo sagte nichts.

»Man hat dich gesehen«, fuhr Behrendt fort. »Schmittke, was hat der Zeuge gesagt?«

»Nicht besonders groß, Mitte vierzig, unrasiert, schmierig.«

Behrendt trat einen halben Schritt um Gonzo herum und musterte ihn. »Paßt doch haargenau, Gonschorek, oder?

Außerdem ist dein Wagen aufgefallen. Der ist ja so gut wie eine Visitenkarte. Also, ich warte.«

»Wir haben was beredet. Als ich ging, hat sie noch gelebt.«

»Wann soll das gewesen sein?«

»Gegen halb elf.«

Behrendt und Schmittke wechselten einen schnellen Blick. Gonzo wußte, daß sie noch keine genaue Bestimmung der Tatzeit haben konnten. Dazu mußte erst der Pathologe die Leiche untersuchen. Behrendt legte seinen Finger auf die Beule an Gonzos Stirn. Ein scharfer Stich zuckte ihm durch den Kopf. »Und was ist das?«

»Nicht der Rede wert«, sagte Gonzo. »Betriebsunfall.«

»Wann? Wo?«

»Bei der Nazi-Randale im Erlengrund. Fragen Sie nach.«

»Denkst du, er lügt?« fragte Behrendt Schmittke.

»Sicher.«

»Er sagt, du lügst!« Behrendt musterte Gonzo kalt. »Meinst du, daß er recht hat?«

»Ihr beiden habt zu viele Gestapo-Filme gesehen.«

»Woher hast du gewußt, daß sie hier war?«

»Was hast du von ihr gewollt?« fragte Schmittke.

»Letztes Mal am Bahnhof und heute hier?« hakte Behrendt nach.

Gonzo überlegte, wo er jetzt noch einen guten Anwalt herbekommen konnte. »Nach mir muß noch jemand hiergewesen sein«, sagte er schlapp. »Was ist mit dem Opa? Helmschütz?«

»Der war bis zwölf in seinem Zeitungsladen.«

»Er hat sie auf den Strich geschickt.«

»Interessiert uns nicht. Woher hast du gewußt, daß sie hier bei ihm zu Hause war?«

»Ich hab einen Tip gekriegt.«

»Von wem?«

»Kein Kommentar.«

»Was hast du mit ihr zu bereden gehabt?«

»Ob sie den Wachmann auf dem Klo umgebracht hat.«

»Und? Hat sie?«

Gonzo zuckte mit den Schultern. »Nein.«

»Nebbich«, sagte Behrendt. »Ich denk mir eher, du hast der Kleinen ein Alibi für die Mordzeit angeboten. Bei entsprechender Gegenleistung, versteht sich. Würde absolut zu dir passen.«

»Aber dann seid ihr euch nicht einig geworden!« fuhr Schmittke fort und zeigte auf Danas offenen Morgenmantel. Über der Mickymaus auf ihrem Slip war ein Büschel Schamhaare zu sehen.

»Dir sind die Nerven durchgegangen«, meinte Behrendt versöhnlich.

Schmittke formte aus den Fingern seiner Rechten eine Pistole. »Und – Peng!«

»Verstehen wir alles«, sagte Behrendt.

»Blödsinn.«

»Dann erzähl uns was Besseres, Schlaukopf.«

Gonzo blieb dabei, daß er gegen halb elf das Haus verlassen hatte. Den silbernen Revolver ließ er vorsichtshalber erst einmal außen vor, um die beiden nicht auf dumme Gedanken zu bringen. Schmittke fing an, sich aufzuschreiben, was er sagte.

»Punkt elf war ich zu Hause«, behauptete Gonzo. »Dafür gibt's Zeugen.«

Schmittke notierte sich Namen und Adressen.

»War's das?« wollte Gonzo wissen.

»Morgen kommst du aufs Präsidium, dann machen wir ein Protokoll.« Behrendt nickte Schmittke zu. »Bring ihn runter.«

Auf der Treppe konnte Gonzo gerade noch im letzten Moment den Kopf einziehen, um eine weitere Kollision mit dem Balken zu verhindern. Unten wollte er durch die Haustür nach draußen, aber Schmittke schob ihn ins Wohnzimmer, wo ein Mann vom Erkennungsdienst Gonzos Fingerabdrücke abnahm. Helmschütz sah Gonzo an. Sein Blick war trübe.

»Der hat mich im Laden dumm angesprochen«, murmelte er schließlich und erzählte Schmittke, wie Gonzo sich nach seinem Opel Admiral erkundigt hatte. Schmittke schrieb sich auch das noch auf und meinte, man würde sich darum kümmern.

»Keine großen Touren in der nächsten Zeit«, sagte er dann noch zu Gonzo, als sie in der Haustür standen. »Immer schön in der Stadt bleiben. Und jetzt ab.«

Draußen lief Gonzo an dem Mann mit seinem Hund vorbei, der den Spurensicherern Kaffee aus einer Thermoskanne einschenkte. Gonzo spürte seinen Blick noch im Nacken, als er längst um die nächste Ecke gebogen war.

Als es wieder klingelte, hatte er das Gefühl, gerade erst eingeschlafen zu sein. Gonzo quälte sich aus dem Bett und schlurfte zur Tür. Draußen stand Betty in einem neonfarbenen Regencape. »Tschuldigung, wenn ich Sie geweckt habe.«

»Verschwinde«, knurrte Gonzo. Es war kurz nach vier gewesen, als er letzte Nacht endlich ein Taxi gefunden hatte, das ihn zurückbrachte.

Betty rümpfte die Nase. »Sind Sie betrunken?«

»Und wenn!« sagte Gonzo. »Hau ab. Dein Praktikum ist vorbei.«

Aber dann ließ er sie doch herein. Sie sagte nichts zu der leeren Wodkaflasche neben seinem Feldbett und seinen Sachen, die überall herumlagen, sondern setzte sich gleich an seinen Schreibtisch und packte einen Laptop-Computer aus ihrem Rucksack.

Gonzo sackte aufs Bett und vergrub das Gesicht in den Händen. Im Mund hatte er einen Geschmack nach Eisen und verfaulten Eiern. Betty fing an, ihm ausführlich ihr Archivierungsprogramm zu erklären und daß sie seine Bänder damit katalogisieren, indexieren und registrieren wollte.

Gonzo fiel aufs Laken und zog sich die Decke über den Kopf. Langsam dämmerte er wieder weg, mit einem Hauch von Bettys Parfüm in der Nase. Als er wieder zu sich kam, duftete es nach Kaffee. Er hörte etwas klappern, jemand stieß ihn leicht an.

»Ich hab Frühstück gemacht.«

Auf dem Bistrotisch am Fenster standen zwei Gedecke. Es gab Croissants, Joghurt, Erdbeermarmelade und Wurst. Gonzo starrte das Arrangement an.

»Ich glaube, Sie können so etwas gebrauchen.«

Betty sah frisch und jung aus, die Haut schimmerte in einem sanften Braunton, der zu dieser Jahreszeit nur von Make-up und Sonnenbänken erzeugt werden konnte. Sie trug einen türkisfarbenen Plastikreifen im Haar und am rechten Ohr einen Clip, von dem ein seltsam geformtes Glasteil baumelte.

Gonzo ging duschen. Während er sich unter dem Wasser aalte, zirpte draußen das Telefon. Betty nahm das Gespräch an. Er verstand nicht, was sie mit dem Anrufer besprach. Schließlich lachte sie kurz und legte auf.

Er mußte an Dana denken. Unwahrscheinlich, daß der Opa sie umgebracht hatte. Also mußte es jemand gewesen sein, der wußte, daß sie sich bei ihm versteckt hielt. Trotz des heißen Wassers fröstelte Gonzo plötzlich. War ihm vielleicht jemand nachgefahren? Die Sache stank inzwischen an allen Ecken und Enden. Die Penner vom Bahnhof, Dana, die Sicherheitsleute und Rottmeisters Rambo-Truppe. Ein toter Sicherheitsmann und eine tote Polennutte, immer gerade wenn er sich in der Nähe aufgehalten hatte. Kein Wunder, daß Behrendt ihm im Nacken saß. Vielleicht konnte er bei dem Kommissar ein paar Pluspunkte sammeln, wenn er ihm Gornys Mörder lieferte. Den Krückenmax. Im Notfall hätte Gonzo sogar die Geschichte geopfert, die er Schäfer versprochen hatte.

Betty frühstückte schon. Gonzo beschränkte sich zunächst einmal auf Kaffee und starrte aus dem Fenster. Betty erzählte von der Uni und was ihre Kommilitonen für Erfahrungen mit ihren Praktikumsplätzen gemacht hatten. Sie schienen sich regelmäßig zu treffen und Berichte auszutauschen. »Im Literaturbüro in Gladbeck soll es ziemlich interessant sein. Die anderen, die bei den Lokalredaktionen von der Zeitung sind, werden richtig ausgenutzt. Und der Typ beim Bürgerradio in der Volkshochschule schiebt ne absolut ruhige Kugel...« Sie brach ab.

»Red ruhig weiter«, sagte Gonzo.

»Sie hören nicht zu, oder?«

»Nein«, sagte Gonzo.

»Ist was passiert?«

Er berichtete ihr von der letzten Nacht und ließ nur die Details über Danas Kopfwunde aus. Betty nagte beim Zuhören an den Fingernägeln. Gonzo war sich nicht sicher, ob sie die Geschichte nicht bloß für einen besseren Videoclip hielt. »Da haben Sie aber eine Menge Probleme«, meinte sie schließlich. »Da war übrigens vorhin jemand von der Mordkommission am Telefon. Sie sollen um vier zu Hauptkommissar Behrendt kommen. Wegen des Protokolls.«

Gonzo blieb am Tisch sitzen, noch lange nachdem Betty das Geschirr abgeräumt hatte. Sie fing wieder an, von ihrem Archivierungsprogramm zu schwärmen und nervte ihn so lange, bis er schließlich den Schlüssel zu seinem Stahlschrank mit den Bändern rausrückte und ihr den Recorder mit dem Timecode erklärte. Er schaltete den Polizeifunk ein und hörte einige Zeit zu. Dann packte er die

Suzie, ein paar Akkus und leere Bänder in die Tasche. Es war Zeit, die Miete zu verdienen.

»Nehmen Sie mich mal mit, wenn Sie rausfahren?« fragte Betty, ohne den Blick von dem Monitor zu nehmen, über den gerade ein Großbrand flimmerte, an den Gonzo sich schon gar nicht mehr erinnern konnte.

»Nein.«

»Wieso nicht? Sie können doch sicher Hilfe gebrauchen? Ich kann die Tasche tragen, für die Akkus sorgen...«

»Nein.«

»Ich kann auch den Wagen fahren.«

»Nein.«

»Ich würde aber gerne noch mehr von Ihrer Arbeit mitkriegen.«

»Das kannst du haben.« Gonzo wühlte seine Kopien der Zettel von Herberts Redaktion aus der Tasche und knallte sie auf den Schreibtisch. »Da kannst du anrufen und die Honorare eintreiben.«

Draußen nieselte es schon wieder. Ein grauer Schleier hing über dem Himmel. Weil er das Fenster auf der Fahrerseite nicht richtig hochgedreht hatte, war die Nässe in den Wagen gezogen. Gonzo schaltete das Funkgerät ein. Der Scanner erwischte gerade noch einen Spruch, mit dem ein Einsatzleiter oben an der A 52 einen Rettungshubschrauber anforderte. Gonzo schätzte, daß er in dem Mittagsverkehr nicht mehr rechtzeitig für die Action am Schauplatz sein würde. Er ließ sich vom Strom der Fahrzeuge in Richtung Stadtmitte treiben und nahm dann den Schleichweg zwischen Nordhof- und Stahlstraße. Seitdem der Möbelkonzern in den Hallen der alten Gußstahlfabrik residierte, war die Straße mit dem Bordell wieder von beiden Seiten befahrbar. Er warf im Vorbeikommen einen kurzen Blick in den

Innenhof. Tote Hose. Bei dem Pißwetter war den Mittagsfreiern aus dem Arbeitsamt und von der Uni wohl der Weg zu weit. Wahrscheinlich machten die Mädels jetzt Sonderpreise. Gonzo hatte sich seit seinem Bericht über eine Messerstecherei unter Luden hier nicht mehr blicken lassen. Die Jungs waren verdammt medienscheu und ziemlich nachtragend. Ungefähr so wie Behrendt und Schmittke.

Bei dem Gedanken an seinen Termin mit den beiden stellten sich Gonzos Nackenhaare schon wieder auf. Wenn er sie nicht los wurde, konnte er seine Siebensachen gleich ins Leihhaus bringen und Schweinefilme bestöhnen.

Im Funk forderte die Feuerwehr schweres Gerät für die Berliner Straße in Frohnhausen an. Gonzo trat aufs Gas. Gegen die Panik half am besten Arbeit.

Auf der Fahrt nach Essen-West bekam er aus dem Funk noch mit, daß es um eine Fahrbahnunterspülung ging. Das Wasser hatte außerdem die Hauptleitung aufgerissen und zwei Telefonschächte absaufen lassen. Die Stadtwerke schickten ihren Notfalltrupp. Sah alles nach einer hübschen kleinen Katastrophe aus.

Gonzo parkte am Gervinusplatz in der Busbucht, klappte sein ARZT IM EINSATZ-Schild herunter, schützte die Suzie mit dem Plastiksack vor dem immer heftiger werdenden Regen und machte sich auf den Weg.

Die Unterspülung hatte einen mächtigen Krater in den Asphalt gerissen, am Rand standen zwei Autos auf der Kippe, und die Gaffer schlossen schon Wetten ab, welcher Wagen zuerst absaufen würde. Aus dem Loch schoß fast zehn Meter hoch eine armdicke Wasserfontäne. Der Einsatzleiter der Feuerwehr kommandierte seine Leute übers Megaphon. Sie legten Schläuche und schlossen Pumpen an, damit die ablaufende Brühe aus dem Krater nicht noch mehr Keller unter Wasser setzte. Gonzo bekam schöne Bilder von der Sturzflut aus dem Hauptrohr, das die Leute von den

Stadtwerken immer noch nicht unter Kontrolle hatten. Das herausschießende Wasser fiel über dem Dach des Eckhauses zusammen, flutete über die Pfannen herunter, schwoll über die Zinkrinne und lief in großen Schlieren über die Rauhputzfassade wieder in den Krater zurück. Gerade als Gonzo mit seinem Schwenk unten angekommen war, sackte der grüne Kleinwagen in den Schlammsee. Die Gaffer stöhnten fasziniert auf, manche klatschten. Weiter hinten entdeckte Gonzo einen Reporter vom Lokalradio, der gerade seine Live-Reportage ins Funktelefon sprach.

Ein Polizist, der in seinem Ölzeug unter den Wassermassen wie ein Gruselmonster aus einem B-Film wirkte, kam auf Gonzo zugestapft. »Sie können hier nicht stehen, Sie behindern!«

Gonzo nahm die Suzie herunter. »Hallo, Endrulat. Scheißeinsatz, was?«

Endrulat rieb sich die nassen Hände und stellte sich neben Gonzo. »Laß dich bloß nicht von der Post erwischen, wie du unseren Funk abhörst«, sagte er. »Fünf Minuten später, und ich hätte Feierabend gehabt. Die Scheißsintflut gibt Überstunden ohne Ende.«

»Ich mach nur noch ein paar Bilder vom großen Untergang, und dann bin ich schon weg.«

»Die Kripo hat vorhin bei uns nach dir gefragt«, sagte Endrulat. »Wegen der Geschichte im Erlengrund.«

»Und?«

»Was und?«

»Na was?«

»Nichts weiter.«

»Nichts weiter – was?«

»Na, ob du dagewesen bist und ob wir gesehen haben, daß du dir ne Beule geholt hast.« Er sah Gonzo an und entdeckte das Horn auf dessen Stirn.

»Sonst nichts?«

»Sonst nichts.«

Gonzo nahm die Suzie wieder hoch. »Na dann.«

Endrulat zerrte sich die Kapuze seiner Öljacke weiter in die Stirn und fing an, die Gaffer hinter Gonzo zurückzudrängen. Gonzo zog sich in einen Hauseingang zurück und hielt auf die Fassade gegenüber, wo aufgeregte Menschen hinter den Fenstern alles abdichteten, damit das herunterfließende Wasser nicht in die Wohnung drang. In der ersten Etage entdeckte Gonzo ein paar Kinder hinter den Scheiben, die das ganze Feuerwehrspektakel mit aufgerissenen Augen betrachteten.

Im Parterre war neben der Haustür ein Riß in der Wand aufgesprungen. Die Feuerwehrleute bemühten sich, mit Sandsäcken die Fluten von der Hauswand abzuhalten. Inzwischen war der halbe Bürgersteig in den Krater gesackt, und ein erneutes Aufstöhnen der Menge zeigte Gonzo an, daß auch das zweite Auto zum Unterseeboot mutiert war. Ein Feuerwehrmann, der der Abbruchkante zu nahe gekommen war, wäre um ein Haar in das Loch gestürzt, wenn ihn ein Kollege nicht im letzten Augenblick festgehalten hätte. Gonzo vergaß alles und grunzte befriedigt. Das waren spitzenmäßige Action-Bilder, die Herbert mit Kußhand nehmen würde. Er achtete nicht mehr darauf, daß er jetzt doch mitten im Regen stand, und drehte die verzweifelten Versuche der Feuerwehrleute, die nun beide bis zur Hüfte im brodelnden Wasser standen und nach den Rettungsseilen langten, die die Kollegen ihnen zuwarfen. Man konnte sie gerade noch rechtzeitig aus dem Schlammloch hieven, ehe der Rest des Bürgersteigs wegbrach. Die Fundamente des Hauses wurden sichtbar.

Gonzo wechselte den Standort. Die Polizisten sperrten die Straße weiträumig mit Flatterband ab. Die Menge brummte enttäuscht, als sie sich von dem Spektakel zurückziehen mußte. Endlich fiel die Fontäne zusammen. Die

Pumpen arbeiteten, und die Feuerwehrleute fingen an, die ersten Keller trockenzulegen. Die Show war zu Ende.

Gonzo packte die Suzie in den Kombi. Seine Sachen waren klatschnaß, das Wasser stand ihm in den Schuhen, und seine Hose war bis zu den Waden lehmverschmiert.

»Was sind Sie denn für ein Arzt?« fragte eine Oma mit Regenschirm, die neben Gonzos Kombi an der Bushaltestelle stand.

»Hypochonder«, sagte Gonzo und stieg ein. »Kommen Sie morgen wieder. Ich muß zu einem Notfall.«

Er umrundete den Block und fand weiter oben an der Kölner Straße einen Parkplatz. Gegenüber der Post lag ein Heimwerkermarkt mit großen Schaufenstern. Gonzo hielt einer Frau mit Kinderwagen die Tür auf und schlüpfte neben ihr in das Geschäft. Die Treppe, die früher zur Kinokasse hinaufführte, war unter der schrägen Rampe für die Einkaufswagen verschwunden. Anstelle der Garderobe hingen jetzt Sonderangebote für Kunstrasen und Abdeckfolie an der Wand, und das Foyer diente als Sonderverkaufsfläche für Innenraumfarbe. Der Kinosaal des alten LUXOR war jetzt gefüllt mit Tapetenständern und einem riesigen Gestell, an dem man sich zwanzig verschiedene Teppichböden vom Stück kaufen konnte.

»Na, Heinrich«, sagte die Frau hinter der Kasse. Sie war Mitte sechzig, trug zur Omifrisur die passende mattrosa Brille und eine Kittelschürze in einer nicht genau zu beschreibenden Farbe. »Wie siehst du denn aus?«

»Bin nur in den Regen gekommen, Frau Reschke!« Gonzo grinste. »Kann ich mal kurz nach hinten?«

»Aber sicher!« Im Aufenthaltsraum drückte sie ihm ein altes Frotteehandtuch in die Hand. »Täßchen Kaffee?«

Gonzo sah auf die Uhr. »Gern. Darf ich mal telefonieren?«

Sie zeigte ihm den Apparat, und Gonzo rief in der Redaktion an. Er sagte Herbert, daß er sich wegen der Wasserkatastrophe keine Sorgen zu machen brauche und daß er vor allem die anderen alle rausschmeißen solle, die mit Bildern davon ankämen.

Im Waschraum rubbelte er sich die Haare trocken und wischte sich mit dem Handtuch die Schuhe ab. Die Spiegel stammten noch aus der alten Kinoausstattung, mit schmalen Goldrahmen und feinen Blümchengravuren am Rand. Als Junge hatte er sein ganzes Klingelbeutelgeld, das ihm seine Eltern für den Kindergottesdienst gaben, zu Hedwig Reschke an ihre Kinokasse getragen. Wenn er ihr seine fünfzig Pfennig Taschengeld und die beiden Kirchengroschen in den blechernen Zahlteller unter der durchbrochenen Glasscheibe schob, hatte sie lächelnd darüber hinweggesehen, daß er für manche Filme noch viel zu jung war. Probleme gab es nur beim *Schweigen,* da hatte sie ihn rüde angefahren, daß er verschwinden solle, und dabei zu den beiden Männern im Trenchcoat geblinzelt, die neben dem Saaleingang die Zuschauer musterten. »Jugendamt!«

Gonzo hatte den Streifen zwei Wochen später doch noch im RIALTO auf der Frohnhauser gesehen, mit dem Ausweis eines Schulfreundes, der gerade achtzehn geworden war.

Frau Reschke hatte zwei Tassen auf den Tisch gestellt, Milch und Süßstoff dazu. »Neulich haben sie *Die Glorreichen Sieben* im Vormittagsprogramm gezeigt«, sagte sie. *»Was sollen wir machen?«*

»Engagiert Gunfighter!«

»Männer, die in Stiefeln sterben?«

»Tja«, sagte Gonzo und nippte an seinem Kaffee. »Yul Brynner ist tot, Steve McQueen ist tot.«

»Wir hatten damals die 70-mm-Kopie.«

Gonzo nickte. »Ich hab mir die Augen an diesen Breitwandfilmen verdorben, da vorn in der ersten Reihe.« Frau Reschke zupfte an seinem Hemdkragen herum.

»Wie geht's dir denn sonst?«

»Mal so, mal so«, sagte er. »Das Videogeschäft, Sie wissen schon.« Er stand auf. »Danke für den Kaffee!«

»Kommst du mal wieder?« fragte sie, als er schon an der Tür war.

Gonzo drehte sich um: *»Wenn das Korn reif ist.«*

In Herberts Redaktion war das Chaos ausgebrochen. Jungreporter palaverten auf dem Gang, die Moderatorin mit dem Barbie-Püppchen-Charme, die das Magazin jeden Abend präsentierte, saß heulend in der Maske, und Herbert brüllte in seinem Büro am Telefon herum. Gonzo wartete, bis er aufgelegt hatte, und zeigte ihm dann seine Bilder. Herbert sah sich das Band gar nicht bis zu Ende an. »Gekauft. Und such dir am besten schon einen neuen Kunden.«

»Oh oh«, sagte Gonzo. »Erzähl keinen Scheiß.«

»Kein Scheiß.« Die Zeitungsbosse waren aus der Firma ausgestiegen, die das Regionalmagazin ins Programm lieferte. Die Schonfrist war vorbei, das Unternehmen hatte sich nicht gerechnet. Wie es weiterging, wußte niemand.

»Schönen Tag noch«, sagte Gonzo und machte sich davon.

Im Redaktionssekretariat knabberte die Blondine an ihren Fingernägeln herum. Gonzo knallte ihr seine drei Zettel hin. »Wenn Sie nen neuen Job suchen – Sie können bei mir putzen, wie wär's?«

Auf dem Parkplatz lungerte der neue Pförtner an Gonzos Kombi herum und beäugte mißtrauisch das Arztschild. »Sie kommen aber oft!«

»Sieht nach einer Epidemie aus«, sagte Gonzo beim Einsteigen.

Der Pförtner trat einen Schritt zurück. »Was denn für eine Krankheit?«

»Akute Rezession«, meinte Gonzo. »Gehn Sie weg, sonst stecken Sie sich noch an.«

Er erreichte das Polizeipräsidium kurz vor vier. Von der Pforte aus rief er bei Hassenkamp im Büro an. Ein Kommissar von der Dokumentationsgruppe sagte ihm, daß der Chef in der Videoabteilung sei und nicht gestört werden wolle.

Im zweiten Stock fand Gonzo dann die Zimmer der Mordkommission. »Immer herein!« sagte Schmittke aufgeräumt, als Gonzo die Tür aufmachte.

Gonzo mußte sich setzen, seinen Ausweis zeigen und noch einmal alles berichten. was er schon letzte Nacht erzählt hatte. Schmittke tippte die Aussage in sein Computerterminal. Draußen wurde es schon langsam wieder dunkel. Es regnete, die kahlen Äste der Bäume vor dem Präsidium glänzten feucht im Licht der Straßenlaternen. Gonzo wunderte sich über den zivilen Ton, den Schmittke anschlug. Als sie mit seiner Aussage durch waren, ließ Schmittke alles ausdrucken und legte es Gonzo hin. »Durchlesen, verstehen und unterschreiben.«

Gonzo unterschrieb. »Steht die Todeszeit inzwischen fest?« fragte er.

»Zwischen elf und halb zwölf«, sagte Schmittke. »Du liegst also noch gut im Rennen.«

»Ich hab ein Alibi.«

»Nicht für elf.«

»Aber für halb zwölf.«

»Knapp vorbei ist auch daneben«, sagte Schmittke. »Außerdem waren deine Fingerabdrücke überall im Haus. Unten, oben, einfach überall.«

Gonzo fror auf einmal. Danas Revolver hatte er auch angefaßt. »Was ist mit der Tatwaffe?«

»Willst du was dazu sagen?«

»Nein.«

»Und was interessierst du dich dann dafür?«

»Das muß ein Revolver oder so was gewesen sein, oder?«

»45er Peacemaker wahrscheinlich«, meinte Schmittke.

»Schmuckausführung, versilbert. Hat dem Opa gehört, illegal natürlich. Was weißt du von der Waffe?«

»Ich? Nichts. Haben sie sie gefunden?«

»Noch nicht. Was fragst du dann danach?«

»Nur aus Interesse.«

»Sie hat dich damit bedroht, ja? Du hast versucht, sie ihr wegzunehmen, und dabei hat sich der Schuß gelöst. Glatter Totschlag. Oder mit einem guten Anwalt Körperverletzung mit Todesfolge.« Er wedelte mit Gonzos Aussage. Willst du noch was ändern? Dann kriegst du auch Bewährung.«

»Ich war es nicht.«

»Da wär ich mir nicht so sicher.«

»War's das jetzt?«

»Gefällt's dir nicht bei uns?« Schmittke zog die Schublade seines Schreibtisches auf und legte eine Plastiktüte mit dem Etikett einer Wodkaflasche auf den Tisch. Gonzo sah die beiden dicken Bleistiftstriche oben und unten auf dem Papier. »Deine Hausmarke?«

»Wieso?«

»Scheint beliebt zu sein.«

»Na und?« Gonzo wurde es ungemütlich, das Hemd war ihm am Hals plötzlich zwei Nummern zu eng.

»Ziemlich ungesund, der Stoff. Der Wachmann vom Bahnhof hat ihn nicht überlebt, und auch die Polin nicht, die ihn damit kaltgemacht hat. Vielleicht solltest du die Marke wechseln.« Er sah Gonzo lauernd an.

Gonzo stand auf. »Also dann.«

»Wir sehen uns wieder«, sagte Schmittke noch, ehe Gonzo die Tür zumachte. Draußen auf dem Gang atmete er erst einmal tief durch.

Hassenkamps Videoverarbeitung lag im Keller; das Studio hatte zwei Stahltüren und schmale Fenster unter der Decke, vor deren Gittern Unkraut wucherte. Hassenkamp saß mit hochgelegten Beinen vor einer Reihe von Monitoren, auf denen John Wayne seinen letzten Kampf ausfocht.

»Du störst«, sagte er, als Gonzo hereinkam.

Gonzo setzte sich und sah sich den Film an. »Er hat Krebs«, meinte er, als John Wayne wieder einen kräftigen Schluck aus seiner Flasche nahm. »Aber er denkt, er wird damit fertig.«

Hassenkamp stoppte den Videorecorder. »Was willst du?«

»Einen Profi-Tip.« Gonzo erzählte ihm von der Sache mit Dana und daß er Behrendt und Schmittke wieder in die Hände gefallen war. Die Geschichte mit dem Krückenpenner ließ er vorsichtshalber weg. »Die ganze Scheiße hat mit dem toten Wachmann auf dem Bahnhofsklo angefangen«, meinte er. »Den soll die Polin kaltgemacht haben, aber die war's definitiv nicht, weil sie mir zur selben Zeit die Kamera geklaut hat. Der Wachdienst im Bahnhof hat da für mindestens eine halbe Million Videotechnik eingebaut, und ich frag mich die ganze Zeit, wieso es kein Band von der Kamera gibt, die die Treppe zur Toilette überwacht hat. Darauf müßte doch zu sehen sein, wer mit Gorny zusammen oder vor oder nach ihm runtergegangen ist.«

»Das gleiche hat mich Behrendt auch gefragt«, sagte Hassenkamp. »Die Sicherheitsleute haben ihm erzählt, daß sie die Aufzeichnung nur bei Bedarf laufen lassen. Zuwenig Geräte und Erprobungsphase.«

»Glaubst du das?«

Hassenkamp zuckte mit den Schultern. »Kann sein, kann auch nicht sein. Die meisten Anlagen arbeiten mit Ein-Stunden-Aufzeichnungen. Das heißt, die Bänder werden nach sechzig Minuten automatisch von den neuen Bildern überspielt. Nur wenn was passiert, nehmen sie die Kassette zur Beweissicherung raus.«

Gonzo juckte sich vorsichtig am Kopf. »Die Polin hat gesagt, daß die Sicherheitsleute von den Nutten und Pennern im Bahnhof Standgeld genommen haben.«

»So, hat sie das gesagt.«

»Mit der Videoüberwachung könnten sie dann kontrolliert haben, daß keiner rumhängt, der nicht bezahlt.«

»Worauf willst du hinaus?«

»Gorny war gerade beim Kassieren, als er eins über den Kopf gekriegt hat.«

»Du meinst, sie haben deshalb die Aufzeichnung vorher ausgeschaltet, damit nicht durch Zufall zu sehen ist, was der Kollege da treibt?«

»Könnte doch sein?«

»Und was hat das mit dir zu tun?«

»Ich bin da irgendwie reingeraten.«

»Pech für dich.«

»Gorny verlangt von der Polin mehr Geld, als sie ihm geben kann. Er macht ihr deswegen Druck, und sie revanchiert sich bei mir, weil sie mich für Gornys Komplizen hält. Zur gleichen Zeit wird Gorny auf dem Pissoir erschlagen.«

»Das hättest du Behrendt von Anfang an erzählen sollen«, sagte Hassenkamp. »Jetzt glaubt der dir kein Stück mehr davon.«

»So schlau bin ich jetzt auch schon«, knurrte Gonzo. In Gedanken spann er den Faden weiter. Der Krückenmax mußte mit oder nach Gorny aufs Scheißhaus gegangen sein. Wenn es eine Aufzeichnung davon gegeben hätte, hätten Schreiter und seine Leute sofort gewußt, daß Dana gar nicht für den Mord in Frage kam. Aber Gonzo erinnerte sich, daß sie sich wie die Wilden aufgeführt hatten, um die Polin zu finden. Also gab es kein Band. Ein kleiner Schritt voran, auch wenn Gonzo nicht genau wußte, wohin er führte. Sein Blick fiel auf den Computerterminal an der Seite von Hassenkamps Schnittpult. »Hat der auch einen Draht zu eurem tollen Hauptrechner?«

»Du denkst doch wohl nicht, daß ich dich an Polizeigeräte lasse?«

»Mich würde nur interessieren, ob ihr war über Gorny in euren Datenbanken habt. Oder den Schichtführer da am Bahnhof, Schreiter. Vielleicht gibt's da was, was Behrendt übersehen hat.«

»Behrendt übersieht nichts.« Hassenkamp machte keine Anstalten, sich zu bewegen. »Behrendt und Schmittke sind ein paar von unseren neuen Modellen. Direkt geklont aus Strafgesetzbuch und GSG 9.«

»Wahrscheinlich kannst du überhaupt nicht mit dem Rechner umgehen.«

Hassenkamp stöhnte. »Du bist wirklich wie die Krätze, Gonzo.« Er nahm die Füße vom Schaltpult und rollte zu dem Terminal. Der Bildschirm flackerte auf. Hassenkamp tippte ein paar Paßwörter ein. Eine Abfragemaske erschien.

»Gorny«, sagte Gonzo. »Vorname Klaus, glaube ich.«

Hassenkamp tippte. »Haben wir nur einen. Geboren in Duisburg, 36 Jahre. Keine Vorstrafen. Aber vor acht Jahren war da mal was... zwei Verfahren wegen Körperverletzung und Freiheitsberaubung, beide eingestellt.«

»Und Schreiter?«

Hassenkamp gab den Namen ein. »Clemens Schreiter. 38 Jahre, geboren in Essen. Vor zwanzig Jahren Anzeige wegen Drogenbesitzes. Verfahren eingestellt. Dann hat ihn sein Vater mal angezeigt, wegen Diebstahls. Eine Münzsammlung, Wert 18000 Mark. Zur Fahndung ausgeschrieben. Aber der Alte hat die Anzeige wieder zurückgezogen. Sonst absolut nichts. Nur die üblichen Verkehrssachen.« Hassenkamp tippte noch etwas ein. »Du hast doch nicht gedacht, daß die beim Sicherheitsdienst Kriminelle beschäftigen?«

»Ich hab schon Ministerpräsidenten ihr Ehrenwort geben sehen«, sagte Gonzo. »Die Firma dankt.«

»Schreiter hat hier noch einen Vermerk«, meinte Hassenkamp plötzlich. »Gesperrte Daten. 14. Kommissariat. Vergleiche Videoarchiv.«

»Videoarchiv?«

Hassenkamp nickte. »Spezielles Computerprogramm, damit wir hier den Überblick behalten über unsere Schätzchen. Unfälle, Zugriffe, Tatorte, Hooligans, Politische, Spinner, alles sauber archiviert. Super Software mit automatischem Indexsuch...«

»Kenn ich«, sagte Gonzo. »Was für Bilder habt ihr von Schreiter?«

Es dauerte eine Weile, bis Hassenkamp die richtige Schlüsselzahl fand. Dann verschwand er für ein paar Minuten im Nebenraum. Als er zurückkam, hielt er triumphierend eine Kassette hoch. »Geht doch nichts über Ordnung.« Er schob das Band ein.

Auf dem Monitor erschienen ein paar unbeholfen gestaltete Titel »Verein für nationales Kulturgut«, Aufnahmedatum und Aufnahmeort: »Ruhrwiesen, Hattingen.«

Im Schnelldurchlauf sah Gonzo nacheinander ein paar Mittelklassewagen auf einen Parkplatz rumpeln. Dahinter erstreckten sich die Ruhrauen, und weiter entfernt konnte man den Fluß erahnen. Aus den Fahrzeugen quetschten sich Jungen mit Stoppelglatzen, Springerstiefeln, Olivzeug und Kampfanzügen. Dann rollte ein Kübelwagen mit drei Mann heran. Gonzo erkannte Rottmeisters hagere Gestalt, als er ausstieg und seine Reichskriegsflagge entrollte. Seine Begleiter waren ein kleiner, stämmiger Bursche mit einem Seehundschnauzbart und ein unauffälliger Typ mit dunklem Haar.

»Schreiter und Gorny«, sagte Gonzo.

Die Aufnahme brach ab. Die nächsten Bilder mußten viel

später gedreht worden sein. Es war schon dämmrig, und Gonzo beneidete den Kameramann nicht, der sich mit dem funseligen Licht hatte herumschlagen müssen. Auf den Ruhrwiesen lief eine Art Übung ab, soviel war zu erkennen.

»Wehrsport«, vermutete Hassenkamp. »Ist ja zur Zeit groß in Mode.«

Die Stoppelköpfe hatten ein ziemliches Areal mit Pflökken und Flatterband abgeteilt. Gonzo erkannte eine ungefähr fünf Meter breite und mehr als hundert Meter lange Bahn, die vorn in einen größeren Platz mündete. Rottmeister kommandierte von der Längsseite des Platzes seine Jungs herum. Sie hatten Dreiergruppen gebildet. Ein Trupp wartete am Ende der langen Strecke, einer mit roten Armbinden gegenüber. Ein Trio lungerte in Rottmeisters Nähe herum. Schreiter stand neben Rottmeister und hielt eine Aktentasche in der Hand. Gorny hielt sich etwas abseits. Dann mußte es irgendein Zeichen gegeben haben, denn auf einmal stürzte sich eine Dreiergruppe auf Rottmeister und Schreiter, während die anderen am Ende der Strecke eine Rangelei untereinander anfingen. Weil der Kameramann wohl nicht wußte, auf was er draufhalten sollte, hatte er zu Rottmeister gezoomt. Gonzo sah jetzt, daß die jungen Glatzen mit Skimützen maskiert waren. Eine war schlank und wirkte wie ein Mädchen. Die Gestalt riß Schreiter die Aktentasche aus der Hand, während die anderen Rottmeister und Gorny mit ihren Körpern abblockten. Die schlanke Gestalt raste mit der Aktentasche in der Hand über die lange Strecke bis zu der zweiten Gruppe. Die Kamera fing an zu wackeln, das Bild wurde unscharf und fiel schließlich zusammen.

»Akkus leer«, vermutete Gonzo. Der Rest des Streifens war uninteressant. Kennzeichen der geparkten Wagen, kurze Bilder von den Spaziergängern, die auf dem Treidelweg vorbeikamen und sich die Aktion ansahen.

»Das wär's.« Hassenkamp holte das Band aus dem Recorder.

»Der mit dem Kübelwagen war Rottmeister«, sagte Gonzo.

»Der Typ, der diese Nazifeier veranstaltet? In dieser Bunkerkneipe?«

Gonzo nickte.

»Seltsam«, meinte Hassenkamp. »Kommst du da vorbei?«

»Ich überleg's mir.«

Hassenkamp hielt die Kassette hoch. »Und das hier behältst du gefälligst für dich, klar?«

»Klar!« sagte Gonzo. »Dafür hast du drei Hochzeiten gut.«

»Lieber wieder Kegeltouren, so wie letztes Mal«, sagte Hassenkamp und machte eine eindeutige Geste. »Da gibt's mehr abzustauben.«

Der Parkplatz vor dem Präsidium hatte sich inzwischen geleert. Ein paar Zivilbeamte drängten sich im Regen um einen Wagen, auf dessen Haube jemand zwei SS-Runen gesprüht hatte.

Ehe Gonzo den Kombi erreichte, war er schon wieder naß. Die Haare klebten ihm am Kopf, das Wasser lief ihm in die Augen. Der Regen war kalt. Er kurbelte am Funkgerät und fuhr los. In Gedanken war er immer noch bei den Bildern von Schreiter und Rottmeister. Was trieben die beiden da unten bei den Schrebergärten? Was hatte Gorny mit ihnen an den Ruhrwiesen zu tun gehabt? Rottmeister kannte Gorny und Schreiter, Gorny kannte Dana. Dana kannte den Krückenmax. Aber was auf die eine Art zusammenpaßte, gab auf die andere überhaupt keinen Sinn. Der Krückenmax hatte Gorny umgebracht, Schreiter und seine

Kollegen hielten Dana für die Mörderin, und Rottmeister mischte mit seinen Jungs Ausländer auf. Gonzo grübelte noch eine Weile darüber nach, warum Gorny und Schreiter den Krückenmax von seinem Schlafplatz gegenüber der Videothek verjagt hatten.

Er fuhr die Alfredstraße hinunter. An einer Ampel sah er im Rückspiegel einen hellen Golf hinter sich. Der Fahrer trommelte ungeduldig mit den Fingerspitzen aufs Lenkrad, der Beifahrer hantierte mit etwas, was Gonzo für einen Fotoapparat hielt. Ehe er sich genauer darum kümmern konnte, hörte er schon das Hupkonzert neben sich. Es war grün, er bog nach rechts ab und steuerte den Bahnhof an. Die Uhr auf dem Dach über der Nordplatte sprang auf sechs. Gonzo fuhr den Kombi auf den Parkstreifen am Expreßgutschalter. Von den Taxis, die sonst hier in Zweierreihen auf Kundschaft lauerten, war nichts zu sehen. Ein Rentnerpaar stand mit seinen Koffern unter dem Dach und starrte hilflos in den Regen. Die Junkies trieben sich auf der Linie zwischen Dach und freiem Himmel herum, wo man gerade so naß wurde, daß man es noch aushalten konnte.

Die Sicherheitsleute hatten Verstärkung vom Bundesgrenzschutz bekommen und sicherten ihr Territorium. Gonzo lief einmal durch den Bahnhof und kontrollierte die Kameras. Er fand insgesamt sechzehn Stück, teilweise offen an den Säulen, teilweise in Deckenblenden eingelassen. Die Aufnahmewinkel überlappten sich. Als er einen Blick in den Zeitungsladen warf, sah er den Opa, wie er gerade ein paar Omas von den Illustrierten wegjagte. Auf der Südplatte dösten die Penner an der U-Bahn-Treppe herum und teilten sich einen Kasten Bier, den jemand besorgt hatte.

»Hast du mal ne Zigarette?«

Sie sah besser aus als beim letzten Mal. Die Haare gewaschen und gestylt, viel Make-up im Gesicht und statt des Diamanten ein blauer Stein im Nasenflügel. Die Arme hielt sie um den Oberkörper geschlungen. Er gab ihr eine Mark.

»Ach, du schon wieder.«

»Ich müßte mal mit dir reden.«

»Gib mir Geld.«

»Nachher.«

»Jetzt.«

»Nachher. Gehen wir rein, Kaffee trinken.«

Sie wehrte seine Hand ab. »Nicht hier oben. Da hab ich Hausverbot. Gehen wir runter.«

Sie kletterten die Treppe zur U-Bahn hinunter. Die Stadtstreicher grinsten Gonzo zu. Unten quoll gerade ein Schwall Fahrgäste von der Straßenbahn herauf und verlief sich in der langen Passage zum Kettwiger Tor.

»Auf der anderen Seite gibt's Kaffee«, sagte sie und ging vor Gonzo her durch den gekachelten Tunnel. An dem Geschäft an der Ecke hingen ein paar Glatzköpfe herum und begutachteten die neuen Würgehölzer hinter den Stahlgittern.

Am Imbiß gegenüber dem Videoladen standen wieder ein paar Polen an den Tischen. Gonzo besorgte zweimal Kaffee in Plastiktassen. Sie trank einen kleinen Schluck und verzog das Gesicht.

»Die Sheriffs vom Bahnhof kommen nicht hier runter?« fragte er.

»Kein Hausrecht«, sagte sie. »Hier vorn sind andere, welche vom Kaufhaus. Blaue Uniformen und dauernd mit dem Sprechfunk zugange. Hinten bei der U-Bahn stehen die Opas von der EVAG.« Sie wühlte in ihrer Jackentasche herum und förderte ein Päckchen Kaugummi zutage. »Auch einen? Wenn du schon nicht rauchst?«

Gonzo wickelte einen Streifen aus und schob ihn sich in den Mund. »Hat Gorny dich auch abkassiert?«

»Kenn keinen Gorny«, sagte sie. »Danke für den Kaffee.« Sie wollte gehen.

»Es ist wichtig«, sagte Gonzo hinter ihr her. Sie kam zurück.

»Wie wichtig?«

Er holte einen Zehnmarkschein heraus.

»Gorny war ein Arsch.«

»Hat er für alle kassiert oder nur für sich?«

Sie zuckte mit den Achseln. »Wenn du ihn bezahlt hast, dann haben dich die anderen auch in Ruhe gelassen.«

»Und wer kassiert jetzt?«

Sie starrte in ihren Kaffee. »Keine Ahnung.«

»Schreiter vielleicht?«

»Der sitzt sich da oben in seiner Bude nur den Arsch breit.« Sie zögerte. Gonzo schob ihr den Schein hin. Sie steckte ihn ein. »Im Moment ist Ruhe«, sagte sie. »Laufen zuviel Bullen rum, wegen dem Mord an Gorny.« Sie sah ihn an. »Die Polin soll auch tot sein, hab ich gehört. Hast du was damit zu tun?«

»Kann sein«, sagte Gonzo. »Ich weiß nicht.«

»Sie war bei dem Opa, oder?«

»Hat sonst noch jemand hier nach ihr gefragt?«

»Na, die ganzen Sheriffs. Wer die Polin bringt, kriegt zehn Gramm. Zur Belohnung.«

»Rauschgift?«

Sie zog die Oberlippe hoch. »Ja, Rauschgift«, höhnte sie. »Was denkst du denn? Das haben die sich alles zusammengefilzt, bei den Typen, die vollgeschossen auf dem Klo liegen. Die sind absolut link, das kann ich dir sagen.«

»Aber verraten hat ihnen keiner, wo die Polin ist?«

»Hat ja auch keiner gewußt«, meinte sie. »Ich ja auch nicht, ich hab ja nur gesehen, daß sie immer mit dem Opa in seinem Admiral abgehauen ist.«

Gonzo sah sich um. Drüben im Fenster der Videothek

warb Clint Eastwood mit tiefhängenden Colts für *Erbarmungslos*.

»War's das?« fragte sie.

Er nickte. »Ich denk schon.«

Sie trank ihren Kaffee aus und ging. Gonzo blieb an seinem Tisch stehen. Ein paar Burschen mit dunklem Teint und schwarzgelockten Haaren verschwanden in der Videothek. Durch den bunten Perlenvorhang konnte man die Ständer mit den Kassetten sehen.

Gonzo schmiß dem Müllclown seinen Plastikbecher mit dem Kaffee ins Maul und steuerte die Telefonhauben an der Stirnseite der Halle an. Bei der ersten fehlte der Hörer und bei der zweiten der ganze Kasten. Gonzo ging vor dem Behindertenapparat in die Knie, fummelte drei Groschen in den Schlitz und wählte Schäfers Nummer. Es stank nach Urin.

»Du störst«, murmelte Schäfer.

»Was hat der Krückenmax über die Bude im Bahnhof erzählt, wo er gepennt hat?«

»O Scheiße«, sagte Schäfer. »Fang bloß nicht wieder mit dem an.«

»Was ist los?«

»Der Max ist weg.«

»Wie – weg?«

»Weg. Abgehauen. Heute mittag. Mit einer Gehirnerschütterung, dieses Arschloch. Hat sich die Klamotten von einem anderen Patienten geklaut und ab durch die Mitte.«

»Klasse, du Super-Reporter«, sagte Gonzo. »Damit ist die Story jetzt wohl endgültig tot.«

»Den krieg ich noch«, sagte Schäfer wenig überzeugend. »Und dann schlepp ich ihn an seinen Eiern die ganze Alfredstraße rauf bis zum Polizeipräsidium, darauf kannst du dich verlassen.«

Gonzo fragte ihn nochmals nach dem Schlafplatz, von dem der Penner erzählt hatte. Während er Schäfer zuhörte, wie der die Einzelheiten zusammenklaubte, sah er sich um. Sein Blick blieb an einer Metalltür neben den Telefonen hängen. »Okay«, sagte er. »Ich meld mich wieder.«

Er hängte auf und sah sich die Tür näher an. Das Schloß war neu, wie Max es behauptet hatte. Sicherheitsausführung. Hinter der Tür rauschte ein Aggregat. Gonzo rüttelte an der Klinke. Abgeschlossen. Durch die Gummidichtung am Türblatt kam nicht mal ein Lufthauch. Aber oben links, über dem Metallrahmen, sah Gonzo auf einmal einen kaum groschengroßen schwarzen Punkt.

Er stellte sich auf die Zehenspitzen. Das Loch bestand aus einem dunklen, geriffelten Plastikring mit einer schimmernden Vertiefung. Es war eines von den kleinen Objektiven, wie sic neuerdings für Diskret-Überwachungen in Kaufhäusern gebraucht wurden. In Hamburg gab es sogar eine Firma, die die Dinger statt der Augen in Schaufensterpuppen einbaute. Gonzo wußte nicht, wie lange er vor dem Ding gestanden hatte. Plötzlich wurde ihm klar, daß am anderen Ende jemand vor einem Monitor sitzen mußte. Die Objektive hingen an Glasfasersträngen, so daß man sie überall da durchstecken konnte, wo man auch mit dem Zeigefinger hinkam. Typischer Schnüfflerkram. Wenn man eine Verstärkereinheit und einen Sender an die Glasfaser anbaute, brauchte man noch nicht einmal großartig Strippen zu ziehen, sondern konnte im Umkreis von hundert Meter mit der richtigen Technik ein einwandfreies Bild empfangen. Wie zum Beispiel Schreiter oben in seinem Leitstand. Gonzo erinnerte sich daran, bei seinem Besuch das Bild des Videoladens auf einem der Monitore gesehen zu haben. Das Objektiv erfaßte wohl den halben Hallenbereich, rechts die befahrbare Rampe, die aufs Straßenniveau hinaufführte, dann die Videothek, die Bäckerei daneben und die Spielhalle. Nur der Schnellimbiß lag im toten Winkel.

Gonzo blickte hinüber zu den Stehtischen mit den Polen. Niemand achtete auf ihn. Dann nahm er den Kaugummi aus dem Mund und pappte ihn genau auf die Linse.

Er drehte sich um und steuerte den Videoverleih an. Die Glasperlen streiften sein Gesicht, als er eintrat. Der Laden hatte ganz klar schon einmal bessere Zeiten erlebt. Hinter dem abgeschabten Tresen neben der Tür hockte ein dunkelhaariger Bursche von Mitte zwanzig mit einem goldenen Ring im rechten Ohrläppchen. Mit der elektronischen Kasse auf dem Tresen hätte er ein ganzes Kaufhaus verwalten können. Er pulte mit einer Büroklammer in seinem rechten Ohr herum. In den Regalen an den Wänden standen die Videos nach Genres geordnet. Hinten gab es auch türkische Filme. Ein paar Regale mit Actionfilmen, dazwischen zwei Rambos aus Pappe, eine Sitzgruppe mit Aschenbechern und einem Tisch vervollständigte die Einrichtung. Außer Gonzo waren nur drei Türken und ein unscheinbarer Mittdreißiger mit dunkler Hornbrille im Laden. Die Türken hingen in den Sesseln, die Brille wühlte in einer Kiste mit Sonderangeboten.

Gonzo sah sich das Angebot an Western an. Nichts, was den Aufwand lohnte, es für Hassenkamps Sammlung zu kopieren. Müllware, die jeder andere Verleih schon vor zwei Jahren rausgeschmissen hätte. Das Videogeschäft lief absolut nicht mehr so wie in den goldenen Zeiten. Nur die Größten waren durch die Branchenkrise gekommen. Superläden, in denen man alles bekam, vom *Kabinett des Dr. Caligari* bis zur *Rückkehr der Sex-Vampire*. Oder die Ketten mit den Filialen in jedem Vorort, wo man sich am Abend schnell den Ersatz fürs Fernsehprogramm holen konnte. Auch bei den Actionfilmen sah Gonzo nichts, was der Rede wert gewesen wäre. Der Mittdreißiger hatte inzwischen doch auf dem

Wühltisch etwas gefunden, was ihn interessierte. Er packte zwei Kassetten auf die Theke und legte seine Karte darauf.

Der Junge mit dem goldenen Ohrring tippte etwas in seine Kasse und verlangte vier Mark. Die Hornbrille bezahlte und ging.

Gonzo studierte die Türkenvideos. Vaterländische Erbauungsspielfilme mit viel Krieg und noch mehr Pathos. Auf den Covern martialische Schnauzbärte, üppige Blondinen und graue Wölfe.

Der Junge mit dem Ohrring begann, an der Kasse herumzutippen, bis er auf dem Display fast hundertfünfzig Mark zusammenhatte. Die Lade schnellte heraus und wurde wieder zugeschoben. Dann wandte er sich wieder der Reinigung seiner Ohrmuscheln zu, betrachtete interessiert das Ergebnis, das an der Büroklammer klebte, und schnippte es zu Boden.

»Ich such den Film da.« Gonzo zeigte auf Clint Eastwood im Schaufenster.

»Ist weg.«

Gonzo deutete auf den Rambo mitten im Raum. »Und der?«

»Auch weg.«

Gonzo wandte sich wieder dem Westernregal zu. Vom untersten Brett fischte er die Nummernanhänger von *Silverado* und *Für eine Handvoll Dollar* hervor und knallte sie dem Ohrenkünstler auf die Theke.

Weil er kein Mitglied war, mußte er erst einmal einen Antrag ausfüllen, seinen Ausweis zeigen und bekam dann eine Pappkarte, auf der stand, daß er jetzt zum Kundenkreis von VIDEOLAND gehörte. Der Junge mit dem Goldring holte die Kassetten aus einer großen Schublade unter dem Tresen und nahm Gonzo vier Mark ab. »Und hübsch zurückspulen«, sagte er noch, als er den Betrag in die Kasse eingab. Die Geldlade schnappte auf, und Gonzo konnte einen Blick auf ein paar ansehnliche Packen Geldscheine in den Fächern werfen. So schlecht schien das Geschäft doch nicht zu laufen.

»Schönen Tag noch!« Gonzo verließ den Laden. Hinter sich hörte er den Goldring wieder wie verrückt Zahlenkolonnen auf seiner Kasse hämmern.

In der Halle arbeitete eine Putzkolonne. Die Männer in den blauen Latzhosen fuhren auf ihren Reinigungsmaschinen Verfolgungsrennen und hinterließen breite feuchte Streifen auf den dunklen Granitplatten. Die Frau an ihrem Imbiß gegenüber holte die Stehtische herein und leerte ihren Müllclown.

Als Gonzo zu den Skins am Waffengeschäft hinüberschaute, erkannte er Schreiters gedrungene Gestalt zwischen den Glatzen. Er unterhielt sich mit ihnen, hatte aber auch ein Auge auf Gonzo.

Gonzo klemmte sich die beiden Videos unter den Arm und steuerte die Rolltreppe an. Schreiter löste sich von der Truppe und kam ihm entgegen.

»Was hast du hier zu suchen?«

Gonzo nickte zu den Jungen hinüber. »Freunde von dir?«

Schreiter baute sich vor ihm auf. »Steck deine Nase nicht in Sachen, die dich nichts angehen!«

»Zum Beispiel?« fragte Gonzo.

»Wenn du Ärger willst, kannst du ihn gleich haben.«

»Kann es sein, daß du was mit der toten Polin auf der Margarethenhöhe zu tun hast?« fragte Gonzo. »Die, auf die ihr wegen des toten Gorny so scharf gewesen seid? Kugel in den Kopf, alles erledigt. Kurzer Prozeß, das ist doch eure Art, oder?«

Schreiters Oberlippe mit dem Schnauzbart zitterte ein wenig. »Um das blonde Luder ist es nicht schade«, sagte er. »Und um dich auch nicht, wenn du hier weiter rumkriechst. Haben wir uns verstanden?«

»Laut und deutlich!« sagte Gonzo und wandte sich zur Rolltreppe. Auf dem Weg nach oben sah er, wie einer der Türken mit einer Plastiktüte in der Hand aus dem Videoshop kam. Er blickte sich um, entdeckte die Skins an dem Waffengeschäft und rief etwas in den Laden hinein. Seine beiden Landsleute kamen heraus und eskortierten ihn auf seinem Weg zur Rolltreppe. Gonzo hatte inzwischen das Straßenniveau erreicht. Er drückte sich aus reiner Neugier ein bißchen herum, bis die drei Ausländer ebenfalls oben eintrudelten. Sie schlugen den Weg durch die Fußgängerzone in Richtung Rathenaupassage ein. Gonzo ließ ihnen zwanzig Meter Vorsprung, dann ging er ihnen nach. Weit mußte er ihnen nicht folgen, denn sie kletterten nach knapp hundert Metern die Stufen zum Haupteingang der Stadtsparkasse hoch. Oben postierten sich die beiden Begleiter bodyguardmäßig neben dem Nachttresor, während der Dritte die Klappe aufschloß und zwei silbrig glänzende Geldbomben in den Schacht rasseln ließ. Er wartete, bis über den Lift zwei leere Behälter heraufkamen und verstaute sie in seiner Plastiktüte. Auf dem Rückweg schritten sie an Gonzo vorbei. Sie würdigten ihn mit keinem Blick.

Das Licht in der Toreinfahrt brannte nicht, und auch die Lampe über dem Eingang zum Hinterhaus war aus. Wahrscheinlich ein Kurzschluß durch den Regen. Die Scheinwerfer des Kombis tanzten über die Mauer des Fabrikgebäudes, als er langsam durch die Pfützen schaukelte.

Gonzo rangierte den Wagen auf seinen Parkplatz. Bettys Roller war nicht zu sehen. Gonzo stieg aus. Der Mond stand voll und kalt am Himmel, der Regen durchweichte ihn innerhalb von Sekunden, aber das störte ihn nicht, weil er oben sowieso gleich unter die Dusche wollte. Er ging zur Heckklappe, um die Suzie aus dem Kombi zu holen. Als er gerade mit dem Schlüssel im Schloß herumstocherte, hörte er hinter sich leise Schritte. Glassplitter knirschten unter Schuhsohlen. Gonzo drehte sich halb nach hinten, erkannte aber nur zwei schemenhafte Gestalten. Ehe er etwas sagen konnte, waren sie schon bei ihm. Er bekam einen Schlag in den Magen, der ihm die Luft raubte, und dann knallten ihm auch schon zum Hammer gefaltete Hände in den Nacken. Gonzo knickte zusammen, jemand trat ihm die Beine weg, und er krachte zu Boden. Mit dem Gesicht fiel er in eine Pfütze. Er nahm die Arme hoch, um seinen Kopf zu schützen, aber darauf schienen sie nur gewartet zu haben, denn jetzt prasselten die Stiefeltritte auf seinen Rücken, in die Nieren und die Oberschenkel. Gonzo schluckte, er schmeckte Blut und japste nach Luft, weil er mit dem Gesicht im Wasser lag. Erst jetzt spürte er die Schmerzen der Schläge und Fußtritte. Sie jagten in Wellen durch seinen Körper, und er hatte den Eindruck, direkt in eine rote Wand hineinzustürzen, ehe sich sein Bewußtsein abrupt ausblendete.

10

Es stank nach Fisch. Gonzo versuchte, die Augen aufzubekommen, aber die Lider lagen schwer über den Pupillen. Er bewegte probeweise die Finger. Soweit alles in Ordnung. Es schaukelte. Als er die Arme anzog, durchfuhr ein brennender Schmerz seine Brust. Etwas Glitschiges rutschte durch seine Finger. Gonzo atmete flach, weil der Gestank einen Brechreiz verursachte, von dem er genau wußte, daß er ihm bald nachgeben würde. Aber vorher wollte er wenigstens noch ein paar Körperteile unter Kontrolle kriegen.

Die Luft war feucht und warm. Das Rütteln und Schütteln wurde heftiger. Wasser rauschte. Die Erschütterungen waren wie Messerstiche in jeder Faser seines Körpers. Tränen schossen ihm in die Augen. Endlich konnte er die Lider anheben.

Viel sah er nicht. Es war dunkel, bis auf einen schmalen Schimmer links oben. Von dorther kam auch ein Schwall kalter Luft. Das Rumpeln wurde zu einem gleichmäßigen Rollen. Er hörte Stimmen, ein Motor lief, eine Hydraulik zischte. Dann war wieder Ruhe. Der Fischgestank biß ihm in die Nase. Gonzo wartete jeden Moment auf den Donner der Bordkanonen und den Befehl zum Entern. Das Schiff mußte irgendwo auf hoher See sein, *Windjammer* auf großer Fahrt, das Filmereignis in *Cinemiracle* auf drei Leinwänden in der ausverkauften Grugahalle, für das er drei ganze Kästen mit leeren Bierflaschen zusammengeklaut und umgetauscht hatte. Sie würden alle untergehen, mit Mann und Maus; Gonzo spürte schon die Nässe durch seine Kleider dringen. Er schmeckte Salz auf den Lippen. Aber dann kam ganz plötzlich die Erinnerung zurück. Der finstere Hof, die beiden Typen. Sie hatten wohl vorsichtshalber die Lampen zerschlagen, um ihn ungestört in die Mangel nehmen zu können.

Gonzo drehte sich behutsam auf die Seite. Der Boden gab nach, er sackte tiefer in den Morast. Mit dem Kopf glitt er in etwas Weiches, Feuchtes.

Gonzo nahm seine Kräfte zusammen und griff nach oben zu dem schmalen Lichtstreifen, bekam eine Kante zu fassen und zog sich in die Höhe. Eine Klappe fiel auf, und er atmete tief die frische Luft ein. Gonzo blinzelte in den trübgrauen Himmel, der sich über den Müllcontainer spannte, in den sie ihn geschmissen hatten. Er kämpfte wieder gegen den Brechreiz und wischte sich mit der Hand die vollgeschissene Babywindel vom Kopf, die ihm in den Haaren klebte. Mit beiden Händen klammerte er sich am Rand des Containers fest. Ein rundes Männergesicht unter einer orangefarbenen Kappe tauchte vor Gonzo auf. »Raus da, du Penner!«

Der Müllmann kümmerte sich nicht um das, was Gonzo krächzend hervorbrachte, und karrte den Container über die Straße zu dem Müllwagen. Seine beiden Kollegen kippten die Metallbox in die Halterung. Gonzo mobilisierte die letzten Reserven und hangelte sich über die Kante. Er kam gerade noch rechtzeitig heraus, ehe der Container von der Hydraulik in die Höhe gehievt wurde und sich in den Müllwagen entleerte.

Die Männer von der Stadtreinigung beachteten ihn nicht weiter. Gonzo stand eine Weile bewegungslos mitten auf der Straße. Einiges erkannte er wieder. Das Haus, den Laden des Computerfreaks, die Toreinfahrt. Er visierte die Einfahrt an und setzte sich in Bewegung. Als er den Durchgang erreicht hatte, mußte er sich an die Wand lehnen. Er würgte, brachte aber nichts heraus. Sein Vermieter kam die Straße herunter, eine Brötchentüte und eine Packung Milch in der Hand. Endlich schaffte Gonzo es, sich zu übergeben.

»Morgen Herr Gonschorek«, meinte der Junge und verschwand in seinem Geschäft. Gonzo wankte über den Hof. Sein Kombi war unversehrt, sogar die Schlüssel steckten noch im Schloß der Heckklappe. Gonzo zog sie ab, schlurfte zur Haustür und schleppte sich die Treppe zum Loft hinauf.

Fünf Minuten später stand er unter der Dusche. Seine verdreckten Sachen steckten in einem Müllsack. Gonzo lehnte sich an die Kacheln und schloß die Augen, während das heiße Wasser den Dreck von ihm abwusch. Er wollte nichts als schlafen und am liebsten nie wieder aufwachen.

Zwei Stunden später, als Betty kam, hockte er an seinem Bistrotisch am Fenster und starrte mit glasigen Augen auf den Hinterhof hinunter. In seiner Nase saß noch der Geruch von Fisch und Müll. Betty schien zu ahnen, daß er keine Lust auf große Erklärungen hatte. Sie packte ihren Laptop auf den Schneidetisch und machte sich wieder daran, Gonzos Bänder zu archivieren. Bilder zuckten im Schnelldurchlauf über die Monitore, die Kassetten schnappten aus dem Recorder, die Tasten ihres kleinen Computers klickten. Später kochte Gonzo Kaffee. Das Telefon klingelte, und Betty ging ran. »Das Geld ist angewiesen, Herr Herrschenreuther. Da muß es ein Versehen bei der Bank gegeben haben. Wir lassen das gerade überprüfen.« Gonzo mußte unwillkürlich grinsen.

Gegen Mittag fühlte er sich halbwegs wieder betriebsbereit. Draußen fiel ein dünner Nieselregen aus bleigrauen Wolken. Gonzo holte die Suzie aus dem Wagen, schob die Akkus in das Ladegerät und begann den Bürokram aufzuarbeiten, den Betty auf seinen Schreibtisch gestapelt hatte.

»Die Honorare vom Regionalmagazin sind unterwegs«, sagte sie, ohne von ihrem Computer aufzusehen. »Ich hab gestern mit der Buchhaltung gesprochen.«

»Fein fein.« Gonzo kontrollierte die Bankauszüge und tippte die Einnahmen in das Buchhaltungsprogramm ein. Dann machte er die Überweisungen fertig. Nachdem er die Zahlen ebenfalls eingegeben hatte, zeigte ihm der Rechner mit elektronischer Präzision, daß er in der letzten Woche nicht besonders weit gekommen war.

Anschließend telefonierte er ein bißchen herum. Herbert erzählte, daß er vorerst kein Material mehr kaufen könnte, weil sie in der Redaktion noch nicht einmal wüßten, wer ihnen die ausstehenden Gehälter bezahlte. Bis auf weiteres mußten sie von den Agenturen leben, die sie abonniert hatten, und alles senden, was sie bisher auf die lange Bank geschoben hatten.

Gonzo lehnte sich in seinem Stuhl zurück und schloß die

Augen. Seine Rippen schmerzten. Er ging ins Bad. In der Hausapotheke kramte er nach einer Salbe, die ihm in seiner Zeit als aktiver Jogger gegen Muskelkater geholfen hatte und rieb sich ein. Wieder zurück im Büro, rief er Schäfer an.

»Na, du Super-Reporter?«

»Du störst!«

»Irgendwelche Neuigkeiten von dem Krückenmax?«

»Den krieg ich schon noch.«

»Du kennst dich doch aus am Bahnhof, ja?«

»Was willst du?«

»Kannst du mir sagen, was eine Kamera da unten in der Halle unterm Nordeingang zu suchen hat?«

Schäfer sagte eine Weile nichts. »Wo unten?« wollte er dann wissen.

»In dem Raum, wo der Krückenmax gepennt hat.«

»Kein Scheiß?«

»Nein. So ein kleines Schnüfflerding.«

»Polizei vielleicht«, sagte Schäfer vorsichtig. »Kann sein, daß da unten gedealt wird. Hast du was in der Richtung gesehen?«

»Kann ich nicht genau sagen.«

»Ich kann mich ja mal bei den Rauschgiftjungs umhören.«

»Tu das. Wenn was rauskommt, bist du mir was schuldig für den Tip.«

»Reicht's mal wieder nicht für die Miete?«

Gonzo legte auf. Er dachte eine Weile nach und machte sich dann auf die Suche nach anderer Kundschaft. Beim Frühstücksfernsehen in Köln wollten sie erst wissen, was er anzubieten hatte. Die anderen, die er anrief, hatten angeblich das ganze Programm schon bis Weihnachten ausgeplant. Wenn er nicht bald etwas an Land zog, mußte er zusammen mit Hassenkamp Hochzeitsvideos drehen. Oder

Behrendt verschaffte ihm wegen des Mordes an Dana lebenslänglich Vollpension in der Krawehlstraße.

Der Zettel mit der Nummer von Rottmeister lag in einem Packen von Notizen. Gonzo tippte die Zahlen ins Telefon.

»Druck und Verlag Wosniak«, meldete sich eine Frau.

Gonzo fragte nach Rottmeister und bekam ihn gleich darauf an die Strippe.

»Herr Gonschorek, hervorragend, daß Sie anrufen!« Zackig bis ins Mark. »Sie sind als Pressevertreter herzlich zu unserer Informationsveranstaltung heute abend eingeladen. Der ›Verein für nationales Kulturgut‹ informiert über Initiativen zur Rettung unseres deutschen Vaterlandes vor Überfremdung, Bolschewismus und Wallstreetkapital. Ich werde einen Vortrag über die politischen Visionen unseres großen Führers Adolf Hitler und den Tag von Potsdam halten. Es hat Drohungen von seiten der kommunistischen Gewaltchaoten gegeben, unsere Veranstaltung zu stören«, fuhr Rottmeister fort. »Ich mußte Polizeischutz beantragen.«

»Na dann!«

»Sie werden einer der wenigen Journalisten sein, die Zutritt erhalten«, meinte Rottmeister noch zum Schluß. »Ihr Einsatz bei den Vorfällen im Erlengrund hat mir außerordentlich imponiert.«

»Sie sollten Ihre Jungs nicht mit Feuer spielen lassen«, riet Gonzo. »Hat die Feuerwehr schon die Brandursache ermittelt?«

»Ich kümmere mich um diese Jugendlichen«, schnarrte Rottmeister. »Der ›Verein für nationales Kulturgut‹ vermittelt ihnen Werte, die in unserem Land schon viel zu lange mit Füßen getreten werden.«

»Und die Brandursache?«

»Ein Spirituskocher war umgefallen. Ein bedauerliches Versehen.«

Nachdem Gonzo aufgelegt hatte, suchte er auf dem

Stadtplan die Adresse des alten Bunkers, in dem Rottmeisters nationale Erweckungsshow stattfinden sollte. Betty klapperte schon seit einiger Zeit nicht mehr mit ihrem Computer herum. »Stehen Sie dem irgendwie nahe?« wollte sie wissen.

»Wem?«

»Rottmeister.«

»Ich steh nur mir selber nahe.«

»Ein paar von seinem Verein laufen auch bei uns an der Uni rum. Meistens Juristen. Auch ein paar Betriebswirte. Immer adrett und fleißig und absolut auf dem rechten Trip. Wollen Sie jetzt für so einen auch noch Publicity machen?«

»Publicity wird besser bezahlt«, sagte Gonzo. »Wenn ich die Bilder nicht drehe, macht sie ein anderer.«

Sie nagte an ihrer Unterlippe. »Ich weiß nicht, ob ich das gut finde.«

»Verlangt auch keiner«, sagt Gonzo. »Ist dir vielleicht lieber, die hetzen in aller Stille die Leute auf? Dann heißt es hinterher wieder, daß keiner was gewußt hat.«

»Die Macht der Bilder, ja?« fragte sie spöttisch. »Die Medien als vierte Gewalt, meinen Sie das?«

»Guck dir einen Riefenstahl-Film an, dann weißt du was über die Macht der Bilder«, sagte er. »Ende der Diskussion.«

»Ich würde da gerne mitkommen!«

»Nein!«

Sie sah ihn kurz an. »Wer hat Sie eigentlich verprügelt?«

»Frag mich was Leichteres.« Er erzählte ihr kurz von dem Überfall und verschwieg nur die Sache mit dem Container. »Das scheint alles mit der Bahnhofsgeschichte zusammenzuhängen«, grübelte er. »Da bin ich in irgendwas reingelatscht.«

»Haben Sie nicht gesagt, daß der Schichtführer von den Sicherheitsleuten etwas mit Rottmeister zu tun hat?«

»Bei dieser Scheiß-Geschichte hat alles mit allem zu tun«, sagte Gonzo. »Schreiter und seine Leute kassieren am Bahnhof die Penner ab. Der Alte mit der Krücke wird von Skins im Stadtgarten zusammengeschlagen. Rottmeister hat mit Skins zu tun, Schreiter hat mit Rottmeister zu tun. Sag mir, welchen Sinn das gibt, und du kriegst einen Orden.«

»Ich könnte mich wegen Rottmeister ja mal bei meinem Vater erkundigen.«

»Was soll der denn über Rottmeister wissen?«

»Ich sag ja nicht, daß er was weiß. Ich sag nur, daß ich ihn mal fragen kann.«

»Was macht dein alter Herr eigentlich?«

»Beamter.«

»Und wo?«

»Irgendwo beim Innenministerium.«

Gonzo schwieg, und nach einer Weile fing Betty wieder an, auf ihrem Laptop herumzutippen. Schließlich stand Gonzo auf und ging zu ihr. Über ihre Schulter schaute er auf ihren Stichwortzettel, den sie für seine Bänder angelegt hatte. Er sah ihr Haar, ihren geneigten Hals und den bunten Stein an dem Clip an ihrem rechten Ohr. Ihre Finger huschten über die Tastatur. Sie konnte blind schreiben. Sie roch leicht nach Parfüm oder Deo, Gonzo hatte das noch nie auseinanderhalten können. Er legte seine Hand auf ihre Schulter.

Sie hörte auf zu tippen, wandte sich aber nicht zu ihm um. »Ich halte das für keine gute Idee.«

Gonzo verstand, was sie meinte, und zog seine Hand zurück. »Entschuldigung.«

»Sie brauchen sich nicht zu entschuldigen.«

»Na, dann eben nicht.« Er setzte sich an den Schreibtisch und kramte in seinen Papieren.

Sie drehte sich auf ihrem Stuhl herum. »Ich will hier nur was lernen.«

»Und? Wie sieht das bis jetzt aus?«

Sie zuckte mit den Schultern. »Geht so. Den Bürokram gibt's ja überall. Und Telefondienst. Aber das mit dem Videoarchiv ist interessant.«

»Und am liebsten würdest du mit rausfahren, ja?«

»Ja. Aber Sie wollen ja nicht, daß ich mitkomme.«

»Ich überleg's mir noch mal«, sagte Gonzo. »Wie funktioniert dieses Archiv überhaupt?«

Sie erklärte es ihm an ein paar Beispielen. Gonzo setzte sich zu ihr an den Schneidetisch und hörte zu. Das System, nach dem sie seine Bänder verschlüsselte, war gar nicht so dumm.

Am frühen Nachmittag riß er sich von ihr los und machte wegen der Rottmeister-Veranstaltung einen Rundruf bei den Redaktionen. Er startete bei den großen Sendern und ihren politischen Magazinen. Das Interesse hielt sich in Grenzen.

»Tag von Potsdam? Kennt doch keine Sau mehr.«

»Führerverehrung, na und? Ist doch nicht neu, oder?«

»Nur interessant, wenn da echt was abgeht. Straßenschlacht vielleicht. Oder vielleicht Wehrsport, natürlich authentisch.« In den Archiven hatten sie meistens nur die Bänder von einer aufgelösten Truppe in Oberbayern und ein paar zweifelhafte Häuserkampfübungen von einem Haufen total abgedrehter Ex-NVA-Soldaten aus Sachsen, die das Ganze wohl nur inszeniert hatten, um mit ihren Parolen ins Fernsehen zu kommen. Gonzo fiel Hassenkamps Video von der Rottmeister-Übung ein, und er versprach der Redaktion, sich darum zu kümmern.

Schließlich bekam er für die Rottmeister-Show doch noch zwei kleine Aufträge von regionalen Nachrichtensendungen zusammen. Die anderen wollten das Material nur fürs Archiv übernehmen, wenn es ihnen gefiel. Er machte die Suzie fertig und suchte sich ein paar wetterfeste Klamotten aus der Wäschekiste.

Ehe Betty ging, fragte sie noch, ob sie sich nun bei ihrem Vater nach Rottmeister erkundigen sollte.

»Schaden kann's nicht«, meinte Gonzo.

»Nehmen Sie mich dann auch mal mit, wenn Sie drehen?«

Er mußte grinsen. »Mal sehen.«

Als er ankam, war die Randale fast vorbei. Gonzo sah gerade noch zwei grünweiße Transporter mit einer Schar Chaoten hinter den vergitterten Fenstern abfahren. Die Straße lag voller Glassplitter, und vor dem Eingang zum Bunker drängten sich in einem dichten Pulk dunkle Gestalten und Skins in Bomberjacken.

Die Polizei hatte die Zufahrt zum Parkplatz abgesperrt. Auf der anderen Straßenseite sammelte sich hinter den Sperrgittern ein Häufchen selbsternannter Antifaschisten im schwarzen Straßenkampflook zum letzten Gefecht.

Gonzo lenkte den Kombi fluchend an einem Polizisten vorbei, der ihm armfuchtelnd die Einfahrt zum Parkplatz verwehrte, und hielt auf einem Streifen Brachland weiter hinten. Kalter Wind fegte ihm ins Gesicht, als er aus dem Wagen sprang und den Stau auf der Gladbecker Straße verwünschte, der ihn eine halbe Stunde gekostet hatte.

Während er um den Wagen herumstakste, versank er fast bis zu den Knöcheln im aufgeweichten Matschboden. Er holte die Suzie aus der Halterung, klemmte den Scheinwerfer auf, versorgte sich mit Akkus, machte einen schnellen Weißabgleich, schob ein Tape in die Kamera und lief los. Er mußte sehen, daß er überhaupt noch was aufs Band bekam.

Auf dem Weg zum Bunker sah er einen Polizeigreiftrupp aus der Formation ausbrechen und in eine Gruppe Gegendemonstranten hineinspritzen, die sich durch die Gitter gedrängt hatten. Er nahm die Suzie vors Auge und sah im Okular, wie die Zivilpolizisten einen der Schwarzgekleideten über die Straße zerrten. Kurz vor der Absperrung tat der Junge ihnen endlich den Gefallen, sich zu wehren, und bekam seine Spezialbehandlung: Arme auf den Rücken, Schlagstock in die Nieren. Zuletzt traten sie ihm die Füße weg, und er klatschte auf den Asphalt.

»Deutsche Polizisten schützen die Faschisten!« skandierten ein paar Gegendemonstranten mit dünnen Stimmen.

»Rotfront verrecke!« schallte es von einem Haufen Glatzen an der Parkplatzausfahrt zurück. Bierdosen flogen, ein paar Pflastersteine knallten auf die Polizeischilde. Die Männer vom Greiftrupp brachten ihre Beute zum Gefangenentransporter.

Gonzo machte einen langen Schwenk. Hinter der Absperrung hielten ein paar Friesennerze ihre Transparente in die Höhe. Ein Typ mit Bart und Nickelbrille zeigte mit ausgestrecktem Arm auf Gonzo, und die Plakate und Laken reckten sich noch ein Stück höher. KEINE NAZIS IN UNSERER STADT. NAZIS RAUS. KAMPF DEM FASCHISMUS.

Die Nickelbrille kam Gonzo bekannt vor. Er nahm sie sicherheitshalber voll ins Bild. Wenn er Glück hatte, war das einer von den grünen Politgurus, die sich ja immer in der ersten Reihe mit reinhängten, wenn es gegen die Rechten ging.

Vom Parkplatz strömten sie in Grüppchen dem Bunker zu. Skins in Bomberjacken, adrette Jungrechte in schwarzem Zeug. Dazwischen ein paar Ältere, trotz des schmuddeligen Wetters in Kniebundhosen und weißen Strümpfen. Ansonsten waren beim Nachwuchs schwarze und braune Ledermäntel ganz groß in Mode. Die alten Herren bevorzugten grünen Loden oder Kamelhaar. Ein paar grüßten mit hochgerecktem Arm und gespreizten Fingern. »Sieg Heil!«

Gonzo drängelte sich mit der Suzie auf der Schulter

durch die Polizeiabsperrung bis zu der Gasse,
zwanzig Jungs in einheitlich schwarzer Kluft bis z
gang der Bunkerkneipe bildeten.

»Verpiß dich, du Arsch!« Eine große Pranke legte
aufs Objektiv. Gonzo nahm die Kamera herunter.

»Pfoten weg, ja!«

Der Skin hatte glasige Augen vom Bier; er war mindestens eins achtzig groß und breit wie ein Doppelspind. Hinter ihm grinste ein halbes Dutzend Glatzen herum. Gonzo erkannte Dirk und Kappo aus der Schrebergartenanlage. »Verpiß dich, Presseschwein!«

Gonzo nahm die Kamera wieder hoch und hielt auf die Skins. »Deutschland den Deutschen!« Arme reckten sich in die Höhe, und Bier schäumte aus den Dosen. »Ausländer raus!«

»Kannste nich hören?« Der fette Skin stieß ihn vor die Brust. Gonzo kam ins Trudeln. »Hau ab, sonst gibt's was in die Eier.«

»Mach nur weiter so, das kommt gut!« Gonzo hielt das Okular am Auge und zog die Schärfe nach, bis er den Doppelspind ganz nah hatte, wie er auf die Kamera zustürmte. Er wurde angerempelt, das Bild wackelte, und er riß die Kamera herunter. Pressefressende Skins waren immer noch besser als überhaupt keine Action-Bilder.

Der Fette langte nach der Suzie. »Jetzt ist aber gut!« brüllte Gonzo ihm ins Gesicht. »Finger weg, ja!« Er rempelte die Glatze an. Die taumelte zurück und hatte Mühe, das Gleichgewicht zu halten. Die anderen Skins kamen näher, um ihrem Kumpel zu helfen. Einer schwang seinen Baseballschläger.

»Wo ist Rottmeister?« Gonzo starrte die Bomberjacken an. Keiner schien irgendwas zu verstehen. »Rottmeister, wo er ist? Ich hab mit ihm telefoniert, also?«

»Fürn Arsch, du Wichser!« Der fette Skin hatte sein

…eichgewicht wiedergefunden und kam wieder mit erhobenen Fäusten auf Gonzo zu.

»Olli!«

Der Skin ließ die Pranken sinken. Gonzo drehte sich um. Im ersten Augenblick hielt er sie für einen Jungen. Sie hatte wasserblaue Augen, ein ovales Gesicht, und die gebleichten Haare waren streichholzkurz geschnitten. Erst bei genauerem Hinsehen entdeckte er den Busen unter der grünen Bomberjacke. Ihre Füße steckten in klobigen Springerstiefeln.

»Gonschorek?« fragte sie.

»Und wenn?«

»Ich komme von Rottmeister.«

»Warum kommt er nicht selber?«

Sie deutete mit dem Kopf auf den Bunkereingang. »Er hat zu tun.« Sie machte eine unwillige Bewegung, als sich die Glatzen unter Ollis Führung wieder heranschoben: »Abmarsch, Olli! Das hier geht in Ordnung!«

Die Skins trollten sich. Gonzo grinste die Blonde an. »Was bist du denn für eine Type?«

»Sonja!« sagte sie.

»Jungvolk oder was?«

»Adjutant bei Rottmeister.«

Gonzo hielt die Suzie in Richtung Bunker. »Er hat gesagt, ich darf da rein.«

»Wozu?«

Gonzo starrte sie an. »Wozu? Mädchen, ich mach Bilder fürs Fernsehen. Schon mal gesehen? Der Kasten, wo abends die Werbung drin läuft.«

»Das ist hier keine öffentliche Veranstaltung.« Sonja wippte auf den Fußballen. »Geschlossene Gesellschaft.«

»Zu der dein Boß mich eingeladen hat!« Gonzo wurde langsam nervös. Die schwarzbraunen Grüppchen waren jetzt schon fast alle in dem zur Kneipe umgebauten Bunker verschwunden. Es war halb acht durch, und nach dem, was Rottmeister ihm am Telefon gesagt hatte, sollte die »Feierstunde zum Gedenken an den Tag der nationalen Erneuerung« gegen acht anfangen.

»Oder habt ihr da was zu verbergen?« stieß er nach, als sich das Jungmädel nicht von der Stelle rührte. »Geheime Riten, Totenbeschwörung, Gruppensex unterm Hakenkreuz?«

Sie verzog angewidert das Gesicht. »Rottmeister sagt, das kostet fünfhundert.«

»Was?«

»Das du da drin bei uns drehen darfst.«

»Ihr spinnt ja wohl.«

»Dafür kriegst du auch, was du brauchst.«

»Woher weißt du denn, was ich brauche?«

In ihren blauen Augen blitzte es. »Hakenkreuzfahnen, Hitlergruß von den Jungs in Schwarz, Horst-Wessel-Lied. Die ganze Rede von Rottmeister.« Sie holte einen fotokopierten Zettel aus der Bomberjacke und drückte ihn Gonzo in die Hand. »Das Manuskript. Guck's dir an und sag Bescheid. Ich warte am Eingang.«

Sie hatte sich schon halb umgedreht. »Hehe, Moment mal...«

»Was ist denn noch?«

»Fünfhundert sind ne Menge Holz, und die ersetzt mir keiner. Eine Quittung werdet ihr ja wohl nicht geben.«

»Du kriegst eine Spendenbescheinigung«, erklärte sie. »Wir sind gemeinnützig. Deutsches Kulturerbe.«

»Für fünfhundert muß aber echt mehr drin sein als der normale Nazi-Akt«, hakte Gonzo nach, weil Sonja sich schon wieder in Bewegung setzte.

»Zum Beispiel was?« Sie funkelte ihn an und schob die Unterlippe vor. Gonzo entdeckte tatsächlich zwei Grübchen an ihren Wangen. Sie konnte kaum siebzehn sein.

»Irgendein Bäng-Bäng. Lichtdome. Nazi-Modenschau oder so?«

Der Blick ihrer Augen gefror. »Die Geburtsstunde des Großdeutschen Reiches ist kein Tutti-frutti-Scheiß!« zischte sie und ging mit großen Schritten zum Bunkereingang.

Gonzo überschlug im Kopf, wieviel Geld er bei sich hatte. Er kam auf etwas mehr als dreihundert. Er wurde wütend. Ohne Action-Bilder würde er nicht einmal das Benzingeld für den Einsatz rauskriegen.

Gonzo spähte über die Straße und sah den Dokumentationstrupp der Polizei hinter einem der Transporter verschwinden. Er nahm die Kamera auf die Schulter und marschierte los. Die Videopolizisten packten gerade ihre Ausrüstung in den grün-weißen Wagen. Die Beamten machten einen ganz zufriedenen Eindruck. Auf alle Fälle hatten sie mehr Material auf Band als Gonzo.

»Wer zu spät kommt, den bestraft das Leben!« Hassenkamp wuchtete die schwere Videokamera in die Halterung an der Seite des Wagens. Seine Kollegen beschrifteten ihre Tapes. Hassenkamp kletterte grinsend aus dem Transporter. »Wir haben erstklassige Randale auf Band. Reicht für fünfmal Landfriedensbruch, mindestens.«

»Du könntest mir mal aushelfen!« meinte Gonzo.

Hassenkamp schüttelte den Kopf und hob eine Kassette hoch. »Beweismaterial!« Die Kassette verschwand in einer Box.

»Verhaftungen?«

»Dienstgeheimnis.«

Gonzo drehte ab. »Wahrscheinlich ist sowieso wieder alles unterbelichtet!«

»Hat eben nicht jeder auf der Filmhochschule studiert!« sagte Hassenkamp.

Gonzo wendete sich wieder zu ihm. »Ich brauche zweihundert Mark«, sagte er. »Kurzfristig. Du kriegst sie heute noch wieder.«

»Bin ich ein Geldautomat?« Hassenkamp schlug die Türen zu. »Wollen sie dich reinlassen?«

Gonzo hob die Schultern. »Schon möglich.«

Hassenkamp musterte aus zusammengekniffenen Augen die letzte Truppe Schwarzgekleideter, die im Bunker verschwand. Auf dem Parkplatz patrouillierten nur noch ein paar Skins mit weißen Armbinden, auf denen »Ordner« stand. »Da drinnen geht jetzt der ganze braune Akt ab, nehm ich mal an.«

»Zweihundert, was ist?« Gonzo hielt die Hand auf. »Ihr habt doch eure Leute längst eingeschleust.«

Hassenkamp holte seine Geldbörse heraus und zählte ein paar Scheine ab. »Aber nur geliehen!«

»Ich bring sie dir nachher zurück.«

Drei Minuten vor acht. Gonzo schulterte die Suzie und machte sich auf den Weg zum Bunker. Sonja stand mit dem fetten Olli und seiner Truppe am Eingang. Sie kam ihm ein paar Schritte entgegen. Er drückte ihr die fünfhundert in die Hand: »Aber jetzt will ich auch was sehen!«

Sie faßte ihn am Arm. »Komm mit!«

Olli machte den Weg frei.

Gonzo grinste. »Ist der dressiert?«

Sie sah ihn an, ohne eine Miene zu verziehen. »Mein Bruder sorgt mit den Jungs hier draußen nur für Ruhe.«

»Klar«, meinte Gonzo. »Wir befolgen alle nur unsere Befehle.«

Drinnen stand die Luft vor Rauch, Bierdunst und Schweiß. Skins und Schwarzgekleidete hockten an den zu langen Reihen zusammengestellten Tischen. Aus den Lautsprechern dröhnte »Flieger, grüß mir die Sonne«. Auf dem Podium marschierte Rottmeister im schwarzen Hemd unruhig auf und ab. Hinterm Rednerpult hing ein überdimensionales Führerbild.

Die drei Kellnerinnen kamen mit den Bierbestellungen kaum nach. Neben der Tür zur Toilette versuchten ein paar Glatzen erfolglos, eine Schlägerei mit einer DVU-Abordnung anzufangen. Neben der Theke verkaufte einer Parteiabzeichen und Bücher über die Auschwitz-Lüge. Links vom Podium war ein Tisch mit alten Männern besetzt. Eiserne Kreuze und Nahkampfspangen am Revers. An den Türen standen auffällig unauffällig die Ordner mit ihren Armbinden. Gonzo meinte, ein paar von den Sicherheitsmännern vom Bahnhof zu erkennen. Er hielt nach Schreiter Ausschau und entdeckte ihn schließlich an einem Tisch neben der Bühne. VEREIN FÜR NATIONALES KULTURGUT – VORSTAND hieß es auf der Reservierungskarte. Neben Schreiter saß eine Frau von Anfang vierzig mit rosigen Bäckchen und einigen Pfunden Übergewicht, die sie in ein Trachtenkostüm gezwängt hatte. Zwei jüngere Männer in dunklen Anzügen, weißen Hemden, mit Fassonschnitt und glänzenden Augen beobachteten den Saal.

Gonzo postierte sich an einer Säule und checkte die Suzie und die Akkus durch und machte einen Weißabgleich. Sonja turnte über die Treppe aufs Podium und redete mit Rottmeister, der hinter dem Stehpult unruhig wie ein junger Hengst mit den Hufen scharrte. Gonzo hob kurz die Hand. Rottmeister produzierte mit seinem rechten Arm einen Gruß zwischen Salve und Heil Hitler und sagte etwas zu Sonja. Die nickte. Rottmeister kletterte vom Podium herunter zu Gonzo.

»Herr Gonschorek! Sehr erfreut, Sie zu sehen.«

Gonzo nickte.

»Wenn Sie für einen ausführlichen Bericht ein Interview brauchen, stehe ich Ihnen natürlich gern zur Verfügung.«

»Ich denke, mir reicht das hier erst mal«, meinte Gonzo und sah sich um. »Gehören die hier alle zu Ihrem Verein?«

»Im Geiste stehen uns viele nahe. Unsere Bewegung…«

»Action-Bilder wären natürlich immer gut«, sagte Gonzo. »Aufmärsche oder ein ordentlicher Fackelzug.«

»Alles zu seiner Zeit.«

»Kampfsport. Körperliche Ertüchtigung, wie wär's?«

Rottmeister sah Gonzo lange an. Seine dunklen Augen lagen tief in den Höhlen. »Wir müssen anfangen«, meinte er schließlich. »Drehen Sie!«

Gonzo fragte nicht weiter und legte los.

Die Luft schmeckte bitter, als er wieder aus dem Bunker kam. Fast elf. Der Wind war kälter geworden und kam jetzt direkt von Westen. Vielleicht schneite es nachher sogar nochmals. Gonzo fröstelte. Die Straße war jetzt ruhig. Weiter hinten standen noch zwei Polizeitransporter. Von den Gegendemonstranten war nichts mehr zu sehen. Aus dem Bunker drang dumpfer Gesang.

Gonzo schleppte die Suzie über den Parkplatz. Der Asphalt schimmerte feucht im Licht der Peitschenlampen. Zwischen zwei Wagen erkannte Gonzo den fetten Olli und zwei Glatzen vom Ordnungsdienst. Sie waren mit etwas beschäftigt, was auf dem Boden lag. Baseballschläger schimmerten im Licht. Es klatschte. Jemand lachte, einer stöhnte. Automatisch nahm Gonzo die Kamera hoch.

Er sah Ollis Gesicht im Okular und zog dann auf die beiden anderen Skins. Sie traten und schlugen mit den Baseballschlägern auf eine Gestalt, die zwischen den Wagen hervorkroch. Gonzo schwenkte nach unten und regelte die Schärfe nach. Das Licht hätte besser sein können.

Für einen Moment wurde der Gesang in Gonzos Rücken lauter. Die Tür zum Bunker schlug wieder zu.

Der fette Skin fuhr herum; Gonzo sah die aufgerissenen Augen ganz groß und hörte den Burschen aufbrüllen. Er machte, daß er Land gewann. Als er den Kopf umwandte, sah er Olli auf die blonde Sonja zulaufen, die aus dem Bunker herüberkam.

Gonzo drückte sich durch die Büsche am Parkplatzrand, stolperte zu seinem Kombi und hätte sich auf dem Matschboden beinahe langgelegt. Er warf die Suzie auf die Schaumgummimatratze und schwang sich hinter das Steuer. Der Wagen holperte auf die Straße, und er sah Sonja und Olli im Rückspiegel am Straßenrand stehen. Gonzo trat aufs Gas und schlingerte um die nächste Ecke.

11

Es mußte ein Ausländer sein. Gonzo starrte auf das Standbild auf dem Monitor. Schmale Augen, schwarze Haare, ein Bärtchen über dem schmerzverzerrten Mund. Es war die Gestalt, die unter den Stiefeltritten der Skins zwischen den Fahrzeugen hervorkroch.

Gonzo schaltete ein paar Bilder weiter. Das Band war spitzenmäßig. Alles scharf und deutlich, trotz des beschissenen Lichtes. Hassenkamp hätte sich nach so etwas die Finger geleckt.

Gonzo lehnte sich in dem Drehstuhl zurück.

Das Telefon klingelte, und der Anrufbeantworter schaltete sich ein: »Gonschorek Videoproduktion, das Büro ist zur Zeit nicht besetzt...« Der Anrufer legte auf.

Es war kurz vor Mitternacht, Gonzos Augen brannten. Er hatte den ersten Liter Kaffee schon hinter sich, im Moment lief ein weiterer durch die Maschine auf dem Kühlschrank. Auf dem zweiten Monitor ließ er nochmals das

Material aus dem Bunker im Schnelldurchlauf ablaufen. Alles da, was er sich gewünscht hatte. Nazigruß, SS-Lieder und die Redeausschnitte von Rottmeister: »Kameraden, wir sind hier zusammengekommen, um uns über die politischen Visionen eines der größten Staatsmänner des deutschen Volkes, unseres Führers Adolf Hitler, zu informieren... Kampf gegen Überfremdung, deutsches Geld und deutsches Land für deutsche Menschen... keine Ausländerfeinde, die Türkei den Türken und hart durchgreifen gegen Scheinasylanten, Rauschgifthändler und andere asoziale Elemente... aufrechte Bürger müssen aufstehen, wenn korrupte Politiker mit ihrer Selbstbedienungsmentalität den eigenen Vorteil über das Wohl des Volkes... für ein neues, starkes Großdeutschland... ein Reich, ein Volk, ein neuer Führer...« Und so weiter und so fort.

Als der Badenweiler Marsch erklang, waren die Alten vorne am Podium aufgestanden. Sie hatten Tränen in den Augen, und Gonzo hatte sie voll vor dem Hintergrund des Führerbildes genommen.

Gonzo nahm den Hörer des schnurlosen Telefons und drückte Hassenkamps Büronummer im Polizeipräsidium. Wider Erwarten meldete sich einer der Kommissare von der Dokumentationseinheit. Hassenkamp war in der Videoverarbeitung, hieß es. Gonzo ließ sich verbinden.

»Ja?«

»Ich bin's«, sagte Gonzo. »Wegen der zweihundert Mark...«

»Ich hab jetzt keine Zeit!«

»Ist noch was passiert?«

Hassenkamps Stimme wurde leiser. »Im Moment rotieren hier die vom Kriminaldauerdienst und vom 14. K rum. Auf dem Parkplatz vor dem Bunker haben sie einen böse zusammengehauen. Der Bursche war wohl einer von den Gegendemonstranten. Die machen uns jetzt die Hölle heiß.«

»Gibt es eine Presseerklärung?« hakte Gonzo nach. »Name, Alter, Umstände, Verdächtige?«

»Morgen!«

»Morgen interessiert sich kein Schwanz mehr für eure Probleme.«

»Genau so soll's auch sein! Du hast nicht etwa was auf Band, was uns interessieren könnte?«

»Hab ich das gesagt?«

Hassenkamp antwortete nicht.

»Was dagegen, wenn ich gleich noch mal kurz vorbeischaue?« fragte Gonzo. »Ich bring auch das Geld mit.«

»Du bist wie die Krätze!« sagte Hassenkamp. »Wenn man dich erst mal am Hals hat...«

Gonzo unterbrach die Leitung, holte sich frischen Kaffee aus der Maschine und nippte an dem Becher. Vom linken Videoschirm starrte das Gesicht des Ausländers. Ein schmales, dunkles Gesicht mit einem sauberen kleinen Bärtchen auf der Oberlippe. Im rechten Ohrläppchen glitzerte ein goldener Ring. Der Stiefel schwebte knapp über dem Hinterkopf des Jungen, und Gonzo brauchte das Band nur ein paar Zentimeter weiterlaufen zu lassen, um zu sehen, wie der Absatz den Kopf herunterknallen ließ, ihm die Nase brach und das Gesicht vor Schmerz verzerrte. Gonzo ließ das Band zurücklaufen und betrachtete noch einmal das Gesicht des Jungen. Er glaubte nicht, daß er sich täuschte. Das war der Bursche aus dem Videoshop im Hauptbahnhof.

Zufall, sagte Gonzo sich, obwohl er im Grunde wußte, daß es das nicht sein konnte. In letzter Zeit hatte er durch solche Zufälle einen Haufen Ärger bekommen.

Es klingelte. Gonzo drehte den Stuhl herum.

»Gonschorek?«

Zuerst hielt er die Stimme für die eines Jungen, aber dann erinnerte er sich wieder. Er machte auf. Sonja linste an ihm vorbei ins Büro. »Kann ich reinkommen?«

»Das kommt drauf an, was du willst.«

Sie schob sich an ihm vorbei und sah sich weiter um.

»Gonschorek Videoproduktion, ja?«

Gonzo nickte. »Ernährt ihren Mann.«

Ihr Blick blieb an dem Monitor mit dem Bild von dem Türkenjungen hängen. »Rottmeister hat mir deine Adresse gegeben. Warum gehst du nicht ans Telefon?«

»Ich hab zu tun.«

Sie machte ein paar Schritte. Gonzo sah weiche Bewegungen unter der grünen Jacke. Sie trug jetzt Turnschuhe. Ihre Augen hingen immer noch an dem Monitor.

»Das war nicht geplant«, sagte sie.

»Euer Problem!« Gonzo ging zum Schneidetisch und drückte die Kassette aus dem Recorder. Das Standbild fiel zusammen. Er steckte sich die Kassette in den Hosenbund.

»Also?«

Sie kam näher. »Olli und die Jungs werden eine Menge Ärger kriegen. Wir müssen drüber reden.«

»Müssen wir?« Gonzo setzte sich auf sein Feldbett. Sie kam hinter ihm her und hockte sich auf den Lederpuff. Sie hatte kräftige Schultern. Die blauen Augen lagen groß in den Höhlen. Sie wühlte ein paar Geldscheine aus der Hosen-tasche und hielt sie in der Hand.

»Das mit den fünfhundert Mark war Scheiße!«

»Schon vergessen!«

Sie schüttelte den Kopf. »Nein, nein, das war eine blöde Idee von mir.«

»Von dir?«

Sie nickte. »Heiko... Rottmeister sagt, ich soll dir das Geld wiedergeben.«

Sie streckte Gonzo die Scheine hin. Er nahm sie und legte sie auf den Nachttisch.

»Damit du nicht denkst, daß wir mit der ganzen Sache auch noch Geschäfte machen«, fuhr sie fort.

»Das Denken überlasse ich den anderen«, sagte Gonzo. »Die haben mehr Erfahrung damit. War's das?«

Sie sagte nichts. Gonzo holte ein Bier aus dem Kühlschrank und drückte es ihr in die Hand. Sie trank aus der Flasche und wischte sich den Mund mit dem Handrücken ab. »Danke!«

»Keine Ursache.«

»Ich hab dich beobachtet«, sagte sie nach einer Weile. Und als Gonzo schwieg: »Manchmal könnten wir so einen wie dich ganz gut gebrauchen.«

»Ach ja?«

»Wir sind eine Aufbauorganisation. Wir machen Schulungen. Seminare. Da brauchen wir Lehrfilme. Professionell gemacht. Auch für unsere Kameraden im Ausland. Ich denke, Rottmeister sieht das auch so.«

»Weiß er, daß du hier bist?« fragte Gonzo.

Sie antwortete erst nach ein paar Sekunden. »Das ist schon in Ordnung. Ich hab Olli versprochen, daß ich mit dir rede.«

»Der wird zum Fernsehstar, das garantier ich dir.«

»Muß das sein?«

Sie stand auf und setzte sich neben ihn aufs Bett. Ihre Hand lag auf seinem Oberschenkel. Gonzo roch ein bißchen Bierdunst und warmen Schweiß. Er strich mit den Fingerrücken über ihre Wange. Ihr Haut war glatt, weich und fast durchscheinend.

»Du lungerst zuviel in Kellern herum. Schlecht für den Teint.«

»Meinst du?«

Er nickte, faßte sie an den Schultern und drehte sie zu sich herum. »Was macht denn so ein Adjutant von Rottmeister?«

Sie zuckte mit den Schultern. »Was so anfällt.«

Ihre Hände wanderten zielsicher an seinem Schenkel hoch. Gonzo ließ sich zurückfallen.

Sie war kräftig, Muskeln unter der blassen Haut. Kein Gramm Fett zuviel. Ihre Bauchdecke hart wie ein Brett, wenn sie sie spannte. Bewegungen von äußerster Ökonomie. Gonzo fühlte es kaum, wie sie ihm das Kondom geschickt über das Glied rollte. Sie drückte ihn auf den Rükken, setzte sich auf ihn und bewegte ihre Hüften, während sie sich mit den Händen neben seinen Schultern aufstützte. Sie sah ihn dabei zwar an, aber ihrem Blick nach zu schließen, war sie mit ihren Gedanken kilometerweit weg. Gonzo spürte gerade die erste Flut in sich aufsteigen, als das Telefon auf dem Schreibtisch klingelte. »Gonschorek Videoproduktion, das Büro ist...«

Sonja schien es nicht zu stören, aber Gonzo brauchte volle zehn Minuten, bis er wieder auf der Höhe war.

»Dreh dich mal um!«

Sie lag unter ihm, und er drang in sie ein. Sie kreuzte die Beine hinter seinem Rücken und half ihm, den Rhythmus zu finden. Mit einer Hand griff sie über seinen Hintern, fuhr mit dem Finger durch die Furche und drückte zu. Als er kam, schloß sie die Augen. Er machte noch ein bißchen weiter, bis sie aus Höflichkeit leise stöhnte.

Er faßte das Kondom, zog sich zurück und drehte sich auf den Rücken. Sie lag neben ihm, er spürte ihre feuchte Haut an seiner Schulter und registrierte mit halbem Bewußtsein, wie sie sich mit der Hand zwischen die Beine fuhr. Es dauerte nicht lange, bis sie heftig die Luft einsog und sich mit einem Knurren herumwarf.

»Wer geht zuerst ins Bad?« fragte Gonzo, als sie sich wieder beruhigt hatte.

»Geh nur«, meinte sie. Ihrem Blick war nichts mehr von dem Geschehen abzulesen.

Er stand auf und ging ins Bad. Das heiße Wasser der Dusche löste die verspannten Muskeln im Nacken. Gonzo blieb nur kurz unter der Brause, er trat aus der Duschtasse, ohne das Wasser abzudrehen, zog seinen alten Frotteemantel an und machte die Badezimmertür einen Spalt auf.

Sonja stand neben dem Bett und schlüpfte gerade in ihre Hosen. Dann wühlte sie Gonzos Sachen durch, bis sie die Videokassette gefunden hatte, und steckte sie ein. Sie zog die Turnschuhe an und ging hinaus. Die Stahltür fiel hinter ihr ins Schloß.

Gonzo drehte die Dusche ab und ging ans Fenster. Er sah sie über den Hinterhof an den Müllcontainern und seinem Kombi vorbeigehen. Sie verschwand im dunklen Loch der Toreinfahrt.

Gonzo schüttete den kalten Kaffee aus seinem Becher in den Spülstein und goß sich neuen ein. Dann suchte er seine Sachen vor dem Bett zusammen und überlegte beim Anziehen, ob Sonja wirklich dachte, daß sie die einzige Kassette mit Ollis Schlägertruppe erwischt hatte. Nun ja, vielleicht hatte sie wirklich keine Ahnung von Videotechnik.

Am Schneidetisch stellte er den Recorder an, in dem die Kopie des Bandes mit den Bildern vom Parkplatz steckte, und ließ die Szene noch einmal ablaufen. Die Gesichter des fetten Skins und seiner beiden Kumpane waren gut zu erkennen. Gonzo stoppte das Band wieder an der Stelle, an der er vorhin schon das andere Band angehalten hatte, und legte eine Leerkassette in den zweiten Recorder. Er kopierte das Band noch zweimal, nur zur Sicherheit, genau wie er es vorhin routinemäßig gleich nach seiner Rückkehr getan hatte.

Dann packte er eins der Tapes in eine Box, das andere verschloß er im Stahlschrank, ging in die Küche, kochte sich noch einen Kaffee und hörte die Ein-Uhr-Nachrichten im Radio, während er im Stehen trank. Die Meldung wegen der Schlägerei hatte es auf einen Ehrenplatz vor den Sportergebnissen gebracht und vereinigte in einem einzigen Satz linke und rechte Chaoten.

Gonzo kippte den Rest aus dem Kaffeebecher in den Ausguß, nahm zwei Hunderter von dem Geld auf dem Nachttisch und machte sich auf den Weg.

Hassenkamp hatte dunkle Ringe unter den Augen, schwarze Bartschatten am Kinn und kaute unlustig an einer erloschenen Zigarette. Auf den Bildschirmen seines Schnitt- und Regiepults liefen die Bilder des Dokumentationstrupps.

Gonzo legte ihm die zweihundert Mark und seinen Passierschein hin. »Schon weitergekommen?«

Hassenkamp zeichnete den Zettel ab. »Was willst du?« Er steckte das Geld ein. »Aus reiner Freundschaft kommst du sicher nicht.«

Gonzo holte sein Band aus der Tasche und schob es in einen freien Recorder. Sie sahen sich die Szene auf dem Parkplatz an. Gonzo gähnte. Hassenkamp starrte mit zusammengekniffenen Augen auf den Monitor.

Gonzo ließ das Band aus dem Schacht schnappen und wollte es wieder einstecken, als Hassenkamps Hand vorschoß.

»Stoppstopp! Das ist Beweismaterial!«

»Falsch! Das ist mein Material.« Er deutete auf den Bildschirm. »Wir können tauschen. Mein Band gegen eine Kopie von dem Observationstape, das du mir gestern vorgespielt hast.«

»Du hast ja wohl den Arsch offen«, meinte Hassenkamp. »Ich kann doch hier kein Polizeimaterial rausgeben.«

»Rausgeben sollst du ja nichts, nur kopieren.«

»Und du verscherbelst das dann ans Fernsehen.«

»Das ist mein Job.« Er hielt sein Band hoch.

»Meine Personalakte ist bis jetzt blütenrein, und das soll sie auch bleiben.«

»Bleibt sie«, beruhigte Gonzo ihn. »Und wenn du sagst, daß du das Band hier selber aufgenommen hast, kriegst du sogar noch ein Fleißkärtchen.«

»Wir kriegen dein Band so oder so!« sagte Hassenkamp.

»Aber nicht so schnell!« Gonzo wedelte mit der Kassette. »Ihr braucht nur die Bilder von den Glatzen über den Videoprinter zu jagen, und schon geht die Fahndung los.«

Hassenkamp preßte die Hände vors Gesicht, gähnte und rieb sich die Augen. »In Ordnung!« sagte er dann.

Gonzo angelte sich eine Leerkassette vom Regal und schob sie in einen freien Recorder. Hassenkamp stand auf und verschwand kurz im Nebenraum, um das Band mit der Wehrsportübung zu holen. Er schob es in einen Recorder und drückte ein paar Knöpfe, um das Polizeiband auf die Leerkassette zu kopieren. Nach einer halben Stunde waren sie fertig.

Gonzo steckte die Kassette mit Hassenkamps Bildern ein. »Die Firma dankt.« Er gab Hassenkamp das Band mit den Aufnahmen vom Parkplatz. »Was weißt du über den Typ, den sie da zusammengeschlagen haben?«

Hassenkamp blätterte in seinen Papieren. »Mehmet Arkar, Türke, 23 Jahre. Politisch nicht engagiert. Er sagt, er wäre zufällig vorbeigekommen, und die Skins hätten ihn angemacht.«

»Glaubst du ihm das?«

»Die Kollegen vom Dauerdienst glauben's ihm jedenfalls nicht«, sagte Hassenkamp. »Die haben sich nämlich sein Vorstrafenregister angeguckt. Diebstahl, Einbruch, Verdacht auf Rauschgiftschmuggel und -handel. Wird einer der beiden Familien zugeordnet, die den Drogenmarkt im Revier kontrollieren. Organisierte Kriminalität. Die Jungs von der Sonderkommission haben sich auch schon angemeldet. Langsam blickt hier keiner mehr durch, wer gegen wen ermittelt.« Er sah Gonzo an. »Aber das bleibt erst mal unter uns.«

»Aber immer«, versprach Gonzo.

»Was hast du eigentlich in letzter Zeit mit den Nazis zu tun?« wollte Hassenkamp noch wissen, als Gonzo schon auf dem Weg zur Tür war. »Gefällt dir der ganze Scheiß etwa?«

»Alles rein beruflich!« meinte Gonzo und machte die Tür hinter sich zu.

Auf dem Parkplatz vor dem Präsidium war alles ruhig. Ein einsamer Doppelposten stand mit seinem Golf an der Zufahrt und paßte auf, daß nichts passierte. Gonzo ließ den Kombi über die leeren Straßen in Richtung Norden rollen. Er nahm die alte Kino-Strecke, von der KURBEL zum LUXOR, passierte das ehemalige RIALTO, HELIOS und ALHAMBRA am Westbahnhof, ließ sich bis zum MERCATOR an der Bockmühle treiben. Die Augen brannten ihm, er fühlte sich beschissen. Seine Schultern hatten sich bei der Kameraarbeit verspannt, und sein Rücken tat noch weh von den Schlägen, die er auf dem Hof kassiert hatte. Der Überfall war Profiarbeit gewesen. Den beiden Burschen war es nicht um Geld, den Wagen oder seine Videoausrüstung gegangen, soviel hatte Gonzo sich schon zusammengereimt. Was ihm immer noch Kopfzerbrechen bereitete, war die Tatsache, daß sie offensichtlich auf ihn gewartet hatten.

Er fuhr die Altenessener hinunter und bog langsam in die Toreinfahrt ein. Die Lampe an der Decke war immer noch kaputt. Gonzo kontrollierte im grellen Fernlicht kurz den Hinterhof. Er sah nur eine Ratte aufgeschreckt an der Hauswand entlangrasen. Im Treppenhaus war auch niemand, ebensowenig wie oben im Loft. Das Türschloß war noch in Ordnung, und das Chaos in seinem Privatbereich rund um das Feldbett sah auch nicht so aus, als hätte sich jemand daran zu schaffen gemacht. Gonzo verstaute die Suzie, schob die Akkus in das Ladegerät und schloß Hassenkamps Kassette in seinen Stahlschrank ein.

Er gähnte. Es war halb zwei, und die Nacht war noch nicht zu Ende. Jetzt fing der geschäftliche Teil an. Er holte die Kassette mit den Bildern von Rottmeisters Nazifeier und legte sie in den Recorder ein, um das Band für die Überspielung an die Sender zusammenzuschneiden. Damit war dann wenigstens die Miete für den nächsten Monat gesichert. Für die Heizkosten würde er sich noch etwas einfallen lassen müssen.

12

Im Supermarkt an der Breslauer Brücke wurde umgebaut, und Gonzo brauchte eine Viertelstunde länger als geplant, bis er seinen Wochenendvorrat an Milchtüten, Joghurts, Tiefkühlpizzas und Wodka in der Karre hatte. An der Kasse saß jedenfalls eine Aushilfe, die jeden Preis in einer Liste nachschlagen mußte. In der Zeit, die sie fürs Wechselgeld brauchte, hatten sie hier früher die Werbung und den Vorfilm gezeigt.

»Wo ist denn die Heike?« fragte er beim Bezahlen.

»Welche Heike?«

»Schon gut«, sagte er und steckte das Wechselgeld ein.

Der Vormittagsverkehr lief zäh. Gonzo fuhr die Breslauer hoch bis zur Holsterhauser Straße und bog nach links zur Stadtmitte ab. Zehn Minuten später war er am Studio beim Zeitungshaus. Viel zu früh für den Überspieltermin, den er sich heute morgen hatte geben lassen, um die Bilder von Rottmeisters Feierstunde an die beiden Sender zu schicken.

Er strolchte durch die Redaktion des Regionalmagazins.

Ein Gewerkschaftsplakat klebte an einer Tür. Die Redaktionssekretärin war noch nicht da. Aus dem Schneideraum hörte er Schäfers Stimme. Gonzo blieb in der Tür stehen, Schäfer und Herbert tüftelten am Schnitt des Polizeibeitrages. Szenen mit Hoffmeister, Endrulat und Bantzok flogen über den Schirm. Auf einem Zuspielmonitor war ein Standbild von der Randale in der Schrebergartensiedlung.

»Gut, daß ich dich treffe«, sagte Schäfer. Auf seinem Manuskript lagen ein paar bunte Pillen, mit denen er die einzelnen Takes markiert hatte. Nach jeder Sequenz schluckte er eine. Herbert kontrollierte, ob Schäfers Kommentar wenigstens halbwegs zu Gonzos Bildern paßte.

»Ich hab vorhin schon bei dir angerufen.« Schäfer stopfte sich 100 Einheiten Vitamin B in den Mund.

»Irgend etwas Neues?«

»Wir müssen was bereden.« Schäfers Blick streifte Herbert, der sich mit den Timecodes beschäftigte. »Hast du nachher mal kurz Zeit?«

Gonzo nickte, und Schäfer schlug vor, daß sie sich im Bahnhofsrestaurant treffen sollten.

»Kannst du dir den Bistrofraß oben an der Rüttenscheider nicht mehr leisten?« fragte Gonzo.

»Vertragt euch, Kinder!« mahnte Herbert.

Gonzo kletterte die Treppe hinauf in den Überspielraum und gab dem Techniker seine Bänder. Vorsichtshalber blieb er dabei, bis alles über die Richtfunkstrecken gejagt worden war.

Nach der vollklimatisierten Luft in dem Studiokomplex tat der frische Wind, der draußen über den Parkplatz fegte, gut. Der Pförtner stand neben seiner Glaskanzel und machte seine Zigarettenpause, als Gonzo vor die Schranke fuhr.

»Sie sind gar kein Arzt«, erklärte er. »Ich hab mich erkundigt.«

Gonzo beugte sich aus dem Fenster, um sein Namensschild zu lesen. »Ausgezeichnet beobachtet, Herr Zeitz! Werde ich in meinem Bericht lobend erwähnen!«

»Welchem Bericht?«

Gonzo langte ins Handschuhfach und fingerte den internationalen Geheimagentenausweis mit Foto und Kennziffer heraus, den er mal auf der Kirmes für zehn Mark aus einem Automaten gezogen hatte. »Gonschorek Security. Wir machen hier den großen Sicherheitscheck, und ich kann Ihnen sagen, nach dem, was ich hier bisher gesehen habe, werden einige Köpfe rollen.«

»Köpfe rollen?« Der Pförtner sprang zur Schranke und lüftete den Balken eigenhändig in die Höhe.

»Aber keine Sorge, Zeitz. Sie bleiben. Unser Land braucht Männer wie Sie!«

Gonzo brauste auf die Straße und hätte beinahe einen Zeitungslieferwagen des Verlages gerammt, der genauso unvorschriftsmäßig fuhr wie er.

Bettys Roller stand im Hof, als er zurückkam. Gonzo lud seine Einkäufe aus und brachte sie nach oben. Ihre neonfarbene Regenpelerine hing an der Garderobe. Betty saß mit ihrem Laptop an seinem Schnittpult und schrieb sich Stichworte zu seinen Kassetten auf.

»Herr Schäfer hat angerufen«, sagte sie.

Gonzo nickte und packte die Lebensmittel in den Kühlschrank.

»Sie sollten ein bißchen auf Ihre Ernährung achten. Mehr Vitamine. Nicht so denaturiertes Essen.«

»War sonst noch was?« Gonzo sah die Telefonnotizen auf seinem Schreibtisch durch.

»Nur das Übliche.«

»Was soll das hier heißen?« Gonzo kniff die Augen zusammen. »Betriebsausflug?«

»Irgendwelche Lehrer. Die wollen ein Video von ihrer Studienfahrt drehen lassen. Ich hab gesagt, Sie rufen zurück.«

Gonzo griff nach dem Telefon und drückte Hassenkamps Privatnummer. Es dauerte eine Weile, bis der Hauptkommissar abnahm. Im Hintergrund lief Johnny Cash. Gonzo gab ihm die Nummer von den Lehrern. »Kümmerst du dich drum?«

»Die Firma dankt.« Hassenkamp gähnte. »Behrendt war wieder bei mir. Hat sich nach dir erkundigt.«

Gonzos Nackenhaare stellten sich auf. »Und?«

»Außerdem hat er mir ein wunderschönes Videoband gebracht. Das mußt du dir ansehen. Haben wir gelacht!«

»Was für ein Videoband?«

»Ich habe eine Kopie. Für dich arrangier ich eine Privatvorführung. Heute abend, okay?«

»Ich hab keine Zeit für Spielchen.«

»Keine Spielchen, sondern knallhartes Reality-TV!«

Gonzo konnte Hassenkamps Pferdegrinsen förmlich vor sich sehen. Mehr war aus dem Kommissar nicht herauszukriegen. Daß Behrendt weiter hinter ihm her schnüffelte, beunruhigte Gonzo mehr, als er sich selbst eingestehen wollte.

Er holte sich Hassenkamps Band mit Rottmeisters Wehrsportübung in den Ruhrwiesen aus dem Stahlschrank und scheuchte Betty vom Schnittplatz weg. »Mach was anderes. Ich muß da jetzt arbeiten.«

Sie packte ihren Computer auf Gonzos Schreibtisch und stellte ihren Stuhl schräg hinter Gonzos. »Ich guck nur zu.«

»Alles reine Routine. Todlangweilig.«

»Macht nichts.«

Gonzo sagte nichts weiter, weil er nicht das Gefühl hatte, daß sie ihn störte. Er ließ das Band durchlaufen und markierte dann die einzelnen Abschnitte, die er der Politredaktion beim Kölner Sender überspielen konnte.

»Rottmeister schon wieder«, sagte Betty.

»Warum nicht«, meinte Gonzo.

»Mein alter Herr hat mir was über ihn raussuchen lassen. Nichts Geheimes, nur was so frei zugänglich ist.«

Gonzo schwang langsam auf seinem Drehstuhl herum. »Hast du nicht erzählt, daß dein alter Herr nur bei einer Behörde ist?«

»Ist er ja auch.«

»Innenministerium, hast du gesagt.«

»Hab ich.«

»Verrätst du mir vielleicht mal, wo genau beim Innenministerium?«

»Verfassungsschutz«, murmelte sie.

Gonzo stöhnte.

»Ich kann doch auch nichts dafür.«

»Das ist ja wohl das Letzte«, sagte Gonzo.

»Sie denken doch jetzt wohl nicht, daß ich hier herumschnüffle?«

Gonzo schraubte sich mit dem Stuhl zurück und starrte auf den Monitor. »Und dein Vater kennt Rottmeister?«

»Der Name hat ihm jedenfalls was gesagt.«

»Hat er nicht gefragt, warum du was über ihn wissen willst?«

»Sicher.«

»Jetzt laß dir nicht jedes Wort aus der Nase ziehen!«

»Er denkt, daß ich eine Seminararbeit über die Medienpräsenz von Rechtsradikalen schreibe.«

»So, denkt er das?«

»Sicher.« Betty wühlte in ihrem Rucksack und förderte ein paar Fotokopien zutage. »Rottmeister, Heiko. 46 Jahre, Verlagskaufmann. Geboren in Erfurt. Vor dem Mauerbau von seinen Eltern zu einer Tante nach Kirchhellen geschickt.

Ordentliche Verhältnisse, Realschule, mittlere Reife, Buchhändlerlehre, dann Buchhändler in Essen.« Sie schwenkte einen Zettel. »Stammt alles aus einem Buch über Neonazis im Revier. Dann haben wir hier eine Würdigung von verdienten Aktivisten für die deutsche Sache aus einer braunen Postille. ›Heiko Rottmeister, NPD-Mitglied der ersten Stunde, engagierte sich mannhaft gegen die verräterische Ostpolitik des Herbert Frahm alias Willy Brandt‹ und so weiter... erfolgreicher Unternehmer, Geschäftsführer einer Druckerei in Essen-Werden. Druckerei und Verlag Wosniak. Erich Wosniak... Moment...«, sie blätterte, »verdienter deutscher Afrikakämpfer, vor zehn Jahren gestorben, Druckereibesitzer, Tochter Silke Wosniak verheiratet mit Heiko Rottmeister, der das Unternehmen seines Schwiegervaters weitergeführt hat. Ach so, ja, aus der NPD ist er dann Ende der Siebziger ausgetreten.«

»Sauber«, sagte Gonzo. »Viel Arbeit für nichts.«

»Nicht ganz.« Betty nahm den letzten ihrer Zettel. »Veröffentlichungen aus dem Verlag Wosniak. Kriegserinnerungen, Kampfschriften, Flugblätter und Broschüren für HIAG, NPD, Wiking-Jugend, BDM, Deutsche Liga. Festschriften für Sportvereine, Kameradschaftstreffen. Zuletzt hat er versucht, so eine Art Jugendmagazin zu gründen. Veranstaltungskalender, Plattenkritiken, Sportberichte und Kleinanzeigen für Militaria. Hieß ›Die Alternative‹. Hat es aber nur auf ein paar Nummern gebracht.« Sie legte ihre Papiere weg. »Das dazu. Sie sollten ihn nicht unterschätzen.«

Gonzo schüttelte den Kopf und ließ das Band weiterlaufen. »Sollte mich nicht wundern, wenn dein Alter von dem Ding hier auch eine Kopie im Archiv hat. Das ist Polizeimaterial, nur damit du Bescheid weißt.«

Statt zu fragen, wie er an ein Polizeivideo kam, betrachtete sie die Szenen, die über den Bildschirm liefen. »Was machen die da?«

»Wehrsport.«

»Meinen Sie?«

»Ja.«

»Sieht aber nicht danach aus.«

»Wieso?« Er stoppte das Band an einer Stelle, an der das gesamte Terrain zu sehen war, auf dem Rottmeisters Übung stattfand. Die beiden großen, mit Flatterband abgesteckten Bereiche waren gut zu erkennen, genau wie die lange Strecke, die sie miteinander verband. »Übungen für den Häuserkampf, würde ich mal schätzen.« Er ließ das Band weiterlaufen. Der maskierte Dreiertrupp näherte sich Schreiter und Rottmeister. Die schmächtige Gestalt, die die Gruppe anführte, kam Gonzo plötzlich bekannt vor. Bewegungen von äußerster Ökonomie und, wenn er genau hinschaute, der Busen unter der olivgrünen Windjacke. Sonja? Rottmeister wurde abgedrängt, die schmale Gestalt rang mit Schreiter um die Tasche, die er in der Hand hielt.

»Beim Häuserkampf geht's nicht um Koffer«, sagte Betty.

»Du bist ein richtiger Klugscheißer.«

Sonja – wenn sie es war, hatte die Tasche an sich gerissen und preschte damit los bis zum Anfang der abgesteckten Passage. Ihr Spurt wurde von ihren beiden Kameraden gedeckt, die noch simulierten, wie sie auf Rottmeister, Gorny und Schreiter einschlugen. Gonzo fühlte sich unangenehm an seine beiden Besucher auf dem Hinterhof erinnert. Bei der Passage angekommen, wurde die Tasche von einem drahtigen Jungen übernommen, der sie sich unter den Arm klemmte und über die lange Strecke hetzte.

»Wenn Sie mich fragen...«

»Wer fragt dich denn?« sagte Gonzo.

»Wenn Sie mich fragen, dann sieht das mehr wie ein Überfall aus. Es geht doch wohl um die Tasche, oder sehe ich das falsch?«

»Irgendeine Kommandoübung«, schlug Gonzo vor. »Weiß der Teufel, was Rottmeister den Kindern da erzählt hat.«

»Er scheint jedenfalls nicht der Typ zu sein, der etwas einfach nur so macht.«

»Aber ziemlich abgedreht ist er schon.« Gonzo erzählte ihr von der Reichsfeier im Bunker. »Ich meine, das kann man doch nicht ernsthaft betreiben, diesen Blödsinn mit islamischer Überfremdung und Weltjudentum.«

»Ich weiß nicht«, sagte sie nachdenklich und nickte wieder zum Bildschirm. »Wenn Sie mich fragen, sieht diese Übung da verdammt ernsthaft aus.«

»Wie auch immer.« Gonzo machte sich daran, die markierten Passagen auf ein Extraband zu kopieren. »Damit bezahle ich die Miete für den nächsten Monat.«

Schäfer stand an einem der Tische des Reibekuchenhäuschens an der Nordplatte des Bahnhofs und unterhielt sich lebhaft mit einer kleinen Dunkelhaarigen in einer abgewetzten Jeansjacke. Er trug ausnahmsweise einmal nicht seinen Designertrenchcoat, sondern Räuberzivil mit Jeans und Allwetterblouson.

»Ich hatte drei Uhr gesagt!« Er zeigte auf die Uhr oben an der Wand. Es war fünf nach. »Wer zu spät kommt...«

»...darf umsonst ins Kino«, meinte Gonzo. »Was ist los?«

Das Mädchen blies den Rauch einer Zigarette über den Tisch, drehte sich aber nicht um.

»Das ist...«, begann Schäfer, als die Kleine sich zu Gonzo umwandte.

»Schon wieder du.« Sie grinste. Der Glitzerstein in ihrem Nasenflügel leuchtete in einer neuen Farbe, und ihre Pupillen waren nicht größer als Stecknadelköpfe.

»Ihr kennt euch?« Schäfer blickte mißtrauisch von einem zum anderen.

»Flüchtig.« Gonzo deutete auf die bunten Pillen, die Schäfer neben seiner Tasse aufgebaut hatte. »Hat er dich zum Essen eingeladen?«

Die Kleine sagte nichts. Ihre Augen verrieten keinerlei Gefühle.

»Wir haben ein paar gemeinsame Bekannte«, sagte Schäfer. »Tanja hilft den Drogenbullen hin und wieder mit ein paar Infos aus.«

»Man lernt doch nie aus.« Gonzo sah sie nachdenklich an, und sie hob trotzig das Kinn.

»Ich seh auch nur zu, daß ich klarkomme«, meinte sie.

»Gehen wir am besten mal runter und sehen uns die Sache an«, meinte Schäfer und schluckte seine restlichen Vitaminpillen. Ehe sie gingen, nahm Tanja Schäfers letzten Reibekuchen von der Pappschale. Gonzo trottete hinter ihnen her die Treppe zur Nordhalle hinunter.

Unten schossen ein paar Jugendliche auf Rollerblades über den glatten Granit zwischen den Leuten umher, die aus dem Kaufhaus kamen. Vor dem Imbißstand mit dem Müllclown stand die übliche Horde Polen. Im Eingang zur Spielhalle hielt ein kleiner Kerl mit Bodybuilderfigur Wache. Aus dem Videoshop kam leise Türkenmusik. Die Bomberjacken vorm Waffengeschäft konnten sich nicht entscheiden, ob sie die Auslagen begutachten oder Mädchen anpöbeln sollten.

»Also, wie ist das mit der Kamera?« Schäfer steuerte schon die Telefonhauben bei der Ausfahrtrampe an und sah sich die Metalltür an. Gonzo stellte sich außerhalb des Aufnahmewinkels, und Tanja postierte sich neben ihm, nachdem sie einen mißtrauischen Blick auf das Objektiv geworfen hatte. Schäfer konnte sich gar nicht von der Linse losreißen.

»Komm hier rüber«, sagte Gonzo schließlich.

Schäfer gehorchte und kratzte sich am Kopf. »Meinst du, die Drogenbullen haben das aufgebaut?« fragte er Tanja. »Oder die Sitte?«

Sie schob sich den Rest des Reibekuchens in den Mund und schüttelte den Kopf. »Glaub ich nicht. Dann würden sie ja nicht dauernd hier rumrennen und alle ausquetschen.«

»Die Drogenbullen?« fragte Schäfer.

Tanja starrte schweigend rüber zur Spielhalle. Der Bodybuilder taxierte sie alle drei. Dann verschwand er im Laden. Der Perlenvorhang der Videothek bewegte sich, und ein älterer, grauhaariger Mann mit einem Schnauzbart trat heraus. Er sah sich in der Halle um. »Nicht nur die Drogenbullen«, meinte Tanja schließlich und musterte Gonzo. »Gestern waren erst welche von der Mordkommission hier und haben sich nach dir erkundigt.«

»Bei mir waren sie auch«, sagte Schäfer. »Behrendt und Schmittke. Pat und Patachon vom Mordbüro. Haben dein Alibi für den Mord an der Polin gecheckt, Gonzo. Du hast dich doch da nicht etwa zu etwas hinreißen lassen?«

»Was hast du ihnen gesagt?« fragte Gonzo heiser.

Schäfer hob die rechte Hand. »Die Wahrheit und nichts als die Wahrheit. Daß ich mit deiner Maus zusammengesessen habe, als du eingetrudelt bist.«

Tanja schniefte. »Seit der Videoladen hier unten ist, kommen auch alle nasenlang welche von irgendeiner Sonderkommission.«

Schäfer verlor sofort sein Interesse an Gonzos Alibi. »Wie lange ist der Laden denn schon da?«

»Ein Jahr ungefähr.« Sie nickte hinüber zu dem Schnauzbart vor der Videothek, den Gonzo schon am letzten Freitag gesehen hatte. »Der Laden gehört irgendwelchen Türken. Vater und Sohn. Das ist der Alte. Normalerweise kommt der immer nur freitags, Punkt fünf, zum Kontrollieren. Nach dem kannst du die Uhr stellen.«

»Was ist mit dem Sohn?« fragte Gonzo interessehalber.

Sie zuckte mit den Schultern. »Hab nur gehört, daß er im Krankenhaus ist. Schlägerei oder so.«

»Und hinter denen sind die Bullen her gewesen?« bohrte Schäfer.

»So hat's jedenfalls ausgesehen«, meinte Tanja. »Wollten alles wissen. Wer da reingeht, wer da rauskommt, wer da drinbleibt. Ob da gedealt wird und so.« Sie schniefte. »War aber nicht. Absolut null. Einmal haben sie eine Razzia gemacht, das weiß ich noch. War aber wohl auch ein Schuß in den Ofen.«

Schäfer zupfte sich an seinem dünnen Haarkranz. »Laß uns wieder hochgehen«, meinte er schließlich zu Gonzo.

»Ich hab noch was zu erledigen«, murmelte Tanja. »Vielleicht...«

Schäfer drückte ihr einen Geldschein in die Hand, dann drängte er sich mit Gonzo zwischen einem Pulk von kofferschleppenden Rentnern die Treppe hinauf zur Halle. Sie stellten sich im Bäckereicafé an die große Scheibe, durch die man das ganze Bahnhofstreiben im Auge behalten konnte. »Du gibst einen aus!« sagte Schäfer zu Gonzo.

Gonzo holte Kaffee und brachte sich ein Brötchen mit.

»Daß du auch immer fressen mußt«, meinte Schäfer angewidert, während er seinen Süßstoff in den Becher fallen ließ.

»Mehmet Arkar«, sagte Gonzo. »Schon mal gehört?«

»Arkar?«

»Der Junge aus dem Videoladen. Letzte Nacht haben ihn ein paar Skins unten im Segeroth zusammengeschlagen.« Gonzo erzählte, was am Rande von Rottmeisters Nazifeier passiert war. Daß er die Sache auf Band hatte, ließ er vorsichtshalber weg, denn er sah, daß Schäfer glänzende Augen bekam.

»Arkar, soso«, murmelte der Reporter. »Langsam macht die Sache Sinn. Die Arkars gehören zu einer der beiden Kurdenfamilien, die hier den Drogenhandel kontrollieren. Keine direkten Kontakte, relativ saubere Weste. Ein paar Geschäfte. Lebensmittel, Im- und Export…«

»Und die Videothek«, ergänzte Gonzo.

Schäfer drückte mit Andacht zwei Kapseln Vitamin E aus der Folie und spülte sie mit einem Schluck Kaffee hinunter. »Im Drogengeschäft kommt viel Geld zusammen«, sagte er schließlich. »Das Dealgeld von der Straße. Fünfzig Mark für einen Schuß Heroin, achtzig für eine Nase Koks, ein Zehner für ein paar Tabletten und so weiter. Die Kleindealer kaufen dafür beim Zwischenhändler, der deckt sich beim Großhandel ein, und da laufen dann die ganzen Scheine auf. Tütenweise, ganze Koffer voll. Hunderttausend, zweihunderttausend, fast eine halbe Million im Monat. Ein Teil davon geht für den Nachschub drauf. Den Rest versuchen die Großdealer zu legalisieren. Investitionen, verstehst du. Immobilien, Geschäftsbeteiligungen. Für die alten Tage oder für das zweite Leben als solider Geschäftsmann. Denn wenn erst mal das Finanzamt kommt und fragt, womit du deine Villa bezahlt hast, siehst du ganz schön alt aus. Mit der Nummer haben sie damals schon Al Capone fertiggemacht.«

»Ich versteh nur Bahnhof«, sagte Gonzo.

Schäfer schüttelte den Kopf. »Mein Gott, bist du dämlich. Du siehst eine gute Story nicht mal, wenn man dich mit der Nase draufstößt.«

Gonzo sah sich um und konnte tatsächlich nicht entdekken, was nach einer guten Story aussah. »Scheint so«, meinte er.

»Also«, sagte Schäfer. »Die Videothek gehört den Arkars, die Bullen haben da rumgeschnüffelt. Nach dem, was die Kleine eben erzählt hat, muß das die Sonderkommission Organisierte Kriminalität gewesen sein. Die kümmern sich nicht um die Straßendealer, die wollen an die Hintermänner ran, an die Geldwäscher. Alles klar?«

»Du meinst, die Türken waschen in der Videothek Drogengeld?«

»Na also!« Schäfer grinste. »So blöd bist ja doch nicht. Das System ist eigentlich simpel; du machst einfach einen Laden auf und deklarierst deine Drogengelder als Geschäftseinnahmen. Wird alles sauber versteuert, und schon bist du ein ordentlicher Geschäftsmann. Am besten läuft das mit Läden, wo viel Bargeld reinkommt und nicht zu viele Zulieferer bezahlt werden müssen. Spielhallen, Bordelle, Gastronomie.«

»Videoshops.«

»Das gibt ein Spitzen-Feature für die großen Sender. Nicht dieser Kleckerkram, mit dem die Privaten jeden Tag die Leute zuschütten. Mafia in Deutschland. Drogenkartell. Die Junkies, die Dealer, die Hintermänner. Der Stoff, das Geld, das Geschäft.«

»Amen!« sagte Gonzo.

»Du machst die Kamera, okay? Dich kennen sie jetzt hier schon am Bahnhof. Wir setzen uns da unten hin und checken die Geschäfte in dem Videoladen aus. Versteckte Kamera und so, du machst das schon. Wir müssen nur aufpassen, daß wir den Drogenbullen nicht dazwischenpfuschen. Die können ziemlich eklig werden, wenn ihnen jemand das Wild verscheucht.« Er sah Gonzo an. »Was mich stört, ist diese Schnüfflerkamera. Wem gehört die? Doch wohl nicht den Bullen. Sonst würden sie nicht rumfragen und hätten sich mit ihrer Razzia nicht so in die Nesseln gesetzt.«

»Vielleicht den Türken selber«, meinte Gonzo. »Damit sie sehen, wer sich vorm Laden rumtreibt. Aktive Gefahrenabwehr.«

Schäfer schüttelte den Kopf. »Der Krückenmax hat doch

gesagt, daß Gorny und sein Kollege, dieser Typ mit dem Seehundschnauzbart, die Kamera eingebaut haben.«

»Apropos Krückenmax«, meinte Gonzo. »Wolltest du den nicht an seinen Eiern die Alfredstraße raufschleppen?«

»Worauf du einen lassen kannst. Ich hab da schon einen guten Kontakt gemacht. Noch ein paar Tage, dann spuckt der aus, was in der Pennerszene so abgeht.«

Gonzo zerbröselte den Rest seines Brötchens. »Wann ist das denn passiert, daß Gorny den Max da unten verjagt hat?«

»Vor ungefähr zwei Wochen. Wieso?«

»Nur so«, sagte Gonzo. Wenn Gorny und Schreiter die Kamera eingebaut hatten, dann mußten sie auch irgendwo einen Monitor stehen haben, auf dem sie die Bilder kontrollierten. Zum Beispiel oben im Leitstand des Wachdienstes, dachte Gonzo und erinnerte sich, daß er dort den Videoshop auf einem der Monitore gesehen hatte, als die Wachleute ihn zu Schreiter hochgebracht hatten. Gonzo rührte nachdenklich seinen Kaffee um. Gorny und Schreiter schnüffelten also unten den Videoladen aus. Da lief möglicherweise die große Geldwäsche der Türken. Ihm fiel ein, wie der Junge mit dem Ohrring sinnlos viele Buchungen in die Kasse eingetippt hatte. Natürlich, die Kassenrollen mußten ja stimmen, wenn die Buchprüfung kam. Das Bargeld brachten sie dann jeden Tag in den Geldbomben zum Nachttresor. Eins zwei drei, schon war alles sauber.

»He!«

Gonzo fuhr auf. Schäfer hielt ihm zwei Tabletten hin. »Magnesium. Gut gegen Streß. Du siehst aus, als könntest du so was gebrauchen.«

Gonzo nahm die Pillen und spülte sie hinunter.

»Und wenn die Bullen dich festnageln, krieg ich dann dein Geständnis?«

»Welches Geständnis?«

»Der Mord an der Polin.« Schäfer bekam ganz zutrauliche Augen. »Nun komm schon. Mir kannst du es ja sagen.«

Gonzo sagte ihm etwas, aber es war nicht das, was Schäfer hören wollte.

13

Der Posten an der Pforte des Polizeipräsidiums nickte Gonzo schon wie einem alten Bekannten zu, als er seinen Passierschein ausfüllte. Hassenkamp war wieder in der Videoverarbeitung. Die Luft in dem abgedunkelten Raum roch nach Rauch und kaltem Kaffee. Der Hauptkommissar kopierte gerade gerichtsverwertbare Bilder aus einem Band vom letzten Bundesligaspiel heraus. Auf dem Monitor bearbeiteten zwei glatzköpfige Hooligans einen Schalke-Fan mit ihren Fahnenstangen.

»Da nützen denen ihre ganzen Fanprojekte nichts!« meinte er und schaltete den Recorder aus.

»Du müßtest mir nochmals aushelfen«, sagte Gonzo.

»Nichts da.« Hassenkamp schüttelte den Kopf. »Das mit dem Rottmeister-Band tut mir jetzt schon leid.«

»Ganz privat«, sagte Gonzo.

»So was kennst du doch gar nicht.«

»Ich hab Schwierigkeiten.«

»O ja«, bestätigte Hassenkamp. »Das kann man wohl sagen. Dein spezieller Freund Behrendt hat sich nämlich auf dich eingeschossen.« Hassenkamp griff eine Kassette aus einem Stapel neben dem Mischpult. »Das hat er mir vorbeigebracht, damit ich einen ordentlichen Lehrfilm daraus schneide. Thema: Beschattung von unglaublich doofen Videogeiern.«

»Ich versteh kein Wort.«

»Abwarten!« Hassenkamp schob das Band in den Recorder und bleckte die Zähne, daß Gonzo nichts Gutes ahnte. Auf dem Hauptmonitor tauchte eine Straßenszene auf. Das Licht war absolut schlecht, und die Kamera wackelte. Die Bilder waren aus einem fahrenden Wagen aufgenommen. Gonzo erinnerte sich an den hellen Golf, der ihm an der Alfredstraße aufgefallen war.

»In der Hauptrolle«, kommentierte Hassenkamp, »sehen Sie Gonzo Gonschorek, den Mann, der von nichts eine Ahnung hat.« Tatsächlich entdeckte Gonzo jetzt sich selbst, wie er über einen Parkplatz zu seinem Kombi ging. Die Szenerie kam ihm sehr bekannt vor. Das Polizeipräsidium tauchte im Hintergrund auf.

»Verdeckte Observation nennt man das«, erklärte Hassenkamp. »In diesem Fall angeordnet von Hauptkommissar Behrendt.«

Das Bild holperte weiter, als der Verfolger hinter Gonzos Kombi die Zweigertstraße hinauffuhr. Nach einem Zeitsprung folgte eine Sequenz, in der Gonzo im Bahnhof herumlungerte. Gleich mußte die kleine Tanja kommen und ihn ansprechen. Gonzo rutschte ungemütlich auf seinem Stuhl herum.

»Ganz ruhig, das Schärfste kommt ja noch«, ermahnte ihn der Hauptkommissar. »Geiles Gefühl, so als Fernsehstar, was?«

»Mach nur deine Witze.«

»Ich dachte, ich könnte mich mal revanchieren. Immerhin hast du mich ja damals in der Sportschau groß rausgebracht.« Er drückte auf den schnellen Vorlauf. »Na, dann wollen wir mal sehen, wie der große Gonzo sich im Showdown aufführt.«

Gonzos Kombi war zu sehen, wie er über die Altenessener Straße rollte und schließlich durch die Toreinfahrt in seinen Hinterhof einbog. Die Kamera blieb draußen und verlor den Wagen in dem dunklen Loch. Das Licht war noch schlechter geworden, aber die Bilder waren trotzdem einigermaßen scharf. Die Bullen mußten eine verdammt gute Kamera benutzt haben.

Neben der Einfahrt schoben sich zwei Burschen mit unförmigen Militärhosen und Kampfjacken ins Bild. Gonzo erkannte flüchtig Ollis fettes Gesicht. Auch sein Kumpel kam ihm bekannt vor. Die beiden zogen sich die aufgerollten Wollmützen übers Gesicht, ehe sie in der Toreinfahrt verschwanden. Gonzo wurde mulmig in der Magengrube. Der ganze Videoraum schien auf einmal nach Fisch zu stinken.

»Spannend, was?«

»Schnauze«, sagte Gonzo belegt.

Die Kamera wackelte jetzt in Augenhöhe ins Dunkel der Toreinfahrt. Hassenkamp drehte den Ton auf, damit Gonzo das Klatschen der Schläge und sein Gebrüll besser hören konnte. Die Szenerie im Hinterhof wirkte in Anbetracht der Lichtverhältnisse einigermaßen gespenstisch. Gonzo identifizierte sich selbst als unförmige Gestalt neben seinem Kombi. Die beiden Skins traten abwechselnd auf ihn ein. Dann kam ein Ruf von der Tonspur; die beiden fuhren herum und starrten in Richtung Kamera.

»Was jetzt kommt, ist nicht so interessant.« Hassenkamp spulte weiter vor. Gonzo konnte wenigstens noch erkennen, wie die beiden Skins den Kameramann und seinen Begleiter über den Haufen rannten. Als das Bild wieder erschien, sah Gonzo, wie sich ein Mann in einer Lederjacke über ihn beugte. Wasserschlieren auf dem Objektiv der Videokamera verursachten grausame Lichteffekte. Trotzdem war ganz gut zu erkennen, daß die Lederjacke Gonzo wie einen Sack Kartoffeln über die Schulter nahm und den Müllcontainer ansteuerte. Was dann passierte, wollte Gonzo sich nicht unbedingt ansehen.

»Ganz Freund und Helfer«, kommentierte Hassenkamp. »Sie wollten dich nicht im Regen liegenlassen. Sehr anständig, findest du nicht?«

»Ich lache nachher«, sagte Gonzo. »Für mich sieht das nach unterlassener Hilfeleistung aus.«

»Ach, du meinst, du hättest Hilfe gebraucht?« Hassenkamp holte die Kassette aus dem Schacht. »Schenk ich dir. Für deine Enkel. Oder deinen Fanclub.«

Gonzo nahm das Band und schmiß es in den Papierkorb. »Okay, jetzt hast du's mir aber heimgezahlt. Können wir uns jetzt ernsthaft unterhalten? Wie werde ich Behrendt los?«

»Überhaupt nicht, solange er keinen Besseren als dich für den Mord an der Polin findet«, sagte Hassenkamp. »Deswegen hat er dir die beiden hinterhergeschickt. Wenn ich ihn richtig verstanden habe, fehlt ihm nur noch ein Motiv. Sobald er irgendeinen Zipfel davon findet, bist du dran.«

»Soll ich meine Aussage ändern? Ich kann ihm sagen, daß ich mit der Polin am Verschiebebahnhof war...«

»Darauf wartet er doch nur«, sagt Hassenkamp. »Grundkurs Vernehmungspsychologie und Verhörpraxis. Aussagen protokollieren, den Verdächtigen in Sicherheit wiegen. Widersprüche aufdecken, ihn mit den Widersprüchen konfrontieren, nach Erklärungen fragen. Erklärungen wieder protokollieren, mit den Fakten abchecken, die man inzwischen ermittelt hat, und dann das Ganze noch mal von vorne. Damit haben wir bis jetzt jeden gekriegt.«

»Das sind doch Gestapo-Methoden.«

»Sei froh, daß es keine sind.« Hassenkamp fuhr sich mit der Hand übers Gesicht. »Im Augenblick fragen sie am Bahnhof rum, ob man dich da kennt und ob du schon früher was mit der Polin gehabt hast. Als nächstes beschlagnahmen sie deinen Wagen. Wegen Spuren und so weiter.

Und dann komme ich dich besuchen, wenn ich bei der Haussuchung bei dir deine ganze Bude auf Band nehme.«

»Nun hör aber auf«, schrie Gonzo, »das ist doch alles Bullenscheiße!«

»Sicher. Und du steckst mittendrin.«

»Ich hab die Polin nicht umgebracht!«

»Beweis es.«

Gonzo schüttelte den Kopf. »Da geht irgend etwas ab, am Bahnhof, und ich hänge da mittendrin. Ich weiß nur nicht wie.« Aber dann bekam er doch auf einmal ein paar Gedanken zusammen. Dana hatte sich die Haare blond gefärbt, als sie sich bei dem Opa auf der Margarethenhöhe versteckte. Woher hatte Schreiter das bloß gewußt, als er Gonzo danach unten im Bahnhofsbasement bei seiner Schnüffelkamera gestellt hatte? Gonzo erinnerte sich noch genau, daß der Sicherheitsmann von dem blonden Polenluder gesprochen hatte. War das der Beweis, daß Schreiter bei Dana auf der Margarethenhöhe gewesen war und ihr den Kopf weggeschossen hatte? Gonzos Gefühl, endlich den Anfang des Fadens in der Hand zu halten, schlug sofort wieder in Frustration um, als ihm klar wurde, daß er Schreiter absolut nichts beweisen konnte. Wenn er Behrendt mit der Geschichte kam, würde es wie ein ziemlich blöder Entlastungsversuch aussehen. Gonzo hatte keine Lust, ihm auch noch genau das zu liefern, worauf er nur wartete.

Gonzo fischte die Kassette mit dem Observationsvideo aus dem Papierkorb. Hassenkamp war auch nicht gerade der Mann, mit dem Gonzo seine Theorien erörtern wollte, denn da waren auch noch Rottmeisters Skins, die Schnüffelkamera im Bahnhof und die Türken in ihrer Videothek. Gonzo bekam Kopfschmerzen vom vielen Denken, aber langsam paßte immer mehr zusammen. »Sind Behrendts Komiker immer noch hinter mir her?« fragte er.

»Im Moment nicht«, sagte Hassenkamp. »Zuwenig Personal und zuviel Überstunden.«

»Ich denke, ihr seid alle Triebtäter?«

Hassenkamp spielte an seinen Knöpfen auf dem Mischpult herum. »Das stimmt schon«, meinte er. »Manche mehr, manche weniger.«

»Kannst du nochmals was im Computer nachsehen?« erkundigte Gonzo sich.

»Ich kann deine Daten auch kurz eintippen, wenn du so an dem Apparat hängst«, sagte Hassenkamp.

»Kein Scheiß«, meinte Gonzo. »Es ist ernst. Zwei Türken. Name Arkar. Vater und Sohn.«

Hassenkamp sah Gonzo lange nachdenklich an, ehe er zu dem Terminal rollte und ihn einschaltete. Er tippte den Namen ein.

»Arkar, Mehmet und Yilmaz«, sagte er schließlich, als die Daten erschienen. »Rauschgiftverbindungen. Wo wühlst du denn jetzt wieder rum, mein Freund?«

»Da muß es einmal eine Razzia bei den beiden gegeben haben«, sagte Gonzo. »Hauptbahnhof, Videoshop. Nicht länger als ein Jahr her.«

»Also zuerst mal sind die beiden noch unschuldig«, erklärte Hassenkamp und tippte weiter. »Hier drin stehen sie nur, weil die Leute aus ihrer Familie wahrscheinlich mit Drogen handeln.«

»Die Razzia«, erinnerte Gonzo ihn.

»Jaja.« Hassenkamp gab ein paar Suchworte ein. »Stimmt. Vor zehn Monaten. Freitag der 13., wie sinnig... Videothek Videoland, Bahnhofspassage. Durchsuchung Geschäftsräume und Büro, Verdacht auf Bilanzfälschung und Steuerhinterziehung. Verdachtsmomente geliefert hier aus dem Haus von unserer Sonderkommission Organisierte Kriminalität.«

»Was ist dabei herausgekommen?«

»Nichts. Beschlagnahmt ... Moment ... Geschäftsunterlagen, Buchhaltungsunterlagen, Kundenkartei ... und 60 000 Mark Bargeld in einem Aktenkoffer.«

»Aktenkoffer?«

»Bist du schwerhörig? Verfahren eingestellt, weil der Verdacht nicht erhärtet werden konnte. Buchungsunterlagen in Ordnung, und das Bargeld war angeblich für einen Lieferanten, der einen Posten Türkenvideos angeboten hatte. Bei denen soll Barzahlung üblich sein.«

Gonzo juckte sich unter den Armen. Es gefiel ihm gar nicht, wie gut auf einmal alles zusammenpaßte. »Die Firma dankt«, sagte er. »Ich muß jetzt los.«

»Sei vorsichtig«, rief Hassenkamp noch, als Gonzo schon an der Tür war. »Sieht so aus, als wärst du da in ein Oberligaspiel reingeraten.«

Im Wagen schmiß Gonzo Hassenkamps Kassette nach hinten auf die Matratze. Dann saß er eine Weile grübelnd hinterm Steuer und schaute sich die Uniformierten an, die aus dem Portal des Präsidiums quollen. Sie vertraten sich die Füße, gluckten in kleinen Grüppchen zusammen, rauchten und warfen Gonzo in seinem Wagen lange Blicke zu.

Er schaffte die Strecke nach Altenessen in Rekordtempo und fuhr den Kombi gar nicht erst in den Hof. Bettys Roller stand neben dem Müllcontainer. Atemlos hechelte er die Treppe zum Loft hinauf. An der Garderobe hing ihr feuchtes Regencape, und Betty saß am Schreibtisch und tippte auf Gonzos Computer herum.

»Hab ich dir nicht gesagt, daß du die Finger davon lassen sollst?« schimpfte Gonzo.

»Ich hab wirklich nicht in Ihren Sachen rumgeschnüffelt. Ich brauche nur die Textverarbeitung für meine Seminararbeit. Auf dem Laptop verderbe ich mir die Augen.«

Gonzo wühlte in seinem Stahlschrank nach Hassenkamps Video von Rottmeisters Übung in den Ruhrwiesen. »Du hast doch gesagt, was die Jungnazis da proben, würde wie ein Überfall aussehen.« Ein Stapel Kassetten polterte zu Boden. Gonzo kümmerte sich nicht darum. Er hatte das Band gefunden und schob es in den Recorder.

»Ja«, sagte Betty. Sie war zu ihm herübergekommen. Die ersten Bilder liefen über den Schirm.

Gonzo stoppte das Band. »Kann sein, daß du recht hast.«

Er zerrte einen Zettel von Bettys Stapel mit Schmierpapier und starrte mit zusammengekniffenen Augen auf den Schirm, um die richtige Perspektive des Grundrisses zu übertragen, den Rottmeisters Truppe in den Ruhrauen mit ihren Flatterbändern abgesteckt hatten.

»Siehst du das?« fragte er, nachdem er alles einigermaßen abgezeichnet hatte. »Zwei große Bereiche, dazwischen eine lange Passage, und am Ende der zweiten Halle noch eine Passage.«

»Ja und?« sagte Betty.

»Schon mal am Bahnhof gewesen?« Gonzo lehnte sich zufrieden zurück. »Unten gibt es die Passerelle, zwischen den Hallen unterm Nord- und Südeingang? Von der Südhalle geht's runter zur Straßenbahn, den langen Bahnsteig entlang bis zum Ausstieg drüben an der Freiheit, einmal RWE-Hochhaus, einmal Huyssenallee.« Er tippte wieder auf seine Skizze. »Alles klar?«

»Die planen da unten einen Überfall?«

»Sieht so aus.«

»Aber auf wen?«

Gonzo erzählte ihr von den Arkars in ihrer Videothek und Schäfers Vermutung, daß sie dort Drogengeld wuschen. »Ich habe selbst gesehen, wie der Junge da Unmengen von Luftbuchungen in die Kasse haut. Und wie es aussieht, bringt einmal die Woche der Alte das Bargeld. In einem Koffer, verstehst du?«

»Ich glaube schon. Rottmeister will die Türken überfallen und ihnen das Geld klauen.«

»Der perfekte Coup. Die Türken werden sich hüten, das Ding anzuzeigen.«

Betty holte ihren Stuhl vom Schreibtisch und setzte sich neben ihn. Es war still im Loft. Nur der Kühlschrank summte.

»Und jetzt?« fragte sie nach einer Weile. »Gehen Sie zur Polizei?«

»Ich bin doch nicht lebensmüde«, sagte Gonzo. »Die denken doch, ich spinne. Oder sie glauben, ich komme nur, weil ich von diesem Mordverdacht ablenken will, den Behrendt hat. Schreiter steckt mit in der Sache drin, und wenn er rauskriegt, daß ich was erzählt habe, dann hetzen er und Rottmeister mir ihre Skins auf die Bude.«

»Ganz schön verfahren«, sagte Betty und knabberte an ihrer Unterlippe.

Gonzos Nackenmuskeln schmerzten. Er fühlte sich dreckig und hätte sich am liebsten für ein paar Stunden unter die Dusche gestellt. »Gegen Rottmeister habe ich nichts in der Hand«, sagte er. »Der kann auf den Ruhrwiesen üben, was er will.«

»Sie müßten ihn auf frischer Tat erwischen«, meinte Betty.

Gonzo sah auf den kleinen Camcorder, den Dana ihm am Verschiebebahnhof geklaut hatte. Gestern vor einer Woche erst. Gonzo kam es vor, als wäre es schon vor Jahren passiert. »Du hast recht«, sagte er plötzlich zu Betty. »Wir erwischen ihn auf frischer Tat. Du wolltest doch schon immer mal mit mir rausfahren und Bilder machen, oder?«

»Ja sicher, aber...«

»Angst?« stichelte Gonzo.

»Nein, aber woher wollen Sie denn wissen, wann der Überfall passieren soll?«

Gonzo schnappte sich seine Jacke. »Das kriegen wir jetzt raus. Komm mit.«

Gonzo kurvte eine Weile durch die Seitenstraßen um die Bunkerkneipe im Segeroth, ohne daß ihm irgendwelche Glatzen über den Weg liefen. Betty saß neben ihm.

»Ich könnte Rottmeister anrufen«, schlug sie vor. »Ich sage, ich wäre bei den Tagesthemen und brauche ihn morgen oder nächsten Freitag für ein Interview...«

»Blödsinn«, sagte Gonzo. Er fuhr auf den Parkplatz des Bunkers. Ein Streifenwagen stand mit abgeschaltetem Licht auf der anderen Straßenseite, die beiden Polizisten sahen gelangweilt zu ihnen herüber. »Du bleibst hier. Ich bin in zehn Minuten wieder da.«

»Und wenn nicht?«

»Dann rufst du die Tagesthemen an.« Er grinste.

Draußen tappte er durch die Dämmerung an den abgestellten Wagen vorbei zum Eingang. Keiner hielt ihn auf, als er eintrat. Wummernde Musik empfing ihn, es war wenig Betrieb, und die Kids, die herumhingen, sahen nicht nach Skins aus. Auf der Bühne entdeckte er eine Band, die für die Musik verantwortlich war.

Gonzo schlug sich zur Theke durch und ließ sich ein Wasser geben. Der Wirt war ein kräftiger Kerl mit Hamsterbacken und Minimalhaarschnitt.

»Ist die Sonja nicht da?« fragte Gonzo.

»Kenn ich nicht.«

»Oder der Olli?« hakte Gonzo nach, obwohl er wenig Lust auf eine weitere Begegnung mit dem Doppelspind hatte.

Der Wirt sah Gonzo kurz an, dann kippte er Gonzos

Mineralwasser in die Spüle und stellte das leere Glas wieder auf die Theke. »Darf's noch was sein?«

Gonzo trat den Rückzug an. Einen Versuch hatte er noch. Betty atmete auf, als er wieder in den Wagen stieg. Gonzo fuhr los, an dem Streifenwagen vorbei. Er steuerte Richtung Westen, nach Frohnhausen hinein, und bog nach links in Richtung Erlengrund ab. Die Schrebergartensiedlung lag ruhig da. In ein paar Lauben brannte Licht. Gonzo wendete den Kombi am Ende der Straße und parkte.

»Und jetzt?« fragte Betty.

»Gleiches Spiel wie eben!« sagte Gonzo und stieg aus.

In der Kneipe am Anfang der Straße lärmte ein Kegelverein. In der alten Schule waren alle Fenster erleuchtet, ein paar Zigeuner standen auf dem Hof.

Die Luft war kühl und feucht. Der Regen hatte wieder einmal aufgehört, aber die dunklen Wolken am Abendhimmel sagten Gonzo, daß er sicher bald wieder einsetzen würde.

Die Trümmer von Rottmeisters Laube waren ordentlich in einen Container am Straßenrand geräumt. In der Laube auf der Nachbarparzelle brannte Licht. Mit etwas Glück erwischte er Neili allein. Wenn er Pech hatte, waren Dirk und Kappo bei ihm, und er würde Betty zeigen können, wie man mit dem Kombi einen Kavalierstart hinlegte.

Er hakte das Gartentor auf und kletterte über die Betonstufen zwischen den kahlen Büschen hinunter. Aus der Laube kam etwas, was sich wie die Geräusche eines Massakers in Beirut anhörte, aber wahrscheinlich die Art von Musik war, auf die Neili und seine Freunde standen. Die Fenster waren verhängt, und Gonzo fand keinen Spalt, durch den er hätte hineinschauen können. Er probierte es an der Tür. Es war nicht abgeschlossen.

Feuchtwarme Luft schlug ihm entgegen; neben der Tür standen zwei Gasflaschen mit aufgesetzten Heizwannen.

Die Couch und der Schrank stammten wohl aus einer Haushaltsauflösung, genau wie die Eckbank und der Tisch am Fenster. Eine Sturmlaterne verbreitete ihr Licht. Der Radau kam hinter einem olivgrünen Tarnnetz hervor, mit dem die Hälfte der Bude abgetrennt war. Gonzo schob das Netz zur Seite.

Neili rekelte sich auf einem Feldbett. Er trug grüne Kampfhosen, ein Unterhemd mit dem Bundeswehradler auf der Brust und hatte sich einen ordentlichen Vorrat an Bierflaschen neben dem Bett aufgebaut. Gonzo entdeckte den Ghettoblaster auf der olivgrünen Ausrüstungskiste und schaltete den Krach aus.

Neili fuhr hoch. »Ej, watt...«

»Immer mit der Ruhe!« Gonzo hob die Hände.

»Raus hier. Verpiß dich, du Arsch!« Neili kam hoch, langte nach dem Kampfmesser am Gürtel. Gonzo schlug ohne Vorwarnung zu. Er legte die ganze Wut der letzten Tage in die Links-Rechts-Kombination. Der Junge war zu überrascht oder schon zu besoffen, um sich richtig zu wehren. Gonzos Schlag in die Magengrube warf ihn auf das Bett zurück. Gonzo rieb sich die Faust.

Neili stöhnte und schob sich langsam an der Rückwand empor. Gonzo entdeckte einen Campingstuhl und zog ihn heran. »Wir unterhalten uns jetzt ein bißchen!« Er langte nach dem Kampfmesser des Jungen und zog es aus der Scheide. Der Stahl glänzte.

Neili starrte ihn an. Seine Hände zuckten. »Was willst du? Du bist der Videotyp, ja?« preßte er hervor.

»Genau.« Gonzo warf einen Blick auf den Haufen Olivzeug in dem offenen Spind in der Ecke. In der Ecke lagen Marschgepäck, Eßgeschirr und andere Bundeswehrklamotten. »Was ist das denn für ein Saustall hier?«

Neili preßte eine Hand gegen den Mund, würgte, seine Lippe schwoll langsam an. »Was willst du?«

»Reden«, sagte Gonzo.

»Dich mach ich noch platt, du Arsch!«

Gonzo verpaßte ihm ein paar Ohrfeigen. »Ich kann dich auch den Bullen überlassen. Punkt eins: fahrlässige Brandstiftung. Punkt zwei: Sachbeschädigung. Punkt drei: schwere Körperverletzung.«

»Ich versteh kein Wort.«

»Dann frag deinen Alten«, sagte Gonzo und hoffte, daß Neili es nicht tun würde. »Die Benzinbomben, die ihr drüben gebaut habt. Die Steine, die ihr auf die Zigeuner geschmissen habt. Den Türken, den ihr vor dem Bunker zusammengehauen habt.«

»Ich weiß gar nicht, wovon du redest.« Neili fuhr sich mit der Hand über die aufgeplatzte Oberlippe und starrte auf das Blut an seinen Fingern. Gonzo nahm sich eine Flasche Bier und hebelte den Kronkorken an der Kante der Metallkiste ab. »Also«, sagte er, nachdem er getrunken hatte. »Was hat Rottmeister davon gehalten, daß ihr seine Laube abgefackelt habt?«

»Das geht dich überhaupt nix an.«

»Ihr habt ihm doch nicht auch diesen Blödsinn von der Brandbombe erzählt, die die Zigeuner geschmissen haben?«

»Was soll das alles?« brauste Neili auf.

»Euer Sicherheitsdienst, ihr seid so eine Art zweite Garnitur, was?«

»Wer sagt das?«

»Sonst hätte er euch ja wohl zu seinen Spielchen an die Ruhrwiesen mitgenommen.«

»Ich weiß überhaupt nicht, wovon du redest.«

Gonzo stellte die Bierflasche weg und hob die Hand. Das genügte.

»Mit der Abteilung haben wir nix zu tun«, beteuerte Neili.

»Läßt Rottmeister dich da nicht ran, weil dein Alter bei den Bullen ist?«

»Blödsinn.«

Gonzo griff wieder nach seinem Bier. »Was ist mit Sonja? Adjutant bei Rottmeister.«

»Sonja!« sagte Neili spöttisch.

»Bumst sie mit Rottmeister?«

»Und wenn?«

»Jetzt mal Klartext«, sagte Gonzo. »Ihr mit eurer Sicherheitstruppe habt also nichts mit Sonja und dem fetten Olli zu tun. Warum?«

»Das ist eine Kommandoeinheit«, nölte der Junge. »Spezialtruppe, Kampfeinsätze. Rottmeister sagt, dafür braucht man ne Ausbildung. Rangerschule. Survival, den ganzen Scheiß.«

»Was ist mit Schreiter? Dem Typ vom Wachdienst, der bei Rottmeister dauernd rumhängt? Mit dem Schnauzbart.«

»Schreiter ist ein absoluter Arsch.« Neili scharrte mit den Füßen an der Wand. »Hat dauernd die große Klappe, was wir alles machen sollen, ist aber nur hinter der Kohle her. Rottmeister sagt auch, daß er ein Arsch ist.«

»Warum tut er denn dann so dicke mit ihm?«

»Weil Schreiter ihm irgendwas aus dem Bahnhof besorgt. Keine Ahnung, was das ist, aber Rottmeister hat mal gesagt, mit Schreiter wär bald Schluß, weil er ihn dann nicht mehr braucht.«

»Wann soll das denn sein?«

Neili zuckte mit den Schultern. »Keine Ahnung. Was soll der Scheiß hier eigentlich?«

»Reine Routine«, sagte Gonzo. »Infos sammeln. Was ist jetzt mit der Kommandotruppe? Steht da irgendwas an? Wann treffen die sich, weißt du das?«

»Überhaupt nicht mehr. Rottmeister sagt, daß am Freitag Schluß ist. Dann wird die Einheit aufgelöst.«

»Freitag, ja? Morgen?«

»Sagt er, ja.«

»Dann ist Schluß, sagt er? Einfach so? Erst Training ohne Ende, und dann einfach Schluß? Läuft da nicht vielleicht morgen das Unternehmen ab, für das er trainiert hat?«

»Kann schon sein«, murrte Neili. »Ich hab keine Ahnung. Ich weiß nur, daß er sie alle für morgen um sechzehnhundert zu sich bestellt hat.«

»Sechzehnhundert?«

»Vier Uhr.«

»Okay«, sagte Gonzo und trank sein Bier aus. Die Brühe schmeckte schal, aber sie half gegen die trockene Kehle. »Dann will ich mal nicht so sein.«

»Was?« fragte Neili.

»Wegen der Brandstiftung. Schon vergessen?«

»Das war ein Unfall, verdammt noch mal.«

»Dann hast du ja nichts zu befürchten.«

»Hab ich auch nicht.«

»Dann ist ja gut.« Gonzo stand auf, steckte Neilis Messer ein und schob das Tarnnetz zur Seite. Als er an der Tür war, dröhnte hinter ihm der Ghettoblaster los. Draußen nieselte es schon wieder. Er versank fast bis zu den Knöcheln in der patschnassen Wiese, lief die Treppe hinauf und stakste durch die Pfützen zu seinem Wagen. Betty stand an der Motorhaube. Eine Gruppe Zigeuner beäugte sie mißtrauisch.

»Einsteigen!« knurrte Gonzo, während er die Tür öffnete.

Sie kletterte auf den Beifahrersitz. »Und?«

Gonzo klappte die Tür zu, drehte die Heizung an und starrte durch die Windschutzscheibe zu den Gärten hinunter. Hinten quollen Kegelbrüder aus der Kneipe und torkelten heimwärts.

»Und?« wiederholte Betty.

»Das Ding steigt morgen«, sagte Gonzo. »Gegen fünf, wahrscheinlich. Rottmeister hat für vier zum Sammeln geblasen.«

Gonzo drehte den Polizeifunk an und hörte mit halbem Ohr den Meldungen zu, während er in Gedanken alles noch einmal durchging.

»Und jetzt?« fragte Betty endlich.

Er sah zu ihr hinüber. »Wolltest du nicht was lernen bei deinem Praktikum?«

»Na sicher.«

»Dann wird's Zeit, daß du mal was Praktisches tust.« Er startete den Motor und fuhr los. Unterwegs erklärte er ihr, was er vorhatte. »Wenn's dir zu gefährlich ist, dann sag es jetzt«, meinte er zum Schluß.

»Sie wollen also nicht zur Polizei?«

»Heißt das nein?«

»Nein.«

»Was – nein?«

»Ja.«

»Also ja und nicht nein?«

»Sag ich doch.«

Gonzo grinste, und sie grinste vom Beifahrersitz zurück. So, wie sie dasaß, wirkte sie viel jünger, und Gonzo überlegte sich, daß sie gut seine Tochter hätte sein können, wenn er es damals mit Heike richtig getan hätte. Dann schob er den sentimentalen Quatsch zur Seite und schlug den Weg nach Altenessen ein.

Den Rest des Abends verbrachte Gonzo damit, ihr den kleinen Camcorder zu erklären. Er ließ sie ein paar Schwenks machen und zeigte ihr, wie sie mit wechselnden Lichtverhältnissen fertig wurde. »Und immer auf die Akkus achten!«

Betty stöhnte. »Halten Sie mich für blöde? Und überhaupt: wenn Sie mich früher mal mitgenommen hätten, müßten Sie mir das jetzt nicht alles in fünf Minuten beibringen.«

Gegen zehn schickte Gonzo sie schließlich nach Hause. Sie packte die kleine Kamera, die Kassetten und die Akkus in ihren Rucksack.

»Und sei pünktlich!«

»Aye, Sir!«

Gonzo konnte nicht glauben, daß sie tatsächlich begriffen hatte, wie ernst es wurde. Er holte sich eine Dose Bier aus dem Kühlschrank und sah sich auf dem Monitor noch einmal das ganze Material an, das er über Rottmeister und seine Truppe besaß. Die Geschichte in den Schrebergärten. Die Feier im Bunker. Rottmeisters pockennarbiges Gesicht, die kleinen Augen hinter den Brillengläsern. Schreiter neben ihm, untersetzt, kräftig, mit seinem runden Gesicht und dem Seehundschnauzbart. Nicht gerade das Ideal des deutschen Herrenmenschen. Aber vielleicht arbeitete Rottmeister ja mit Sonja daran. Sie tauchte auf einigen Bildern aus dem Bunker auf. Glatte, kontrollierte Bewegungen, wachsam, aber nicht nervös.

Kurz nach zwölf schaltete Gonzo die Apparate aus und legte sich hin. Im Mondlicht, das hereinfiel, sah er, wie dreckig die Fenster in den letzten Monaten geworden waren. Die Heizung knackte, ein kühler Luftzug strich ihm übers Gesicht. Es wurde Zeit, daß es wirklich Frühling wurde.

Er versuchte zu schlafen. Als er nach einer Stunde immer noch wach lag, begann er zu onanieren. Er stellte sich vor, wie er Heike die Dunkelkammer zeigte, aber es klappte nicht, ebensowenig wie die Vorstellung, daß Doris Day es ihm mit dem Mund machte. Schließlich stand er auf, stellte sich zuerst unter die Dusche und holte dann die Wodkaflasche aus dem Kühlschrank.

14

Es regnete schon den ganzen Tag. Am Vormittag war Gonzo nervös im Loft auf und ab getigert, hatte sich endlich in den Kombi geschwungen und war ins Westviertel gerollt. Er mochte den Supermarkt im alten RIALTO an der Frohnhauser Straße nicht und fragte sich, was ihn trotzdem manchmal hertrieb. Er schob seine Karre zwischen Paletten mit Waschmitteln und Toilettenpapier hindurch zur Fleischtheke. Die Verkäuferin trug eine Schürze aus durchsichtigem Plastik über ihrem Kittel und hatte rosig glänzende Wangen. Mit einer Tomate im Mund hätte sie gut in die Auslage der Kühltheke gepaßt. Gonzo fand, daß die Schlange vor ihm zu lang war, und schnappte sich nur eine neue Flasche Wodka aus dem Regal.

An der Kasse vertippte sich dic Aushilfe bei den Babywindeln, die die junge Mutter vor Gonzo aufs Band gepackt hatte und klingelte nach dem Filialleiter. Es dauerte eine Ewigkeit, bis er von hinten antrabte, und dann mußte er auch gleich wieder zurück in seinen Glaskasten, um den Kassenschlüssel für das Storno zu holen. Als die Sache dann endlich geklärt war, war auch Gonzo mit den Nerven fast am Ende. Und dabei hatte der Tag noch nicht mal richtig angefangen.

Am Nachmittag fuhr Gonzo vorsichtig in Richtung Innenstadt. Der Polizeifunk war normal. Ein paar Unfälle, Verkehrsstörungen, nichts Aufregendes. Am Bahnhof drehte er erst mal eine Runde und checkte die Seitenstraßen. Nichts, was ihm in dem üblichen Chaos aufgefallen wäre. Oben am U-Bahn-Aufgang an der Huyssenallee sah er Bettys Roller zwischen den Säulen der Kolonnaden stehen. Er kurvte noch einmal um den Block, fand einen Parkplatz und zog die Suzie aus der Halterung. Dann nahm er die alte Reisetasche, die auf der Ladefläche herumflog, und packte die Kamera hinein; das Objektiv schob er durch das Loch im Seitenteil. Mit der getarnten Kamera hatte er mal für eine blödsinnige Unterhaltungsshow Einspielfilme mit ahnungslosen Passanten gedreht. Zum Schluß setzte er sich noch die Truckermütze auf, die er bei einem Job auf dem letzten Caravan-Salon abgestaubt hatte.

Als er den Säulengang erreichte, schlüpfte Betty aus der Pizzeria neben dem Telefonladen. Sein Magen zog sich zusammen. Ihm fiel ein, daß er seit dem Frühstück nichts mehr gegessen hatte. »Hat's wenigstens geschmeckt?«

»War alles ruhig bis jetzt«, sagte sie. »Schick, der Hut!«

Gonzo sah zur Bahnhofsuhr hinüber. Viertel vor fünf. »Dann mal los.«

Betty nahm ihren Rucksack mit dem Camcorder und kletterte die Treppe zur U-Bahn hinunter. Gonzo folgte. »Hier!« meinte er, als sie die Halle erreichten, in der die Rolltreppen von der Straßenbahnebene ankamen und von der die beiden Treppenaufgänge rechts und links aufs Straßenniveau hinaufführten.

»Okay!« Betty postierte sich neben dem Fahrkartenautomaten.

»Und paß auf dich auf.«

»Sie auch.«

Gonzo schleppte die Tasche mit der Suzie über den Bahnsteig und durchquerte die Passerelle nach vorn zur Halle am Nordeingang. An den Verkaufsständen herrschte kaum Betrieb. Der Obstmann schäkerte mit seiner Verkäuferin. Bei dem Waffengeschäft lungerten drei halbstarke Glatzen in Kampfhosen und dunklen Windjacken herum. Auf dem Kopf hatten sie aufgerollte Wollmützen, die sie mit einem Griff als Masken vors Gesicht ziehen konnten. Gonzos Magen meldete sich wieder mit einem schmerzhaften Ziehen.

Er gesellte sich zu den Leuten, die rund um den Müllclown an den Stehtischen des Schnellimbiß herumhingen. Die meisten waren Polen, und sie redeten über einen Zeitungsartikel, den einer vor sich ausgebreitet hatte. Gonzo stellte die Tasche mit der Suzie neben sich auf den Tisch und richtete sie so aus, daß er die Videothek im Aufnahmewinkel hatte. Während er so tat, als ob er in der Tasche kramte, kontrollierte er den Bildausschnitt im Sucher. Das Licht war gut, und er brauchte nur die Schärfe etwas nachzustellen. Bei der Mutti im Imbiß bestellte er sich Pommes und Currywurst. Die Frau konnte sich nur schwer von der Seifenoper im Minifernseher unterm Tresen trennen. Die Polen betrachteten Gonzo mißtrauisch, sammelten ihre Kaffeebecher ein und stopften sie mit der Zeitung dem Abfallclown ins Maul, ehe sie sich in Richtung Hauptpost davonmachten.

Reisende zerrten ihre Koffer vorbei. Eine Clique Schulmädchen alberte mit dem Sicherheitsmann herum, der den Kaufhauseingang am anderen Ende der Halle bewachte. Gonzo holte seine Currywurst und stocherte mit dem Plastikspieß in der roten Suppe nach etwas Eßbarem. Aus den Augenwinkeln sah er, daß sich am Waffenshop etwas regte. Die drei Mützen hatten auf einmal kein Interesse mehr an den Würgehölzern und Todessternen im Schaufenster. Sie lümmelten jetzt an der ersten Säule der langen Passage herum. Gonzo sah auf die Uhr. Schon Viertel nach. War das Unternehmen abgeblasen? Oder hatte er sich alles nur eingebildet? Gonzo schob sich die Truckermütze tiefer in die Stirn.

Die Verkäuferin aus der Bäckerei neben dem Videoshop rollte eine Karre mit Blechen voller frischer Hefeteilchen die Rampe herunter und fing an, sie vor dem Geschäft auszuladen. Beim Waffengeschäft war jetzt alles leer. Gonzo fieberte. Der Minutenzeiger der Uhr unter der Decke sprang einen Strich weiter. Gonzo griff in die Tasche und machte die Suzie schußbereit. Seine Currywurst wurde kalt. Die Imbißfrau starrte auf ihren Fernseher.

Ein dunkler Typ mit Schnauzbart schritt die Rampe bei den Telefonen herunter. Lederjacke, Turnschuhe, Jeans. Geschmeidige Bewegungen, die nicht so zufällig waren, wie sie aussahen. Auf dem Weg zur Videothek sah er sich kurz um. Gonzo piekste nach einem Stück Currywurst und würgte es hinunter.

In der Tür des Videoladens tauchte ein Junge auf, der wohl Arkar junior vertrat. Er wechselte ein paar Worte mit dem dunklen Schnauzbart und verschwand wieder im Laden. Der Schnauzbart schlenderte zur Rampe zurück. Gonzo griff in die Tasche und startete die Suzie.

Eine ganze Weile passierte nichts. Dann kam Bewegung in die Mützenjungs bei der Säule weiter hinten. Aus dem Waffengeschäft trat eine schlanke Gestalt in grüner Bomberjacke, eine Baseballkappe auf dem Kopf und ein dunkles Tuch um den Hals. Gonzos Magen zuckte, und er krümmte sich zusammen, daß er beinahe die Tasche mit der Suzie vom Tisch gestoßen hätte. Sonja. Wenn sie ihn hier erkannte, konnte er sich einsargen lassen.

Erst jetzt sah er die beiden Männer, die über die Rampe von der Teichstraße herunterkamen. Einer war der Schnauzbart mit der Lederjacke. Der andere war älter, trug Mantel und Hut. Gonzo erkannte Arkar senior. Er hatte einen Aktenkoffer dabei. Genau wie letzten Freitag. Fast im Gleichschritt steuerten sie den Videoshop an.

Von links stürzten zwei der Jungs mit heruntergezogenen Masken heran. Sonja schloß zu ihnen auf, während sie ihr Halstuch vors Gesicht zog. Vor der Tür der Videothek war es dann soweit. Die Mützenjungs gingen Arkar und seinen Begleiter hart an. Einer rammte den Alten mit einem Bodycheck, der zweite schlug der Lederjacke die Beine weg.

Sonja zerrte an dem Aktenkoffer, den Arkar senior nicht loslassen wollte.

Fast im gleichen Moment schepperte es vorn beim Kaufhaus. Eine Schaufensterscheibe war zu Bruch gegangen, der Sicherheitsmann an der Tür versuchte vergeblich zwei kahlköpfige Burschen festzuhalten, die sich davonmachten. Das Ablenkungsmanöver lief perfekt; Passanten blieben stehen, keiner achtete auf die Szene vor dem Videoladen, wo Sonja jetzt Arkar das Knie zwischen die Beine rammte und endlich den Koffer in die Hand bekam. Sie raste los Richtung Passage, während die beiden Mützenjungs auf die Männer am Boden eintraten. Gonzo hing mit dem Kopf halb in der Reisetasche und verfolgte im Okular Sonjas Flucht. Er schwenkte die Kamera mit und bekam so noch auf Band, wie vorn beim Waffengeschäft jetzt der dritte Mützenjunge maskiert hinter der Säule auftauchte. Er übernahm den Aktenkoffer von Sonja und hetzte los durch die Passage zur südlichen Halle, während Sonja geradeaus weiterrannte zur Treppe, die aus der Halle zur Hauptpost hinaufführte.

Gonzo hörte jemand in einer Sprache brüllen, die er nicht verstand. Die beiden Türken vor dem Videoshop waren auf die Beine gekommen. Der in der Lederjacke fuchtelte mit einer Pistole herum. Es knallte zwei-, dreimal scharf, und hinter Gonzo fiel die Glasscheibe der Frittenbude in sich zusammen. Die Imbißfrau schrie wie am Spieß, als sie kapierte, daß das alles jetzt nicht mehr in ihrer Seifenoper im Fernsehen ablief, und warf sich zu Boden. Leute blieben stehen, andere rannten weg. Gonzo holte die Suzie aus der Tasche und nahm sie auf die Schulter. Das erste, was er im Okular sah, war das fassungslose Gesicht der Frittenfrau, die über ihre Theke spähte. Dann schwenkte er zu den Türken hinüber, die jetzt durch die Halle wetzten, um den Jungen zu verfolgen, der von Sonja den Koffer übernommen hatte. Vorn beim Kaufhaus drängte sich der Sicherheitsmann durch die Schaulustigen, die sich wegen der Kaufhausfensterscheibe zusammengerottet hatten, und sah den Türken verständnislos nach, wie sie in der langen Passage verschwanden.

»Kompliment, Freund Rottmeister«, murmelte Gonzo. »Alles generalstabsmäßig.«

Auf dem Weg durch die Passage, an dem Obststand und dem Croissantbäcker vorbei, sah Gonzo die beiden Türken ratlos zwischen den Säulen stehen. Arkar senior brüllte gestikulierend auf den mit der Lederjacke ein. Passanten verharrten neugierig, und die Mädchen im Croissantstand tuschelten miteinander. Gonzo hastete weiter, durch die südliche Halle, die Treppe zur Straßenbahn hinunter und weiter über den Bahnsteig. Die Tasche mit der Suzie zerrte an seinem Arm, sein Atem rasselte. Gleich morgen würde er wieder mit dem Joggen anfangen. Falls er dann noch lebte. Am Ende des Bahnsteigs bekam er Seitenstiche und zwang sich die Treppe zur Halle hinauf. Alles leer.

»Betty?«

Seine Stimme hallte von den gekachelten Wänden zurück. Nichts.

»Betty, verdammt!«

Keine Spur. Nicht bei den Fahrkartenautomaten, auch nicht hinter den Säulen. Gonzos Herz pochte. »Betty!«

Er lief die Treppe zur Huyssenallee hoch. Sein Hemd hatte er inzwischen durchgeschwitzt, oben empfing ihn der feuchtnasse Märzabend. Bettys Roller stand noch unter den Kolonnaden. Gonzo sah sich um. Wenn Betty Rottmeisters Jungen im Weg gestanden hatte...

»Alles klar?«

Er fuhr herum. Betty stand neben einer Säule und hatte den Camcorder vorm Auge. »Bitte lächeln!«

Das Bild war erstklassig, wenn man bedachte, daß sie es nur mit dem Camcorder aufgenommen hatte. Auf dem Monitor sah man einen Burschen, der mit dem Koffer vor der Brust die Stufen von der Straßenbahnebene hochhechelte. Oben stürzte er nach links. Den Schwenk hatte Betty etwas verrissen, aber sie bekam den Jungen wieder scharf, als er die Treppe zur Huyssenallee hinaufsprang. Das Bild wackelte und brach plötzlich ab.

»Weiterlaufen lassen«, sagte Betty. Sie saß gebannt vor Gonzos Schnitteinheit. Auf dem ersten Schirm war noch das Standbild von Gonzos letztem Schuß in der Nordhalle: Die Übergabe des Koffers von Sonja an den Burschen, der ihn durch die lange Passage gebracht hatte.

»Zwischendurch müssen sie noch einmal gewechselt haben«, sagte Gonzo. »Wahrscheinlich bevor es zur Straßenbahn hinunterging.«

»Da!« Bettys Band zeigte jetzt die verwackelte Treppe, hektische Schritte. »Der Typ hat den rechten Aufgang genommen. Der kommt auf der Huyssenallee vor der RWE raus. Also bin ich links hoch zu den Kolonnaden.«

Über den Monitor huschten weiter schwarze Granitstufen und kackgelbe Wandkacheln. Dann war Betty oben und hatte quer die Straße hinüber gefilmt. Das Bild zuckte, aber Gonzo sah auf der anderen Straßenseite den Burschen, der eben noch den Aktenkoffer geschleppt hatte, von einem dunklen Golf weglaufen. Der Wagen scherte aus seiner Parklücke und machte sich auf der Huyssenallee in Richtung Rüttenscheid davon. Der Kofferträger rannte zu einem hellen Mercedes, der mit eingeschaltetem Warnblinker an der Ecke zur Bismarckstraße stand. Die Beifahrertür sprang auf, und der Bursche warf sich in das Auto. Gonzo konnte noch nicht sehen, wer hinterm Steuer des Benz saß. Die Warnblinkanlage erlosch, und das Fahrzeug fädelte sich in den Kreisverkehr vor der Bahnhofsplatte ein.

»Jetzt kommt's!« Betty knabberte an ihren Fingernägeln.

Der Mercedes drehte eine volle Runde im Kreisverkehr, um in Richtung Westviertel auf die Bismarckstraße zu kommen, und rauschte nicht einmal fünf Meter von Betty entfernt auf der äußeren Spur vorbei. Hinter der Windschutzscheibe sah Gonzo Rottmeisters Gesicht, die Pokkennarben, die kleine Brille. Der Wagen wischte vorbei und bog auf die Bismarckstraße ein. Dann fiel das Bild zusammen.

»Bingo«, sagte Gonzo. »Du bist dein Geld wert, Mädchen!«

»Welches Geld?« fragte Betty.

Gonzo spielte die Bänder zurück und machte sich daran, die besten Szenen auf einer VHS-Kassette zusammenzuschneiden.

Auf dem Weg zurück zum Loft hatte er im Kombi den Polizeifunk abgehört. Wegen der Schießerei vor der Videothek ließen sie zwei Wagen ausrücken. Mehr war nicht passiert. Später dann nur eine Meldung über eine vorläufige Festnahme wegen Waffenbesitzes. Das mußte der Typ mit der Lederjacke gewesen sein.

Gonzo sehnte sich nach einer Dusche, aber zuerst wollte er das Band fertigstellen. »Genial geplant«, meinte er, als noch einmal zu sehen war, wie Sonja und die Mützenjungs Arkar den Koffer abnahmen. »Besonders die Stafette. Für einen Verfolger unmöglich hinterherzukommen.«

»Wieviel wird in dem Koffer gewesen sein?«

Gonzo zuckte mit den Schultern. »Fünfzig-, sechzigtausend vielleicht. Soviel haben die Bullen jedenfalls mal bei einer Durchsuchung gefunden.«

»Puh.«

»Es trifft ja keinen Armen.«

»Wofür wird er die Knete brauchen?«

»Der ganze Nazi-Kram, die Organisation, sein Verein, das geht wohl ins Geld.«

Er arbeitete eine Weile schweigend. Das Band würde spitzenmäßig werden. Action-Bilder, für die die Leute bei Sensationsmagazinen im Privatfernsehen sofort die Scheckbücher gezückt hätten. Underworld Germany. Das Verbrechen vor der Tür. Schade, daß er sie nicht verkaufen konnte. Er gab Betty eine Kopie des Zusammenschnitts. »Paß gut drauf auf. Wenn mir was passiert, kannst du sie deinem alten Herrn geben.«

Sie steckte die Kassette in ihren Rucksack. »Geben Sie Hassenkamp auch eine?«

»Hassenkamp ist ein Bulle.«

»Aber doch auch Ihr Freund. Irgendwie.«

»Ich hab keine Freunde.« Gonzo zog die Nase hoch. Den Schnupfen schleppte er nun schon seit einer Woche mit sich herum.

»Das ist doch Quatsch. Jeder hat Freunde.«

Gonzo packte die Kassetten zusammen und verstaute sie in seinem Stahlschrank.

»Waren Sie eigentlich mal verheiratet?« fragte Betty. Sie hatte sich in einen der Cocktailsessel gesetzt.

Gonzo drehte sich um. »Was denkst du?«

Ihr Blick hatte etwas Abwägendes. »Kann ja sein, daß Sie nicht immer so gewesen sind.«

»Wie bin ich denn?«

»Sie wissen das doch ganz genau.«

»Dann kannst du's ja auch sagen.«

Sie scharrte mit dem Fuß über den Boden. »Ich denke, im Grunde sind Sie gar nicht so ekelig, wie Sie immer tun.«

»Ach nein?«

»Nein.«

Gonzo stand auf. »Das macht mir ja nun nicht gerade Mut!«

»Wieso?«

»Du kannst jetzt Feierabend machen.«

»Ich…«

»Ich sag Feierabend. Montag geht's weiter. Punkt neun Uhr.«

Nachdem sie gegangen war, griff er zum Telefon und drückte Rottmeisters Nummer.

Er nahm selbst ab. »Druck und Verlag Wosniak, Rottmeister!«

»Gonschorek«, sagte Gonzo. »Ich wollte auf Ihr Angebot für ein Interview zurückkommen.«

15

Gonzo hatte den Polizeifunk leiser gedreht. Außer Routinemeldungen war sowieso nichts los. Der Asphalt schimmerte naß im Licht der Lampen. Der Regen hatte aufgehört. Es war kurz vor zehn, der Verkehr floß gemächlich über die A 52. Gonzo bog auf die Bredeneyer Straße in Richtung Werden ein. Die Tachonadel stieg nicht über fünfzig. Er hatte keine Lust auf Schwierigkeiten.

Rottmeisters Druckerei lag gleich hinter der Ruhrbrücke, im alten Werdener Dorfkern. Gonzo kurvte einmal durch die verwinkelten Straßen in der Umgebung, bis er einen Parkplatz fand. Er nahm die Kassette von der Mittelkonsole und stieg aus. Bei Rottmeister brannte Licht. Gonzo klingelte.

»Herr Gonschorek?« Die Frau, um die vierzig, verstrahlte den adretten Charme einer bürgerlichen Hausfrau: ein bißchen Übergewicht, ein paar Falten, ein paar graue Haare in der brünetten Dauerwelle. Gonzo folgte ihr durch die lange Diele, die nach hinten zum Hof führte. Sie drückte auf einen Schalter, eine Lampe flammte auf. Die Druckerei war in einem länglichen Flachbau untergebracht, die Jalousien an allen Fenstern waren heruntergelassen. Im Hof standen der helle Benz und der alte Kübelwagen. Im Anbau stand eine Tür offen. Leise Maschinengeräusche drangen zu ihnen hinüber. Sie zeigte über den Innenhof. »Mein Mann erwartet Sie.«

Gonzos Magen meldete sich wieder. Er betrat die Drukkerei und durchquerte die Halle. Rottmeister stand am Ende des langen Raumes hinter einer Schneidemaschine. Stapel für Stapel lief auf rasselnden Rollen unter das Messer, wurde von Seitenschienen justiert, dann legte sich ein Metallbügel über das Paket, und das Fallbeil glitt durchs Papier.

»Saubere Arbeit.« Gonzo trat näher. Er versuchte die Aufschrift auf dem obersten Blatt zu lesen.

Rottmeister schaute hoch, stellte die Maschine ab. Mit einem leisen Zischen kam das Messer über einem Stapel zum Stillstand. Rottmeister lächelte. Er trug Schwarz; auf der Brusttasche seines Hemdes schimmerte eine Spange mit einem silbernen Totenkopf.

»Schön, daß Sie für unser Anliegen Zeit gefunden haben.« Sein Händedruck war kräftig. »Gehen wir ins Büro!« Er ließ Gonzo keine Chance, sich die Palette mit den bereits fertig geschnittenen Drucken zu betrachten, sondern führte ihn durch eine Glastür in einen Raum mit einem Schreibtisch, einer Sitzgruppe mit zwei Ledersesseln und einem großen, beleuchteten Aquarium. An den Wänden hingen Arbeitspläne, Werbekalender und alte Wahlplakate von rechten Parteien. Neben dem großen Aquarium stand ein kleineres Glasbassin, in dem sich ein gutes Dutzend Fische drängten. In der Ecke daneben gab es einen Videoprinter, einen großen Kopierer und eine Belichtungseinheit, auf dem Schreibtisch daneben standen

Fax, Computer, Telefonanlage und ein Modem. Alles nur vom Feinsten. Die braunen Druck-Erzeugnisse mußten sich bezahlt machen.

»Nehmen Sie Platz!« Rottmeister holte eine Flasche und zwei Gläser aus einem Aktenschrank. »Fürst Bismarck.« Er schenkte ein und reichte Gonzo ein Glas.

»Danke«, sagte Gonzo und wartete. Rottmeister blieb vor den Aquarien stehen und griff nach einem kleinen Kescher. Er angelte ein paar Fische aus dem kleinen Becken und schüttete die zappelnden Tiere in das große. Zwischen den Steinen und Pflanzen bewegte sich etwas. Ein handlanger, bläulicher Schatten huschte durchs Wasser. Blutrote Flossen peitschten die Oberfläche. Die grünen Pflanzenwedel schaukelten. Dann beruhigte sich das Wasser wieder.

»Betta splendens.« Rottmeister kam zu Gonzo herüber. »Thailändischer Kampffisch. Ein Prachtexemplar. Fürchtet keinen Gegner.« Er blickte zufrieden auf das Aquarium, wo die roten Schwanzflossen des Fisches wieder im Grün der Wasserpflanzen verschwanden.

Gonzo lehnte sich in seinem Ledersessel zurück. An der Wand gegenüber hing eine Weltkrieg-II-Szene in Wüstensand und Öl. Auf dem Bücherregal daneben linste zwischen den gesammelten Erzeugnissen des Verlages Wosniak eine Hitlerbüste aus dunklem Stein hervor.

»Also!« sagte Rottmeister. »Für welche Redaktion wollen Sie das Interview aufnehmen?«

»Das kommt darauf an.«

»Verstehen Sie mich bitte nicht falsch, aber ich habe natürlich kein Interesse daran, mich am Ende in einem von diesen kommunistisch unterwanderten Kampfmagazinen wiederzufinden, die Woche für Woche ihr gefährliches Gedankengut über die deutsche Schuld am Krieg, die Wiedergutmachung und die Aussöhnung mit dem Sowjetreich verbreiten. Der ›Verein für nationales Kulturgut‹ möchte...«

»...nur im besten Licht dastehen, schon klar«, sagte Gonzo. Er holte die Kassette aus der Jackentasche und legte sie auf den Tisch. »Eine kleine Arbeitsprobe. Vielleicht schauen Sie mal rein?«

Rottmeister sah ihn einen Moment unsicher an. »Ich verstehe nicht ganz...«

Gonzo rang sich ein Lächeln ab. »Bilder sagen mehr als tausend Worte. So heißt es doch, oder?«

Rottmeister langte hinüber, schob die Kassette in den Schacht des Videoprinters und schaltete das Gerät ein. Auf dem Abtasterbildschirm erschienen die ersten Bilder von der Bahnhofshalle. Rottmeister zog scharf die Luft ein. Er saß senkrecht in seinem Sessel.

»Ein Dokumentarfilm, in gewisser Weise«, sagte Gonzo. »Sie können ruhig ein paar Prints ausdrucken lassen. Vielleicht geht es auch als Bildband.«

Rottmeister rührte sich nicht vom Fleck, während die Bilder abliefen. Der Überfall, die Übergabe des Koffers. Bettys Aufnahmen und zum Schluß Rottmeisters Gesicht hinter der Windschutzscheibe des fliehenden Mercedes.

Es war still im Raum. Gonzo fing an zu schwitzen. Es kam ihm vor, als würde aus dem Aquarium der Geruch von toten Fischen herüberwehen. Vom Bücherregal behielt der Führer alles fest im steinernen Blick. Rottmeister schaltete das Band ab. »Unter anderen Umständen würde ich Ihnen meine Hochachtung aussprechen«, sagte er leise. »Ich schätze professionelle Arbeit.«

Gonzo sagte nichts.

»Sie haben da einigen... Spürsinn bewiesen«, fuhr Rottmeister fort.

Gonzo sagte immer noch nichts. Rottmeister stand auf und ging ein paar Schritte zum Bücherregal. In der Halle draußen summte etwas.

»Nur weiß ich nicht, ob Sie sich darüber klar sind, in welche Schwierigkeiten Sie sich mit diesen Aufnahmen bringen können.«

»Ich bin an Schwierigkeiten gewöhnt«, sagte Gonzo.

»So?« Rottmeister griff nach dem Kescher und fischte eine kleine Goldbarbe aus dem Becken. Er betrachtete das Tier eine Weile, wie es im Netz nach Luft zappelte, ehe er es zu dem Kampffisch ins Wasser warf. Gonzo lief ein Schweißtropfen ins Auge. Rottmeister verfolgte interessiert den kurzen Tumult im Aquarium. Blutschlieren tanzten durchs Wasser.

»Ich vermute, es hat wenig Zweck, Ihnen etwas von Ehre und Treue zu erzählen«, sagte er. »Es hat Zeiten gegeben, in denen so ein kleiner Schmarotzer wie Sie es nicht gewagt hätte, sich zum Richter über Menschen zu erheben, die dort gehandelt haben, wo dieser verrottete Staat Tag für Tag vor dem Verbrechen kapituliert, das hemmungslos über die Grenzen ins Land flutet. Wir sind aufrechte Deutsche, die...«

»Schnauze!« sagte Gonzo. »Das ist hier keine von Ihren Erweckungsfeiern.«

Rottmeisters Kinnmuskeln arbeiteten. »Also?« sagte er schließlich. »Was ist es dann?«

»Eine Geschäftsverhandlung«, sagte Gonzo.

Rottmeister grinste schmal. »Sie wollen Geld? Natürlich. Woran könnte jemandem wie Ihnen sonst etwas liegen?«

»Zum Beispiel an meiner Ruhe«, schlug Gonzo vor.

Rottmeister ließ den Kescher sinken. »Und damit kommen Sie zu mir? Ich versteh nicht ganz...«

»Hören Sie doch auf«, fuhr Gonzo ihn an. »Die Bullen denken, daß ich die Polin aus dem Bahnhof umgebracht habe, der Ihr spezieller Freund Schreiter oben auf der Margarethenhöhe den halben Kopf weggeblasen hat. Ich will, daß das aufhört, klar? Sie sorgen dafür, daß Schreiter sich stellt.«

Rottmeisters Blick flackerte einen Moment. Er schüttelte ungläubig den Kopf. »Was für ein krankes Gemüt müssen Sie haben? Kommen hierher, versuchen mich unter Druck zu setzen, erheben Anschuldigungen, die darauf schließen lassen, daß Sie unter Verfolgungswahn oder sonsteiner paranoiden Störung leiden…«

Gonzo klebte inzwischen das Hemd am Körper. »Schreiter hat das Maul nicht halten können«, sagte er. »Woher hat er denn gewußt, daß die Polin sich inzwischen die Haare gefärbt hatte, wenn er nicht vorher dagewesen ist und sie erschossen hat?«

»Wenn Sie sich da so sicher sind, warum gehen Sie damit nicht zur Polizei?« fragte Rottmeister.

»Zerbrechen Sie sich nicht meinen Kopf. Ich bin hier, und ich hab ein Band, mit dem ich Ihnen das Leben schwermachen kann. Sagen Sie mir, wenn ich irgendwo falschliege: Schreiter hat irgendwann angefangen, mit Ihnen und Ihrer Truppe rumzukaspern. Bei seinem Job im Bahnhof hat er mitgekriegt, was da unten in der Videothek wirklich läuft und daß man bei den Türken eine Menge Kohle abgreifen kann. Mit seiner Schnüffelkamera kundschaftet Schreiter alles aus, und Sie drillen Sonja und Ihre Jungs für die Stafettenummer. Was haben Sie denen erzählt? Kommando Werwolf? Operation Bahnhofsklo? Eliteeinheit für die deutsche Sache?«

»Machen Sie sich nur lustig über diese jungen Menschen, die sich tapfer und heldenmutig dafür eingesetzt haben, daß diesen anatolischen Rauschgiftgangstern endlich einmal gezeigt wird, daß sie hier nicht erwünscht sind.« Rottmeister legte den Kescher zur Seite und ging hinüber zum Schreibtisch.

»Hat Ihnen Schreiter diesen ganzen vaterländischen Scheiß auch abgekauft?«

»Schreiter!« sagte Rottmeister verächtlich. »Ein Prolet.

Ich bezweifle, daß er jemals begriffen hat, worum es wirklich geht. Mit seinen Kameras und seinen Kollegen vom Wachdienst, da fühlt er sich stark. Erpreßt auf seine miese Art diese Geschöpfe, die sich da am Bahnhof rumtreiben.«

»Und dabei ist dann auf einmal alles schiefgegangen, oder?« setzte Gonzo nach. »Gorny bekommt Streit mit der Polin. Die droht, daß sie zur Polizei gehen will... Gorny kriegt die Panik und funkt das sofort an Schreiter oben im Leitstand, und dem gehen die Nerven durch.«

»Er durfte nicht zulassen, daß die Polin möglicherweise der Polizei etwas über die Kamera vorquatschte, mit der er die Videothek beobachtet hat. Genausowenig wie dieser Penner mit seiner Krücke, der sich da unten rumtrieb, als Gorny und Schreiter die Kamera einbauten.«

Gonzo hätte fast laut gelacht, als er auf einmal begriff, daß alles nur auf einem Mißverständnis beruhte. Dana mit ihren bescheidenen Deutschkenntnissen hatte etwas von Video und Polizei erzählt und damit gemeint, daß die Wachmänner mit ihrer Videoanlage oben in der Halle überwachten, wer sein Standgeld bezahlte. Gorny und Schreiter hatten wohl allerdings sofort an ihre Schnüffelkamera vor dem Laden der Arkars gedacht. Schreiter hetzte Rottmeisters Skins auf die Spur des Krückenmax, der den Überfall im Stadtgarten bestimmt nicht überlebt hätte, wenn Gonzo nicht dazwischengekommen wäre. Daß der Krückenmax Gorny auf dem Bahnhofsklo die Flasche über den Kopf gezogen hatte, war niemandem klar gewesen und interessierte damals keinen außer Gonzo und Schäfer. Jeder, Behrendt inklusive, hatte Dana für Gornys Mörderin gehalten. Und weil Schreiter nicht riskieren konnte, daß sie der Polizei in die Hände fiel, hatte er alles daran gesetzt, sie vorher zu finden, um sie zum Schweigen zu bringen.

»Schreiter wußte, daß ich die Polin suche. Er hat mir jemand hinterhergeschickt, ja?«

»Ja. Denn je länger Sie herumgeschnüffelt haben, desto lästiger sind Sie geworden, Gonschorek.«

»Durch mich findet Schreiter die Polin und erschießt sie. Dann entdeckt er mich unten bei seiner Kamera und schickt mir Ihre beiden Schläger hinterher.« Gonzo fror auf einmal. »Die sollten mich nicht nur verprügeln, oder?«

»Nein«, sagte Rottmeister. »Leider haben Olli und sein Freund ihren Auftrag nicht vollständig durchführen können.«

Gonzo hätte sich nicht träumen lassen, daß er Behrendt und seinen Bullen jemals dafür dankbar sein würde, daß sie an diesem Tag auch hinter ihm her gewesen waren. »Als dann der Türke aus dem Videoladen bei Ihrem Klamauk am Bunker aufgetaucht ist, hat Olli durchgedreht und draufgehauen, nicht wahr?«

Rottmeister hob die Schultern. »Bei derart komplexen Unternehmen gibt es immer einige Unwägbarkeiten.«

Gonzo schwieg eine Weile. Dann sagte er: »Gut. Kommen wir zum Geschäft. Ich habe das Band. Sie haben Schreiter. Wir tauschen.«

Rottmeister lächelte nachsichtig. »Ich glaube, Sie überschätzen sich da ein bißchen.« Sein Gesicht war hart. »Sicher, die Polizei wird es interessant finden, sich Ihr Band anzusehen. Mag sein, daß es einige Ermittlungen gegen die beteiligten Jugendlichen gibt. Keiner ist über achtzehn. Jugendsünden, verstehen Sie? Es gibt keine Anzeige aus dem Videoshop. Zweifelhaft, ob man unter solchen Umständen überhaupt ein Verfahren eröffnen wird.«

»Wer sagt denn, daß ich mit dem Band zur Polizei will?« sagte Gonzo langsam. »Ich denke, die Türken aus dem Videoshop haben viel mehr Interesse.«

Rottmeister senkte den Blick.

»Die küssen mir die Füße, wenn ich ihnen das Band bringe«, sagte Gonzo. »Und dann können Sie sich warm anziehen, Rottmeister. Denn Sie haben im Moment etwas, was den Türken gehört, und die werden nicht eher Ruhe geben, bis sie ihr Geld zurückhaben und Ihren Skalp dazu.«

»Sie sind wirklich der widerlichste Aasgeier...«

»Geschenkt«, sagte Gonzo. »Wir machen das Geschäft. Schreiter gegen das Band.«

»Sie stellen sich das so einfach vor. Schreiter wird nicht zur Polizei gehen, nur weil ich es ihm sage.«

»Dann lassen Sie sich verdammt noch mal was einfallen. Wer ist denn hier der große Stratege?«

»Ich nehme an, daß Sie einige Kopien von dem Band gezogen haben?«

»Ich bin ein vorsichtiger Mensch.«

»Sie bieten mir an, daß Sie das Band und seine Kopien unter Verschluß halten?«

»Ja.«

»Welche Garantie habe ich, daß Sie Ihren Teil der Vereinbarung einhalten?«

»Keine.«

»Das ist nicht viel.«

»Besser als gar nichts.« Gonzo roch seinen eigenen Schweiß und fühlte sich gemein, dreckig und ekelhaft. »Und nur der Form halber: Es hat keinen Zweck, daß Ihre Jungs in meiner Bude irgendwelche Kommandounternehmen veranstalten. Sie kennen das doch aus dem Fernsehen: eine Kopie des Bandes liegt mit einer eidesstattlichen Versicherung bei einem Anwalt. Wenn mir etwas zustößt, geht er damit zur Polizei. Ach ja, und eine zweite Kopie gibt er im Videoladen ab.«

Rottmeister verzog das Gesicht. Er hatte die Fäuste geballt.

»Tut mir leid«, sagte Gonzo. »Ich hab auch nie gedacht, daß ich mich auf so ein Niveau begeben würde.«

»Ich habe Sie unterschätzt«, sagte Rottmeister.

»Das passiert uns Schmarotzern immer wieder.«

Rottmeister drehte sich zum Aquarium um und sah dem Kampffisch bei den Resten seiner Mahlzeit zu. Gonzo kam es vor, als hätte er bereits den ganzen Tag in diesem Büro verbracht, vor dem Kriegsbild und den Fischbecken, festgeklebt in dem Ledersessel.

»Also?« fragte er, ehe ihm der Hals zu eng werden konnte. »Sind wir im Geschäft?«

Rottmeister drehte sich um. Sein Blick war wieder gelassen, so, wie Gonzo ihn vor seiner Rede im Bunker gesehen hatte. »Es wird einmal der Tag kommen, an dem Sie das noch bereuen werden«, sagte er. »Bis dahin rate ich Ihnen, Ihren Teil der Vereinbarung einzuhalten.«

Gonzo stand auf. Zu seinem Erstaunen trugen ihn seine Beine sogar. »Das wär's dann wohl!« sagte er. Rottmeister rührte sich nicht von der Stelle. Gonzo grinste schief. »Bemühen Sie sich nicht. Ich finde schon allein hinaus.«

Gonzo fuhr über die Dörfer zurück. Fischlaken, Kupferdreh. Er stellte den Polizeifunk ab, ließ auch das Radio aus. Im zweiten Gang gondelte er über die Landstraße. Ganz langsam ließ die Anspannung nach. An der Kaserne in Kupferdreh nahm er die Auffahrt zur Schnellstraße und rollte die Ruhrallee hoch in Richtung Innenstadt. An der Kreuzung Töpferstraße mußte er an der Ampel halten. Gegenüber dem Ruhrgas-Haus leuchteten an der Ecke zwei rote Drachen über dem Eingang eines Chinesen. Goldene Säulen links und rechts der Tür und ein Teppich bis auf den Bürgersteig.

Bei dem Gedanken an die Tiefkühlpizzas in seinem Kühlfach im Loft rebellierte sein Magen. Gonzo setzte zurück und ergatterte gerade noch vor einem roten Kombi den letzten Parkplatz am Straßenrand.

Die mandeläugige Kellnerin trug ein chinesisches Kostüm und übersah Gonzos Aufzug mit Jeans, Turnschuhen und der abgewetzten Lederjacke mit asiatischem Gleichmut. Sie dirigierte ihn freundlich an den Tisch neben den Toiletten und empfahl Gonzo das Menü des Hauses. Gonzo lehnte dankend ab und wählte à la carte.

Die nächsten zwei Stunden verbrachte er mit einem halben Dutzend Vorspeisen und einer kroßgebratenen Pekingente samt Wildreis und Palmenherzen von der Spezialitätenkarte. Hinterher gönnte er sich noch eine Schale Lychees auf Eis und den orangefarbenen Likör, den ihm die Bedienung als Aufmerksamkeit des Hauses zusammen mit seinem Glückskeks brachte. Er trank und brach das Gebäck auseinander.

»Der frühe Vogel fängt den Fisch«, sagte das Orakel auf dem dünnen Papierstreifen. Was immer es auch bedeuten mochte. Gonzo bestellte noch einen Likör. Zum Schluß gab es noch heiße Tücher für Stirn und Hände. Gonzo verlangte die Rechnung und ließ seinen letzten Hunderter auf dem Tablett liegen, ohne auf das Wechselgeld zu warten. An der Tür buckelte der Chef. »Auf Wiedersehen! Noch viele glückliche Tage.«

»Das wird sich zeigen«, sagte Gonzo.

Er kletterte schwerfällig in seinen Wagen und nahm die Huttrops Straße in Richtung Norden. Mittlerweile war es fast halb eins. Kurz vor der Altenessener Straße überholte ihn eine Polizeistreife. Automatisch ging Gonzo vom Gas. Der Streifenwagen blinkte ihn mit der Lichthupe an, ehe er überholte. Nach dem ersten Schreck entdeckte Gonzo, daß Hoffmeister und Bantzok vom 14. Revier darin saßen. Hoffmeister winkte müde herüber, Gonzo winkte ebenso erschöpft zurück. In seinem Magen rumorte die Ente oder die Lychees, oder alles zusammen.

Gleich darauf ließ er den Kombi durch die Toreinfahrt

rollen. Blaukaltes Licht empfing ihn. Der Hausbesitzer hatte die Lampen im Durchgang und im Hinterhof erneuert. Gonzo stieg beruhigt die Stufen zu seinem Loft hinauf.

Ein kühler Lufthauch wehte durch den Raum. Die Anzeige am Anrufbeantworter leuchtete. Gonzo ließ das Band zurücklaufen. Schäfer hatte sich verewigt. »Ich hab einen Tip gekriegt, wo der Krückenmax sich rumtreibt. Spätestens morgen hab ich ihn aufgetrieben. Du weißt ja, ich bin ihm noch was schuldig.« Dann Herbert: »Nur wenn es dich interessiert, Gonzo, morgen um halb vier ist Abnahme für Schäfers Polizeifeature.« Eine Weile war nur Rauschen auf dem Band. Dann sagte Betty: »Ich wollte nur fragen, wie's ausgegangen ist…«

»Das würde ich auch gerne wissen«, dachte Gonzo und holte den Wodka aus dem Kühlschrank. Später schlief er irgendwann ein und träumte wirres Zeug von Rottmeister, der ihn unter der Papierschneidemaschine zerstückeln und an seinen Kampffisch verfüttern wollte. Gonzo wurde übel, und er fuhr aus dem Schlaf.

Im Loft herrschte Dämmerlicht. Draußen graute es bereits. Gonzo merkte, daß ihm wirklich schlecht war, und er schleppte sich ins Bad. Er kam gerade noch rechtzeitig vor der Toilette auf die Knie, ehe das ganze Chinesenzeug wieder hochkam. Er würgte und spuckte, bis er jede Mark von dem Hunderter wieder ausgekotzt hatte. Gonzo spülte sich den Mund aus und kroch auf allen vieren zurück ins Bett.

16

Erst kurz nach Mittag kam er wieder zu sich. Sein Kopf fühlte sich schwammig an, und er hatte Magenschmerzen. Er tastete nach dem Radio und geriet mitten in die Werbung für die neuen Babywindeln mit dem Ultraschutz. Stöhnend rappelte Gonzo sich auf. Sein Hals brannte, und beim Gedanken an den Kaffee, der schon seit Stunden fertig auf der Warmhalteplatte der Maschine köchelte, verkrampfte sich sein Magen.

Er wankte ins Bad und stellte sich unter die Dusche. Im Mund hatte er einen pelzigen Geschmack, der auch nicht wegging, als er ihn mit dem grünen Zeug ausspülte, von dem er letzten Monat eine Probeflasche im Briefkasten gefunden hatte. Nach einer halben Stunde war er endlich soweit, daß er sein Bild im Spiegel wiedererkannte. Er stopfte seine Sachen in den Wäschesack, holte sich neue aus der Kleiderkiste und zog sich an. Dann riskierte er die erste Tasse Kaffee.

Im Programm des Lokalradios verbreiteten sie gnadenlose Fröhlichkeit. Gonzo schaltete den Apparat ab und setzte sich mit der nächsten Tasse an den Bistrotisch am Fenster. Der Kater ließ in den nächsten beiden Stunden soweit nach, daß er glaubte, wieder auf die Piste gehen zu können.

Er stand schon in der Tür, als das Telefon zirpte. Der Automat meldete sich, und Gonzo hörte im Zuschließen noch Schäfers Stimme.

Die Luft draußen war frisch, und ein Hauch von Frühling lag darin. Der Himmel strahlte, sogar die Sonne war herausgekommen. Gonzo atmete tief durch, ehe er sich in den Kombi schwang und sich auf den Weg in Richtung Innenstadt machte.

An der Gladbecker Straße staute sich der Samstagsverkehr in Zweierreihen vor dem Elektronikkaufhaus. Gonzo war froh, als es in Höhe der Uni endlich etwas zügiger voranging. Aber schon nach ein paar hundert Metern war wieder Stau angesagt. Langsam rollte er auf die grün-weißen Streifenwagen und den Kleintransporter zu. Polizisten winkten stichprobenartig Wagen aus dem Stau heraus. Gonzos Nakkenhaare stellten sich auf, als der Posten die rote Kelle geradewegs vor seine Kühlerhaube schwenkte. Dann erkannte er, daß es Endrulat war, mit dunklen Ringen unter den Augen. Gonzo fuhr rechts ran. Endrulat winkte einen Kollegen heran, der ihn vertreten sollte, und kam zu Gonzo an den Wagen. Gonzo kurbelte die Scheibe einen Spaltbreit herunter.

»Tag, Hitchcock«, sagte Endrulat und ging um den Kombi herum. Er öffnete die Beifahrertür und schwang sich zu Gonzo in den Wagen. »Gut, daß du vorbeikommst.«

»Was ist los?«

»Sag deinem Freund Schäfer, daß er sich so schnell bloß nicht wieder blicken lassen soll.« Endrulats Stimme klang müde und gereizt.

»Schäfer ist nicht mein Freund.«

»Sag's ihm trotzdem. Für die Scheiße, die er uns gestern eingebrockt hat, kriegt er noch seine Quittung. Überstunden ohne Ende wegen dem Dreckspenner, den er gesucht hat.«

Endrulat erzählte, daß Schäfer auf seiner Suche nach dem Krückenmax wohl die ganze Pennerszene aufgemischt hatte. Dabei hatten die Stadtratten ihm ein paar Geschichten von Überfällen aufgetischt. »Glatzköpfe und rechte Schläger, die arme, wehrlose Berber verprügeln«, sagte Endrulat. »Und die Polizei würde zugucken, oder wir würden die Opfer höchstens raus zur Stadtgrenze fahren und abladen. Der ganze Scheiß, den sie uns immer anhängen. Gegen Mittag hat Schäfer dann die Pressestelle beim Präsidium angerufen und deswegen eine Stellungnahme verlangt. Schicksal des Obdachlosen Maximilian Offergeld, Opfer eines Überfalls im Stadtgarten, welche Ermittlungen da geführt würden und so weiter und so weiter.«

»Das ist sein Job«, sagte Gonzo lahm. »Schäfer ist Reporter.«

»Ein Arsch ist das«, fuhr Endrulat ihn an. »Weil nämlich

zwei Stunden drauf der Pressesprecher uns vom 14. hochgescheucht hat. Was denn bei uns los wäre. Wieso er denn wieder nichts erfahren hätte. Rechte Gewalt, sensibles Thema und den ganzen Mist. Wir sollten ihm alle Vorgänge der letzten Wochen rüberschicken. Aber subito und vollständig. Und das alles nur wegen einem Pennerwilli.«

Gonzo wartete schweigend, bis Endrulat sich wieder beruhigt hatte, ehe er fragte: »Und weiter?«

»Und weiter? Das kann ich dir sagen. Wir haben dem die Berichte geschickt und sind dann los und haben die Pennerplatten geputzt, damit dein Schäfer uns nicht noch mehr Schlamm aufwühlt.«

»Der hat doch nur einen gesucht. Den mit der Krücke.«

»Der hätte jeden genommen für seine Gruselgeschichten, dafür wette ich aber mit dir. Also haben wir die Willis alle rausgefahren aus der Stadt. Den mit der Krücke auch.«

Gonzo fuhr herum. »Was habt ihr mit ihm gemacht?«

»Der ist verreist. In den Osten«, sagte Endrulat und erzählte ihm den Rest der Geschichte. Die meisten Stadtratten hatten sie nur bis raus nach Mülheim oder Gladbeck gebracht. Voller Einsatz, ein Haufen Überstunden und dazu der Schreibkram wegen der Akten, die sie noch auf Vordermann bringen mußten. Den Krückenmax hatten sie am Güterbahnhof Frohnhausen aufgestöbert und ihn der Einfachheit halber gleich in einen offenen Güterwagen verladen. »Vierter Klasse Warschau«, sagte Endrulat mit einem zufriedenen Grinsen. »Also: steck deinem Schäfer, daß er sich warm anziehen kann, wenn wir ihn bei der nächsten Verkehrskontrolle erwischen. Seinen Wagen dürfte er ja inzwischen wiederhaben.«

Gonzo bestand darauf, daß es nicht »sein« Schäfer sei.

»Ihr seid doch alles ein Pack«, sagte Endrulat, ehe er ausstieg. »Und jetzt hau ab, sonst gehen wir mal deinen Verbandskasten durch!«

Auf dem Hof des Zeitungskomplexes waren alle Parkplätze besetzt. Lieferwagen und Kleintransporter drängten sich sogar auf den Plätzen der Geschäftsführung. In den Fenstern der beiden Zeitungsredaktionen hingen Volontäre und freie Mitarbeiter und sahen zu, wie Möbelpacker Bürokram aus dem Fernsehbunker herausschleppten.

Der Pförtner kam armfuchtelnd aus seinem Glaskasten, um Gonzo zu vertreiben. Dann erkannte er ihn, holte einen Vierkantschlüssel aus seiner Loge und legte für Gonzos Kombi einen Metallpfosten auf einer gesperrten Fläche um.

»Danke Zeitz«, sagte Gonzo beim Aussteigen. »Weiter so.« Er wies auf die Transporter. »Großes Aufräumen, was?«

»Die ganze erste Etage«, die Stimme des Pförtners erstarb vor Ehrfurcht.

Im Studio wieselten alle durcheinander. Die Türen zur Chefredaktion standen offen. Sekretärinnen räumten ihre Schreibtische aus. Jemand brüllte: »Du Arschloch!«, und eine Stimme aus dem Chefbüro schrie zurück: »Ab heute Sie Arschloch!«

Die Blonde im Redaktionssekretariat saß heulend auf ihrem Drehstuhl und starrte fassungslos auf die Pappkartons. Ein Typ in Maßanzug, weißem Hemd und handgearbeiteten Schuhen schritt blaß und grußlos mit seinem Aktenköfferchen an Gonzo vorbei zum Fahrstuhl.

Gonzo stöberte Herbert im Nachbearbeitungsraum auf. Der Redakteur saß mit einer Flasche Sekt vor seinem Monitor und prostete Gonzo zu.

»Kleine Abschiedsfeier?« fragte Gonzo.

»Quatsch!« grinste Herbert. »Die Redaktion bleibt. Abschaum schwimmt eben immer oben!« Er deutete mit der Flasche zur Decke. »Sie haben uns alle an den Sender in Köln verscherbelt, und die ganze Chefetage von uns hat heute morgen ihr Kündigungsfax gekriegt. Morgen kommen die Kölner und krempeln hier alles um. Das Regionalmagazin bleibt auf Sendung, damit sie ihre Antennenlizenz nicht verlieren, aber wir dürfen dann auch noch für ihre Nachrichtenzentrale und die ganzen Schmuddelmagazine knechten, die sie produzieren.« Er suchte zwischen den Kassetten und Bändern ein leeres Glas und schüttete es Gonzo voll. »Willkommen bei den Galeerensklaven.«

»Na, dann prost!« Gonzo trank den Sekt in einem Zug aus. »Ist Schäfer schon da?«

»Hat vorhin angerufen. Kommt eine Viertelstunde später. Du sollst auf ihn warten.«

In der nächsten halben Stunde leerten sie zusammen mit einem Kollegen vom Lokalsport noch eine Flasche. Gonzo sah Herbert bei der Arbeit zu, wie er die Bilder für einen Beitrag über die Frühjahrskirmes zusammenstellte. Als sie gerade gemeinsam den zweiten Achterbahnlooping drehten, kam Schäfer hereingepoltert.

»Typisch«, sagte er zu Gonzo. »Während du hier rumsäufst, geht draußen unsere Story in die Binsen.«

»Welche?«

»Die Bahnhofsgeschichte. Ein bißchen Unterstützung, und ich hätte den Krückenmax gehabt. Aber du hast es ja nicht nötig, mal zurückzurufen, ja?«

»Ich hatte eine lange Nacht.«

Herbert hatte mittlerweile ein weiteres Glas aufgetrieben und schenkte Schäfer den Rest des Sektes ein. Der schmiß zwei weiße Tabletten ins Glas und wartete, bis sie sich sprudelnd auflösten, ehe er trank. »Mit dir Penner mache ich nie wieder eine Geschichte!« sagte er zu Gonzo.

»Was ist nun mit dem Krückenmax?« wollte Gonzo wissen. »Du hast wieder mal alles vermasselt, du Super-Reporter, ja?«

Schäfer erzählte, wie er alle Berber abgegrast und nach ihrem Kollegen mit der Krücke ausgefragt hatte. »Da ist viel mehr drin in der Geschichte, als du dir überhaupt je vorstellen kannst«, sagte er. »Da gibt's wohl rechte Schlägertrupps, die systematisch Penner zusammenhauen. Ich hab deswegen bei der Bullenpressestelle nachgehakt, und sie sind sofort die Wände hochgegangen deswegen. Und dann hab ich unten an der Porschekanzel von so einem Verlausten den Tip gekriegt, daß der Max sich am Güterbahnhof Frohnhausen rumtreiben soll, in der Nähe von der Stelle, wo vor einem halben Jahr so ein Tätowierter abgekratzt ist.«

»Du bist natürlich sofort hin«, sagte Gonzo gespannt.

»Denkste. Als ich von der Porschekanzel zur Schützenbahn zurückkomme, ist mein Wagen weg.«

»Geklaut?« fragte Herbert.

»Irgendein bescheuerter Kontrolletti hat ihn abschleppen lassen.«

»Reicht's bei dir jetzt nicht mal mehr für die Mark für die Parkuhr?« Gonzos Schadenfreude wuchs noch ein Stück.

»Von wegen. Ich soll auf dem Gully gestanden und ein städtisches Kanalreinigungsfahrzeug an der Arbeit gehindert haben.« Schäfer warf eine grüne Pille ein. Wahrscheinlich gegen die Wut. »250 Mäuse und zwei Stunden Gerenne, bis ich die Karre wiederhatte. Am Bahnhof Frohnhausen habe ich dann nur noch einen Pennerplatz gefunden, mit Tüten und leeren Flaschen und der Krücke, aber der Typ war nicht aufzutreiben.«

»Pech«, sagte Gonzo und dachte an den Krückenmax. Wahrscheinlich war er der einzige, der in seinem Güterwagen nach Warschau halbwegs glatt aus der ganzen Geschichte herausgekommen war.

Herbert kramte eine Kassette aus dem Stapel neben der Schnitteinheit. »Hat jetzt vielleicht auch mal jemand Zeit, daß wir den Beitrag über die Schutzpolizei abnehmen können?«

»Ich kann keine Bullen mehr sehen«, knurrte Schäfer.

Herbert sah Gonzo fragend an.

»Ich weiß, was ich für Bilder gedreht hab«, sagte Gonzo. »Kein Bedarf.«

»Auch gut!« Herbert füllte einen Zettel aus und gab ihn Schäfer und Gonzo zum Unterschreiben.

»Übrigens«, sagte Schäfer zu Gonzo, »dein spezieller Freund Schreiter hat den Abflug gemacht.«

Gonzo verrutschte die Unterschrift. »Was ist los?«

Schäfer bleckte die Zähne. »Heute nacht. Mit einem Revolver. Kopfschuß. Seine Mutter hat ihn heute morgen gefunden. Ich war eben da und soll dich von Behrendt grüßen.«

Gonzos Magen rebellierte auf einmal gegen den Sekt, aber er beherrschte sich. »Was ist passiert?«

»Das ist meine Story. Keine Chance.«

»Ich will nur wissen, was geschehen ist.«

Schäfer sah Herbert an. Der hob interessiert die Augenbrauen. »Nun erzähl schon. Nach dem neuen Programmkonzept können wir gar nicht genug Blut senden.«

»Blut gab's genug«, meinte Schäfer. Einer seiner Informanten vom Kriminaldauerdienst hatte ihn gegen Morgen angerufen und ihm den Tip gegeben. Schäfer war sofort hingefahren. »Schreiter lag auf dem Bett, nackt, alles zerwühlt. Den halben Hinterkopf hat er sich weggeblasen.« Schäfer machte eine Kunstpause. »Selbstmord, so wie es aussieht. Mit einem versilberten .45er Peacemaker. Hat den Lauf in den Mund genommen und abgedrückt. Soweit ich schon was aus den Spurensicherern rausgekriegt habe, stimmt alles. Schmauchspuren an der Hand, Blutspritzer und so weiter. Außerdem sagen sie, die Waffe sei wahrscheinlich die, mit der die Polin auf der Margarethenhöhe abgeknallt worden ist. Vorher hat Schreiter sich wohl Mut angetrunken. Auf dem Nachttisch hat eine halbvolle Flasche Wodka gestanden.«

Gonzo schluckte die bittere Galle hinunter, die ihm in den Mund schoß. »Und Behrendt war da?« krächzte er.

»Richtig.« Schäfer nickte. »Weil Schreiter in seinem Abschiedsbrief geschrieben hat, daß er die Polin auf der Margarethenhöhe erschossen hat. Lag auf dem Wohnzimmertisch, der Zettel. Nicht viel, vielleicht eine halbe Seite. Er hat sie gesucht, weil sie seinen Kumpel Gorny erschlagen hat, schreibt er, und als er sie dann gefunden hatte, sind ihm die Nerven durchgegangen. Jedenfalls hat er angeblich mit der Schuld nicht leben können und so weiter und so weiter und will nun vor seinen göttlichen Richter treten.«

»Und wo ist die Geschichte?« fragte Herbert.

Schäfer stöhnte. »Der Mann, der Tod, die Schuld, die Sühne. Er hat seinen toten Kumpel gerächt und ist damit nicht fertig geworden.«

»Die Polin hat den Gorny doch gar nicht erschlagen«, sagte Gonzo heiser. »Red doch keinen Scheiß.«

Herbert sah ihn verwirrt an.

»Gonzo spinnt«, sagte Schäfer nur. »Ich hab es ganz offiziell von Behrendt, daß die Polin Gorny umgebracht hat und dann Schreiter die Polin. So wird's in seinem Bericht stehen, also war's auch so. Kapito?«

Gonzo schwieg. Er bekam nicht mehr viel davon mit, wie Schafer Herbert die Geschichte verkaufen wollte. »Die Nachbarn bringen auch ein paar gute Statements«, erklärte Schäfer gerade. »Ich habe schon mal vorgefühlt. Eine Oma aus dem Parterre sagt, sie hätte letzte Nacht gegen halb zwei jemand zu Schreiter gehen hören. Du kennst ja diese Sozialbauten, da hörst du jeden Furz aus der Nachbarwohnung. Die Omi schwört Stein und Bein, daß es ein ziemlich junger Typ gewesen ist, mit kurzen blonden Haaren.«

Gonzo zuckte zusammen. »Ein Junge? Kein Mädchen?«

»Kann natürlich auch ein Mädchen gewesen sein«, sagte Schäfer. »So genau wollte sich die Omi nicht festlegen.«

Gonzo war aufgestanden und wankte zur Tür.

»He, wo willst du denn hin?«

Aber da war Gonzo schon auf dem Gang. Er schaffte es noch bis zum Damenklo.

Die Luft war fast lau, und Gonzo hatte die Seitenscheibe heruntergedreht. Er rollte langsam durch die Innenstadt, Richtung Altenessen. Seine Nerven beruhigten sich, nur sein Magen schmerzte noch. Dafür hatte das Kribbeln in der Nase endlich aufgehört. Schreiter war tot, der Fall Dana für Behrendt geklärt. Niemand würde noch groß fragen, wer die blonde Gestalt gewesen war, die nachts zu Schreiter gekommen war. Gonzo dachte an Sonjas geschmeidige, ökonomische Bewegungen. Vor ihm sprang eine Ampel auf Rot, und er mußte eine Vollbremsung hinlegen.

Als er durch die Toreinfahrt rollte, sah er Bettys Roller neben dem Müllcontainer. Er kletterte ins Loft hinauf. Betty saß an der Schnitteinheit und ließ die Kassette mit dem Überfall durchlaufen.

»Hallo«, sagte Gonzo.

Sie drückte die Stoptaste und blickte ihn an. »Ich hätte nicht gedacht, daß ich mal froh sein würde, wenn ich Sie sehe.«

Gonzo setzte sich. Er fühlte sich müde. Trotzdem erzählte er Betty, was geschehen war. Nur am Ende drehte er ein bißchen an der Geschichte. »Schreiter hat wohl die Nerven verloren, als Rottmeister von ihm verlangte, daß er sich stellen soll. Deswegen der Selbstmord.«

Er sah an ihrem Blick, was sie von der Geschichte hielt. Sie schluckte. »Scheiße, was?«

»Das Leben ist ein dreckiger Job«, sagte Gonzo.

Sie stand auf und legte ihm die Hand auf die Schulter. »Ich denke, es war schon richtig.«

»Da bin ich aber richtig erleichtert«, sagte Gonzo. »Mach Feierabend. Komm Montag wieder. Um neun.«

Sie nickte, nahm ihren Rucksack und ging. Gonzo blieb sitzen. Unten im Hof sprang ihr Roller an, und sie fuhr vom Hof. Gonzo angelte nach der Tageszeitung und blätterte sie durch. Im Lokalteil überflog er die Meldungen. Nichts dabei, was das Material oder das Benzin wert gewesen wäre. Er würde sich also wieder auf den Polizeifunk verlassen müssen.

Die Meldung mit ihrem Foto stand unten auf der zweiten Seite. Das schmale Gesicht wirkte jünger, kindlicher, als er es kennengelernt hatte. Sie hatte auch den Diamanten noch nicht im Nasenflügel getragen. Doch die dunklen Augen waren unverkennbar. Gonzo sah sich das Bild eine Weile an, dann las er, daß die 15jährige Tanja P. in einer Wohnung in Altendorf tot aufgefunden worden war. In ihrem Arm hatte noch eine Spritze gesteckt. Als Todesursache nahm man eine Überdosis Rauschgift an.

Gonzo sah sich noch einmal das Bild von ihr an, dann legte er die Zeitung zusammen, ehe er das Gefühl entwikkeln konnte, irgend etwas damit zu tun zu haben.

ENDE

H. P. KARR & WALTER WEHNER arbeiten seit 1988 zusammen. Geboren 1955 in Saalfeld/Thüringen (Karr) und 1949 in Werdohl (Wehner), wuchsen beide im Ruhrgebiet auf und leben ebenda. Solo veröffentlichte Karr bisher zahlreiche Kurzgeschichten, Kriminalhörspiele und Knobelkrimis; Wehner mehrere Gedichtbände. Als Autorenteam wurde ihnen 1988 der Walter-Serner-Preis für die beste Kriminalgeschichte verliehen.

Haffmans Kriminalromane im Heyne-Taschenbuch

Dan Kavanagh

Ob Heroinschmuggel, Pornogeschäft oder Fußballsport - der Sicherheitsberater und Privatdetektiv Nick Duffy steht mitten im englischen Geschäftsleben. Eine der originellsten Krimifiguren der letzten Jahre.

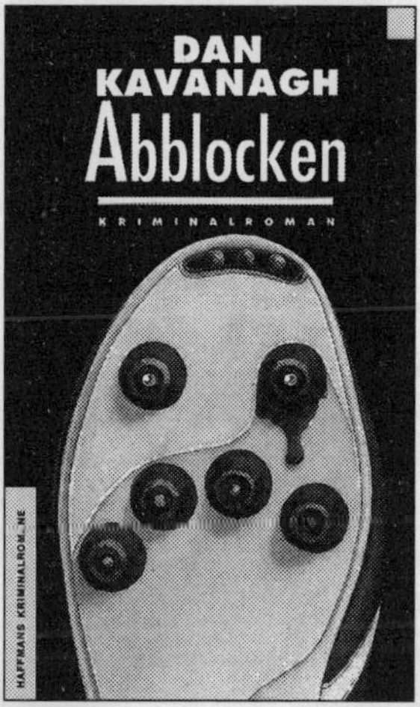

05/64

Außerdem erschienen:

Schieber City
05/5

Duffy
05/47

Vor die Hunde gehen
05/55

Wilhelm Heyne Verlag
München